拥抱越乡

邢增尧 著

中国书籍出版社

图书在版编目（CIP）数据

拥抱越乡 / 邢增尧著 . -- 北京 : 中国书籍出版社，2023.11

ISBN 978-7-5068-9596-5

Ⅰ.①拥… Ⅱ.①邢… Ⅲ.①散文集－中国－当代 Ⅳ.① I267

中国国家版本馆 CIP 数据核字 (2023) 第 185831 号

拥抱越乡

邢增尧　著

图书策划	尹　浩
责任编辑	尹　浩
责任印制	孙马飞　马　芝
装帧设计	闽江文化
出版发行	中国书籍出版社
地　　址	北京市丰台区三路居路 97 号（邮编：100073）
电　　话	（010）52257143（总编室）　（010）52257140（发行部）
电子邮箱	eo@chinabp.com.cn
经　　销	全国新华书店
印　　刷	长沙鸿发印务实业有限公司
开　　本	880 毫米 ×1230 毫米　1/32
字　　数	248 千字
印　　张	8.25
版　　次	2023 年 11 月第 1 版
印　　次	2023 年 11 月第 1 次印刷
书　　号	ISBN 978-7-5068-9596-5
定　　价	68.00 元

版权所有　翻印必究

序

嵊州,古名剡县,乃钟灵毓秀之地,文化综汇之域;"越剧之乡"、"根艺之乡"、"浙东唐诗之路"核心区,诸多美誉,不胜枚举。

这一切,在作家邢增尧的新著《拥抱越乡》中,都有独到的发现和抒写。

《拥抱越乡》是一册生气勃勃、新意盎然的美文之作。作者用文学的笔调抒写越乡嵊州的风土人情、历史文化、地理风貌。全书分"越剧芳华"、"名士剪影"、"文创新韵"、"诗路胜迹"、"乡味手记"五个部分,既独立成章,又相辅相成。随着作者由古至今、由此及彼的生动描述,《拥抱越乡》便成了一幅全景式的长卷风情画,成了一组情真意切的家乡赞美诗。

书名里,作者之所以在"越乡"前加上"拥抱"一词,绝非信口开河,而是因其卓尔不群、美不胜收而爱到极致的心声。试问:横空出世的越剧表现艺术;数千年剡中文化孕就的人文之胜；深蕴着时代色彩的文创成果；印证着"唐诗之路"核心地位的名胜古迹；还有闪耀着"中国小吃文化名城"光环的乡间美食，哪一不是名动海内的精华？哪一不是具有举足轻重的历史意义和现实意义？

读罢全书，我不由想到了，我们应该如何宣传自己家乡的问题。有一种说法是照猫画虎，不仅省力，而且轻松，还美其名曰原汁原味。其实，这好像一个搞根雕的人，不懂得精心梳理、夸张变形诸般技巧，却说原生态的自然根材是最美的一样。诚然，原生态的自然根材是有美的一面，但粗野有余而文气不足，唯有去粗存精，去伪存真，才能真正达到赏心悦目的境界。美术史家常任侠先生说："自然创造了种种美好的形象，但是需要有艺术素养的人去发现，去略施加工，然后才能成为一件有特色的艺术品。"而作家的职责，就是从自然之美中找到美，并使之升华，从而打动人们的心灵，使其产生一种内在的欣喜和满足。就这个意义来说，这册书做到了。在现实生活中，我还发现，有不少旅游景区的介绍，不是人云亦云，就是连篇累牍的大话、套话，且商业气息浓重，既无特色和新意，又无情趣和艺术之美，纯粹是为宣传而宣传而已。

作者生于斯，长于斯，工作于斯，对这里的一草一木都十分熟稔，所以，家乡的许多典型元素，便成了他撼不动的乡根，抑不住的乡情。此根此情，经过作者的提炼、再创造，遂自自然然地渗透在字里行间，动人情思，勾人心魄。故越乡，这个曾经的古城，而今的大美之地，自会深深地铭刻于人们心田。至于个中的语言、笔触、哲思、意境，深浅疏密，读者自能明鉴，毋庸我一一赘述了。

　　在作者的笔墨中，我们能领略到的不啻是一个人对家乡的爱恋和一往真情，更有一个作家对文化的传承和使命。在人们日益追求物质生活而疏忘精神需求的当下，《拥抱越乡》给了我们一种启示：凡有文化使命感的作家，唯有全力以赴地用手中的笔讴歌祖国的大好河山，弘扬中华民族的文化，让自己的精神追求闪耀于人们的精神家园，才是至理。

　　是为序。

嵊州市委常委、宣传部部长　史何俊

美哉，越乡
——读邢增尧新著《拥抱越乡》

　　《拥抱越乡》是作家邢增尧撰写的一本充满情感温度的散文集，内里处处蕴含着他对既得山水之幽又涵人文之胜的家乡的挚爱与热恋。这是我阅读这本丰盈的集子，品味作者描绘一个城市前世今生时的感受。

　　这书分为五个篇章。第一篇章是"越剧芳华"，看毕，就知晓"百年越剧诞生地"的不同凡响，知晓之所以有"越剧之乡"美誉的缘由："诸多女子戏班如茧抽丝，绵绵不绝。施银花、赵瑞花、王杏花、屠杏花、姚水娟、袁雪芬、范瑞娟、尹桂芳、傅全香……仿佛奥林匹亚山上之神造就的精灵，将不知凡几的人和事，用袅袅越音酿成至真至纯的大美，让人们迷在春色中，醉在故事里"，

"世事沧桑，春秋几度。而今，越剧的生机正如日中天。越剧被列入首批国家级非物质文化遗产名录自不必多说，国内首个以戏曲剧种命名，以施银花的家乡施家岙为核心，以'越剧为魂，文创为基，旅游为本'的越剧小镇也撩开了清丽的面纱，成为当代大众向往的'诗和远方'。享有'中国民间文化艺术之乡'美誉的嵊州……柔情如水、风雅似诗的越腔，不仅响彻了大江南北，而且系上了白云和阳光的羽翼，穿越重重关山、沉沉幽谷，飞进莫扎特的故乡奥地利、'世界音乐的圣殿'维也纳金色大厅……"（《施家岙：跨越百年的美丽》）而在《永恒的梁祝化蝶》中，新中国第一部彩色戏曲艺术片《梁山伯与祝英台》"张开了彩色的翅膀，飞向了日内瓦，飞向了捷克斯洛伐克，飞向了卡罗维发利国际电影节（获音乐片奖），飞向了爱丁堡国际电影节（获映出奖），飞向了日本、芬兰、德国……成为'东方的罗密欧与朱丽叶'"。那独特的文化背景，那本真的富有韵味的抒写，使人从中品咂出具有某种快感的东西。

第二篇章是"名士剪影"。作者饱含真情地讴歌了影响中国历史和浙江人文的越乡文化精英。他们名垂青史的爱国思想，辉煌的学术成就，被作者浓墨重彩地描摹出来，感念真挚深刻，浓妆淡抹都显其精神风骨，很受读者欢迎。

第三篇章是"文创新韵"。名闻海内、精美绝伦的根木雕刻、泥塑、紫砂、竹编、书画都汇聚在文化创意园中，作者对这倾注了特别深厚的感情。他在《古沉木雕塑的前世今生》中是这样写创作者的心智的："一个真正的艺术家，他应做的并非是把木头简单地锯断肢解，重新组合，而是竭尽自己的心智，去发现得自天然的美，突出天然的野趣，从而用画龙点睛的手法，使作品取得高古清雅、形神兼备的效果。"

艺术的天地是横无际涯的，对艺术家而言，只有心灵与自然契合，造化与心源相通，才能创造出一个个风姿绰约、形神兼具的尤物。作者的彻悟也在一定程度上道出了诸多文化遗产步出越乡，饮誉海内外的真谛。

第四篇章以"诗路胜迹"命名，深蕴"浙东唐诗之路"的光彩和精神家园的感召，写来雅洁凝练，格调不俗。读者可在这一篇章中的《鹿门书院思吕公》《艇湖秘境》《百丈瀑精灵》等一系列抒写中倾听作者津津乐道的古今故事，深深体味人文、自然的壮美，从而更加热爱祖国的大好河山，喜爱故乡的风土人情。

第五篇章名为"乡味手记"，描述的是流传于民间的小吃、美食。越乡嵊州是浙江省唯一获得"中国小吃文化名城"桂冠的城市。作者在《悠悠馄饨担》《浓浓小笼包》《喷香烤番薯》《美滋潜水艇》诸文字中，不仅细腻、精当地勾勒出民间美食色、香、味俱全之特色，而且还透过对人、物、情、景的鲜活描述，使"中国小吃文化名城"的形象跃然纸上，真可谓是"一粒沙里见世界，半瓣花上说人情"。

当 2023 年的钟声响彻时空，越乡文旅就迈动了融汇一体的欢快步履，对标建设社会主义文化强国先行区的使命。在这高歌猛进的时刻，作家邢增尧出版的《拥抱越乡》，向社会展示了越乡无可比拟的魅力和个性，这无疑是对擦亮文旅金名片的加油和助力！

热爱，使一切变得日益美好；创作，是人生路上一道亮丽的风景。我们期盼作家邢增尧在未来的岁月中绽放出更多的精彩。

嵊州市文广旅游局党委书记、局长

目录

越剧芳华
施家岙：跨越百年的美丽 ……002
永恒的梁祝化蝶 ……011
傅全香：绝版的爱，超凡的艺 ……024
王文娟：天上掉下个林妹妹 ……035
山乡戏忆 ……041

名士剪影
王羲之与金庭 ……048
戴逵：佛光普照的人生 ……054
颜真卿：乱世中的人杰 ……065
山水诗宗谢灵运 ……089
蔡元培札记 ……100
高山仰止马寅初 ……109
刘文西：泥土香　千秋芳 ……119

文创新韵
采撷天地间的瑰伟：黄明发 ……130
古沉木雕的前世今生：郑剑夫 ……134
风光这边独好：宓风光 ……142
从困厄走向吉祥：钱利平 ……150

美的使者：吴筱阳	……	155
生命中的亮丽风景：张立人	……	161
紫砂传世久　壶中情意长：金祖稠	……	167
如诗似画的竹根雕世界：俞田	……	176
无法释怀的竹编梦：吕成	……	181
倾听花开的声音：叶桂兰	……	185

诗路胜迹

鹿门书院思吕公	……	190
静静的南山湖	……	199
艇湖秘境	……	203
月儿故乡明	……	206
崇仁古意	……	210
百丈瀑精灵	……	217
在母亲河的怀抱里	……	221
嵊州图书馆：灵魂的栖息地	……	225

乡味手记

悠悠馄饨担	……	230
浓浓小笼包	……	233
喷香烤番薯	……	236
金亮六谷饼	……	240
白嫩嫩豆腐	……	243
美滋潜水艇	……	247

跋

…… 250

越剧芳华

施家岙：跨越百年的美丽

有人将人生的一次次机缘喻作灵魂深处的一个回眸，我亦有同感。当我从八十多年前、上海丽歌唱片公司出品的关于中国女子越剧的唱片中回过神来，女子越剧领军人赐予我的欣赏快感恍若一脉暖流在我周身涌动。那一出出最能引人深思的演唱，就像梵·高的向日葵，在仪态万方的美妙中，让我一往情深，并牵引着我，前去寻觅个中的胜景。

自"浓妆淡抹总相宜"的西子湖畔东南行，仅两个小时，中国女子越剧诞生地——嵊州施家岙村的倩影便呈现在我们的注视里。远山似黛，清溪泠泠；细砖青瓦粉墙，藤萝碧树花草，经过斜风细雨的抚摸显得格外洁净和滋润。轻步慢行在湿漉漉、青亮亮的石板路上，一种怀古之幽情从脚底直渗到发根；空气中荡漾着江南水乡特有的芳馨……当然，诱发我心中那朵思念的玫瑰的，却是那场午前的戏，那是主人专为远道而来的客人准备的，原地原汁原味。

看戏处是一个古老的祠堂，内里有道地、门厅、戏台、厢房、天井等。始建于清道光年间的古戏台为单檐歇山顶翘角，歇山顶上饰有堆塑"龙吻"、"瓦将军"、"双阳公主追狄青"图案；藻井设八道斗拱，四周雕有八只蝙蝠，寓"发福"之意。戏台的四根石柱上分别书有楹联："一弹流水再弹月，半入江风半入云"，"红袖翻飞鸲鹆舞，紫箫弄月凤凰鸣"。人说"戏剧是综合艺术"，我想，有戏台这一"建筑艺术"在里面也许是缘由之一。不是吗？不说别的，单从饱经岁月洗礼的古戏台由营造之精、装饰之美所融就的独特的观赏价值和研究价值而言，几乎可和古罗马剧场相媲美，更何况，还有怀抱着它、焕发着古鼎般神秘韵味的整座祠堂呢！

伴着报幕余音上台的是位化着淡妆的中年女性，她嗓音高亢清新，唱的是越剧《梁祝》选段，"三载同窗情似海，山伯难舍祝英台"，梁、祝分手在即，情意绵绵，举手投足总是情。接着演唱的是一位体态丰盈的女性，尽管眉梢眼角隐见皱纹，但一曲《金玉良缘》却唱得人屏声静气、神思驰骋。我不由思忖：作为民间艺人，在台下，尽管过的是柴米油盐、家长里短的日子，无暇或许也无意放飞自己的梦想，唯有在台上，方能重拾自己的青春，将远在天边的梦幻重新挥洒得淋漓尽致，挥洒得无限美妙。而仰着头的观众，则不管原来秉性是懦弱还是刚强，平板还是灵敏，都会像绵羊似的听着她、依着她、顺着她，瞧她把角色演绎得多痴就多痴，多悲就多悲，多喜就多喜。让她把视之无形、思之有物的灵犀酿成佳酿，滋润自己的祈盼，营养自己的心房。

看着一出出表演,听着一曲曲越音,虽然剧情不一,唱腔各异,然台下人的心却总如休憩在绿荫中,陶醉在丽日下。这并不奇怪。因为越剧本是乡土的精血凝成的。她是从心中涌出,经过大地母亲的躯体又流回心中的真挚之声。纵然戏台上展现得再才子佳人,再卿卿我我,再良辰美景,那水一样的柔情,那至真至纯的人性总是和地气相连,总是像一笼袅袅娜娜氤氤氲氲的轻纱将你裹在里面,使你赏心悦目,使你痛快淋漓,使你百感交集。我想,世上再也没有什么能够比地气更给人以丰盈,更给人以灵思,更给人以盎然生机。嗳,这入心入肺入骨入髓的地气哟!

且让我们将目光瞄向关于中国女子越剧诞生的史料中的一页:1923年,"映日荷花别样红"的时节。施家岙的文化人王金水去上海经商时看到了戏院、游艺场里女子演"髦儿戏"十分流行,便萌生了如把家乡由男艺人上演的"小歌班"改革成女子上演,那定会更加吃香的念头,于是回乡创办了越剧第一副女子科班(越剧史上,拥有"三花"美誉的施银花、赵瑞花、王杏花均出自这一科班)。该科班在晨曦到来之前敲开黎明,在夕阳落山之后留住黄昏,练就了十八般武艺后,便赴上海"升平歌舞台"亮相,次年才返回老家施家岙稍息。村民们一见从十里洋场回来的女儿们,一个个出落得像出锅的豆腐,嫩嫩的柔柔的,喜不自禁,就以班子是自己人为炮火,轰击不知因袭了多少年的"严禁女子上台"的族规,登上祠堂古戏台上演了《双珠凤》、《玉连环》、《三官塘》诸大戏。曾像雄鸡一样不可一世的遗老遗少不得不低下高傲的头颅。乡间道上履舄交错、冠盖相望，村中戏场人头涌动，像沸腾的汪洋。从此，新新凤舞台、群英舞台、高升舞台、高新舞台、镜花舞台、大华舞台……诸多女子戏班如茧抽丝，绵绵不绝。施银花、赵瑞花、王杏花、屠杏花、姚水娟、袁雪芬、范瑞娟、尹桂芳、傅全香……仿佛奥林匹亚山上之神造就的精灵，将不知凡几的人和事，用袅袅越音酿成至真至纯的大美，让人们迷在春色中，醉在故事里。

于我来说，那天，触动最深的乃是施银花孕就的"施派唱腔"演唱者，一位长相质朴，举手投足却热情奔放的女性。戏台上的她就着话筒演唱的是人们耳熟能详的《盘夫》中的选段："官人你好比天上月，为妻可比月边星……"说的是明嘉靖年间，曾荣因父为严嵩谋害外逃，被严嵩党羽鄢茂卿收为义子，后阴差阳错，竟与严嵩孙女兰贞成婚。洞房花烛夜，兰贞察觉丈夫神情恍惚，遂上前询问："官人你好比天上月，为妻可比月边星。（那）月若亮来星也明，月若暗来星也昏。官人你若有千斤担，为妻分挑五百斤。我问君你有何疑难的事呀，快把真情说我听。"

应该说，她是下过功夫的，那唱腔溢出的瓣瓣嫩花，在宾客的面颊中已开放成浅红的笑靥。然而，待她唱罢，我又感到有些美中不足。休息时，我细细回味，终于觉着了个中缘由是她唱得过于行云流水，过于一气呵成。施银花唱来却是尴尬中蕴挂虑，爱恋中含体贴，心灵的琴弦震颤出的是只可意会难以言说的情味。

我无缘得见出生于1910年的施银花演唱的戏，但几乎听遍了上海丽歌唱片公司为其灌制的唱片。虽然只有12张，然用海明威的"冰山理论"来说,我从唱片中听到的她的唱腔,就像大海露出的一座冰山的顶尖部分,只是几分之一甚至几十分之一,而正因它的庞大基座还在水下,所以露在海面的冰山就显得更加底气十足,更加蔚为壮观,更加引人入胜。《方玉娘祭塔》、《游庵认母·哭图》、《果报录·思唐》、《二度梅》、《孟丽君》、《楼台会》……那都是怎样的一种越音呵!它像蕴含天地灵气的清风,拂去尘世的薄幸,漫过芨芨草、骆驼刺相拥的沧桑,唤醒一颗颗真诚的心。

施银花,嵊州(时称嵊县)施家岙村人,剡溪萦回处,蜿蜒小径旁,一扇掩映在竹林深处的柴扉就是她的家门。父亲施林法务农之外兼撑竹筏谋生,穷得透明的陋屋里,亲情是她唯一的温暖。王金水回乡创办第一副女子科班时,他见施林法家成天背着竹篓拔猪草的小囡银花身材窈窕,一双随意顾盼的眼睛好像会说话似的,就亲自上门要这个小精灵。林法本来对男子做戏也觉得是低三下四不务正业,女子当然更加了,何况还是自己的女儿呢,遂冷冷地说:"金水,论辈分你是银花的姑父,怎能引她走这种见不得人的路呢!"王金水见好心被当驴肝肺,气得吼道:"没良心的东西,真是忘恩负义。"随即拔脚就走。林法一听忘恩负义之言,立马想到自己结婚时两手空空,洞房也是靠了金水家的房子,心里惭愧莫名,便夫妻双双前去赔礼。13岁的施银花一进科班就似鸟飞长空鱼游水底,灵动得紧。一天傍晚,她捧着一木盆衣衫去溪里浣洗,到得埠头,见大娘正在漂洗被单,白色的被单随着流水,忽而聚拢,忽而散开,忽而浮起,忽而沉没,娉娉婷婷,袅袅娜娜;咦,这多像舞动的水袖啊！灵光闪处，她忙不迭放下木盆，跟着水中的被单舞动起来。大娘惊得半晌合不拢嘴：那么好看的姑娘竟是个神经病，可惜、可惜！

种瓜得瓜，种豆得豆，待得出科，拥抱她的便是越剧史上头位女花旦的身份。纵观艺术史，金凤凰往往是从山谷里飞出来的。施银花十八岁上与绍兴人孙绥占结婚，翌年生子，不得已告别戏台，可心中却依然牵挂不息。22岁那年，她不顾又有身孕，毅然前去"高升舞台"做"客师"。孙绥占盛怒之下将她遗弃。施银花要家庭，但更需要事业。可孙绥占只许她留在家里，宁为一件流连掌心的花瓶，也不愿她成为当行出色超群绝伦的艺人。施银花将世俗的缧绁弃如草芥，一次次去杭州向浙江省高等法院上诉，列举证词，陈述她和孙绥占的婚姻关系、怀孕事实。有次，匆匆下车的她没走几步，乌云四合的天空暴雨倾泻，待她气喘吁吁地躲进店堂，一头秀发已能绞出水来。虽然最终"明镜高悬"的法庭以"是案须再度考虑侦查"为由落下槌声，施银花曾经的希冀也成了一场空，但她依然义无反顾，走向自己向往的天地，和筱丹桂、竺素娥、孙苗凤、姚月明、黄笑笑诸姐妹携手演戏。现在，我们回想施银花为了婚姻自由和越剧事业，在公堂之上，一声冷笑，挺直柔弱的腰肢，目不斜视地迈出大门的一刹那，其坚定决绝丝毫不逊于李清照，宁将纤细的双手伸进枷锁也不肯与"驵侩"之人为伴那无畏的一瞬……从此，江湖融进了舞台，水袖在才子佳人风花雪月的吟唱中甩出了柳暗花明、光阴流转，甩出了生命的生动活泼和神采飞扬。

施银花的"东山再起",犹如巨石投潭,引起强烈反响。当时《绍兴新闻时报》以"盖世无双青衣悲旦""施银花登台"的醒目标题广告观众;难以数计的戏迷称施银花"出山"为"越国之大幸",还有,"花衫鼻祖"、"越剧泰斗"诸多美誉融成一片星光熠熠的天空。这一切,全国首家越剧博物馆的珍藏富有陈述,可惜的是,她已永远无法知晓了。

施银花一生在戏,自14岁随科班到上海演出伊始,戏中涌动的生命磁力线,就将她彻底吸引,促她彻底寻觅,使她彻底皈依。

正宫调是男班演唱的,女的唱来,音调想高,提不上;欲低,降不下,总是那么吃力,那么费劲。师傅教的,就得陈陈相因,不逾矩。为什么?

孜孜以求的她总是想摆脱这桎梏,就像已是成人的身子必须撑破幼时的衣裳。

"戏坛上,京剧、绍兴大班、申曲、民间小调……女的唱来都能轻松自如,女子越剧为何不能?"

"人文世界仪态万千,风姿韵绝,女子越剧为何不能取其精华,发扬光大,创出一绝?"

她仍然要问为什么,年纪轻轻的她要从艺术的实践中谋求彻悟,从岁月的流逝中增强功力。

昔日的农家女,在苦苦祈求艺术的圣光。

小说家蒲松龄有副刻在铜镇尺上的对联:有志者,事竟成,破釜沉舟,百二秦关终属楚;苦心人,天不负,卧薪尝胆,三千越甲可吞吴。以楚霸王破釜沉舟、大败秦兵,以及越王勾践卧薪尝胆,十年生聚,十年教训,终于灭吴雪耻的精神勉励自己,终成不朽名著《聊斋志异》。施银花也是这样的有志者和苦心人。1926年,她吸收京剧、绍兴大班、武林班诸剧种和民歌小调的营养,在琴师王春荣的协助下,创造了女子越剧一代新腔"四工调"(后人称为"施腔")。在嘉兴演出时,她锋芒初试,高潮时,越音如金属般清亮;婉转时,又似有一双素手柔柔地摩挲你的心,使你再也抑不住心底的春光向外泄。台下欢声四起,火焰般炽热的目光齐齐聚焦在她的脸庞。筱丹桂、傅全香、金彩风等名伶都曾汲取个中精髓,创立自己的流派,成就一世辉煌。有"闪电红星"之誉的支兰芳还是正宗的施腔继承人。从此,施银花就马拉松般奔跑在女子越剧的改革路上。21岁在宁波上演新戏《少女出世》时,素来空落的舞台破天荒地出现了清辉流泻天涯共此的布景。耳目一新的观众掌声雷鸣。而1939年,在大中华戏院首演移植于申曲的《雷雨》,施银花扮演繁漪,师妹屠杏花扮演周萍,钱秀玲扮周朴园,支兰芳扮侍萍,余彩琴扮四凤,马亦琴扮周冲……施银花、屠杏花身着旗袍、西装上舞台,更为女子越剧率先表演时装戏书下了浓墨重彩的一章。这些它山之石,本是星星点点的光亮,然经她一琢磨,一升腾,就成了明媚的阳光,使整个剧种都生动起来。她少女时在台上唱戏;身怀六甲时在台上唱戏;失去家庭、失去孩子后依然在台上唱戏;四十岁上,人在宝岛台湾,仍以"客师"身份入凯歌越剧团在台上唱戏……聆听这样用心血凝成、用心灵唱出的戏怎能不铭刻于怀且历久弥新?聆听这样用心血凝成、用心灵唱出的戏又怎能不感到那"会当凌绝顶"的滋味呢?!

……………

辞别时，送我们上车的主人感喟说：施银花晚年仍然心系越剧，仍然祈盼这朵植根于家乡的奇葩能香飘海外，1984年抱憾离世前夕，口中仍念念有词：越剧、越剧……

唉！这世上有种东西，不为博取人们眼球，而是沤浴人的，就像阳光和雨露，给人滋养，促人成长。有了它，不论尘世如何变幻，总能烈风雷雨弗迷。这就是为艺术献身的情怀。拥有这一情怀的人都深深懂得：名人名家并非是身价的象征，而应是需要终身护卫的一种精神。

我默默地伫立在车门口，仿佛听到了她真挚、沉静却又蕴含悱恻隐痛的肺腑之音在茫茫天地间萦回。

世事沧桑，春秋几度。而今，越剧的生机正如日中天。越剧被列入首批国家级非物质文化遗产名录自不必多说，国内首个以戏曲剧种命名，以施银花的家乡施家岙为核心，以"越剧为魂，文创为基，旅游为本"的越剧小镇也撩开了清丽的面纱，成为当代大众向往的"诗和远方"。享有"中国民间文化艺术之乡"美誉的嵊州，恢宏、气派的大剧院和古戏台各领风骚，集"音、舞、曲、美"于一身的专业集团和难以数计的"草根团"携手齐飞。柔情如水、风雅似诗的越腔，不仅响彻了大江南北，而且系上了白云和阳光的羽翼，穿越重重关山、沉沉幽谷，飞进莫扎特的故乡奥地利、"世界音乐的圣殿"维也纳金色大厅，金发碧眼的外国友人也有幸感受中国传统文化的迷人魅力，印证了"越是民族的，越是世界的"这一名言。我想，要是施银花泉下有知，那是定会感到欣慰的。而我们这许多后来人，自然更要以前所未有的挚爱，在这广袤的大地上，在这永恒的戏台上，笃实、刚毅、执着地前行，直到落下自己的帷幕。

永恒的梁祝化蝶

我母亲是个越剧迷，除劳作外，仅存的一点闲工夫，不是同左邻右舍聊越剧中的故事，就是聆听他人演唱。诚然，她识不得几个字，但讲起故事来却头头是道，特别是关于"梁祝"的故事，半点也不含糊。因而，"梁祝"那浪漫而又凄美的情节，从小就扎根在我的心田。随着时光的流逝，我又知道，扮演"梁祝"的演员都是自己的老乡，心里又甜丝丝的。"要是能亲眼见到她们的表演，那该多好啊！"虽然明知这是个远在天边的梦，但就是挥之不去。

1954年的一天，吃罢晚饭，母亲碗也不洗，就兴匆匆地拉着我前去体育场。当银幕上亮出《梁山伯与祝英台》的彩色字幕时，全场欢声雷动。虽然是电影，但毕竟是面对面，了却一桩夙愿的快慰感使我觉着心跳咚咚有声。

母亲历来节俭，平素恨不得一分钱化成二分。可看这部电影，却是一次、两次……，不遗余力，且马不停蹄。当然，我也沾了光，对个中剧情了如指掌不说，唱腔、台步居然也能模仿一二。等到参加工作，我又节衣缩食，换回了一盒富蕴《梁山伯与祝英台》越音旋律的小提琴协奏曲《梁祝》和一台廉价的录放机。于是，每当夜阑人静，在灯下看书看得乏了，便捺下按键，让悠扬清纯的乐音进驻心灵。

轻柔的弦乐颤音响起，长笛吹出鸟鸣般的旋律，双簧管伴以抒情的音调，我的心神遂步入鸟语花香、惠风和畅的境地，白昼劳作时留存的一抹烦躁便一扫而光。大提琴轻盈柔和的乐音，小提琴灵动飘逸的曲调赐予我"草桥结拜"的欢快舒畅、"十八相送"的缠绵悱恻；而当英台抗婚、坟前泣诉的怨情、慨叹之音传入耳郭，一种"离人怆，友人殇，千古传奇掩盖尘土，难相忘"的苍凉便在心头升起；长笛的柔美歌吟和竖琴行云流水般的轻盈和谐，则将我引至梁祝双双化蝶、亦真亦幻的人间仙境。大师们的表演不仅在述说那古老而动情的美妙故事，更让我们在她亦真亦幻的光环里洞察天道，悟彻人生。好几个夜晚，都有两只凄美的蝴蝶，翩翩起舞在我的梦里。

"清光凝有露，皓魄爽无烟"的中秋之夜。我应好友王君之邀，去他家过节。他家坐落在乡间村首，门口的道地，搭着高大的葡萄架，密匝匝绿油油的葡萄叶子爬满架上，仰头瞧不见天空，叶子和藤蔓间悬挂着一串串珠圆玉润的葡萄。往前不远，是家乡的母亲河——剡溪，衔远山，入钱塘，浩浩汤汤，一泻千里。

一轮圆圆满满的月亮悄悄步上天空，不胜娇羞的月光钻过藤蔓空隙，洒下斑驳的碎银。四野寂寂，凉风阵阵。素知我痴迷《梁祝》的王君遂开启了音响。于是，伴着小提琴协奏曲的清流音韵，先前存贮于我脑海的，关于表演《梁山伯与祝英台》的艺术家们星星点点的事儿，遂渐渐汇聚，呈现在大脑的荧光屏上——

1922年3月26日，袁雪芬出生于浙江嵊县（现嵊州市）普义乡杜山村。当时她降临的这个家庭，拥有的只是一种凄苦的颤音。她父亲是乡下的私塾先生，全家就靠孩子们每人每年一元钱的学费维持生计。她母亲是个俭朴善良的女人，一共生了八个孩子，袁雪芬是老三，上面一哥一姐，都在她生前夭折了，而下面，第一个妹妹送给了育婴堂；第二个妹妹满月后，又送给人家当奶媳。在那贫苦的日子里，她不止一百次地想过："我要是能挣钱，家里就不会这样可怜了！"

袁雪芬11岁那年，村里来了副名叫四季春的戏班。有人告诉她：做学徒包吃包住，还有零花钱；做头牌的，可得大洋三十呢！大喜过望的她当即前去报名。尽管做父亲的以"断绝父女关系"相要挟。她却是置若罔闻。她铁了心要自食其力，要用自己稚嫩的肩膀分扛家庭的重担，让母亲不再在煎熬中流泪。无奈之下，做父亲的只有千言万语凝成一句话："清清白白做人，认认真真唱戏。"

袁雪芬步入戏班以来，就像极了一台"永动机"。晓星刚刚由淡云中隐去，唱做念打的基本功就演练不歇；夜深人静，躺在地铺上的她，还在揣摩，怎样才能把人物的内心世界表现得淋漓尽致。她知道，她的前程还没有地址，她必须刻苦，用汗水建造自己的港湾。因而，时间在她手里改变了常规，白天和黑夜等同了价值。有一次，她随戏班去乡间演出，晨练时发现了风荷摇曳的千姿百态，她的心头倏地亮了：腰也可这样轻摆，水袖也可这样曼舞……智慧的花苞一朵朵地绽开。师傅见她既有天赋，又有钻劲，而且还识文断字，遂给她开小灶，让她学演《坐楼杀惜》，教她，依依罗裙、盈盈眉眼的阎惜姣怎样和张三郎肌肤相亲，言语狎昵。有小姐妹羡慕得瞪圆了眼睛。可袁雪芬哪肯做出这等狐媚样。敬酒不吃，藤条竹片亦是不屑。气得师傅眼发花来头发昏，讲话也带上了抖音。

夏去秋来，工青衣、闺门旦的袁雪芬又将绍兴大班和徽班的武戏纳入了学习日程。她觉得，既然从事了演艺的行当，没有一招是可以抛荒的。三年前，当她含着热泪进入戏剧的海洋时，充其量，是一块小舢板，而现在，已是一艘挂满风帆的航船了。赴杭演出，首挂"头牌"；到得上海，又风光无限，《新闻报》破天荒地打出了《"悲旦"袁雪芬已与"越剧皇后"王杏花齐名》的醒目标题；上海高亭唱片公司专程邀请袁雪芬、钱妙花与王杏花同录唱片，开中国女子越剧录制唱片先河。

终于可以驾驭命运的翅膀了！袁雪芬沉静的脸上露出了笑容，也慢慢浮上了红晕。但她的心里依然清醒如初。她瞧着戏班里的小姐妹，一个个用时衣新装追赶岁月飞，以浓脂厚粉苦留容颜美，拜过房娘、过房爷，唱堂会，事事犹恐不及，而自己却仍是穿青衣，吃素食。"她把包抱在怀里，穿着系白带子的皮鞋，什么应酬都不参加，很正气。像尊观音一样。"越剧演员金艳芳的耳闻目睹为袁雪芬的人生品行作了真实的注释。

2005年，初冬。上海淮海中路一幢小楼。庭院中，满是盛放的金盏菊。室内，花香正浓。84岁高龄的袁雪芬，昔日风华虽已随着岁月逝去，但那颗火热的心仍在越剧的身上跳荡。她操着浓浓的乡音，和记者谈起《梁祝》，说"最早的《梁祝哀史》，根本就是迷信和色情的杂烩。"她告诉记者：同窗三年，梁山伯居然认不出祝英台是女儿身，缘由是梁的魂魄被祝摄走，直至祝将魂魄归还于梁，梁才清醒过来。当时，在著名唱段"回十八"的路上，梁山伯是满嘴的淫词艳曲，必须改变。（2005年12月1日《今日早报》）

梁祝故事，晚唐张读在《宣室志》一书中有所记载："英台，上虞县祝氏女，伪为男装游学，与会稽梁山伯者同肄业……"随着时光的流逝，又增添了不少民间传说的花絮。但搬上舞台的《梁祝哀史》，却塞入了好多荒诞、迷信甚至色情的东西。有的艺人为迎合底层观众，竟有把"十八相送"唱出18个下流调门的。

袁雪芬是在17岁那年和马樟花搭档，对《梁祝哀史》进行改革的。当时，袁雪芬是"头肩旦"，马樟花是小生演员。在袁雪芬眼里，马樟花是一个"扮相漂亮、嗓子清脆、演戏甚活、台风很健"的好演员。她喜欢打扮，但一到演戏，能创造什么样的角色才是她的唯一。有次，她在《奈何天》中扮演一个相貌奇丑的"十不全"，做"过房娘"的大喊"难看死了！"马樟花却淡淡地说："你是看我的戏，还是看我的人？"一句话说出了她为人的真谛。

马樟花十分欣赏这个小她一岁的妹妹。当她得知袁雪芬也嫌憎《梁祝哀史》时，不由大喜过望。她一跃而起，紧紧拉住袁雪芬双手,连说:"知音! 知音!"这时的袁雪芬能感到马樟花胸腔的震动,能感到她纤巧的身子散发出的热烈。两人遂拧成一股绳,对《梁祝哀史》实施改革:淫词滥语一概删去,拗口的唱腔换成顺耳,悬空八只脚的情节重新剪裁,"哭灵"中新增情真意切、催人泪下的唱词。在新版的《梁祝哀史》中,梁山伯成了朴实敦厚以情相归的书生,祝英台成了清纯忠贞的少女。英台身上既没有《西厢记》中莺莺"自见了张生"便"神魂荡漾"的轻浮相,也没有《红楼梦》中成天悲切抱恨终身的林黛玉身影。她是以"虽不能同生愿同死,死后同碑又同坟"的决绝,作最后一拼。那悲壮无异于以身许国的西施,舍身投江的曹娥。故挚爱与生命成了剧中的主旨。新版的《梁祝哀史》一上演就轰动了上海,连演三年,座无虚席。直到马樟花出嫁,两人才停止合作。这一番高山流水的知遇,这一番大刀阔斧的努力,不啻充分见证了她俩不同凡俗的真挚情谊,也见证了她俩在对史事、传说的过滤和选择中的良苦用心。后来,作为越剧演员"演唱电台第一人"的马樟花还邀请袁雪芬、傅全香一同登上电台,把柔美温馨的袅袅越音送给每一扇向阳洞开的窗棂。新版的《梁祝哀史》亦成为经典《梁祝》的蓝本,被世人传诵不已。

  袁雪芬和马樟花性格迥异,但对越剧改革的热爱和对艺术的虔诚却使她俩心心相印。人说时间会损伤一种记忆,岁月会稀释一往情深,但袁雪芬却一直到马樟花离世数十年后,面对记者采访时仍然记着她俩同台演唱时的情景:"在梦境中,我们又一起演唱那令人断肠的《楼台会》。人说往事如烟,可我对这位四十多年前的舞台同伴却常相思,不相忘。"(《新民晚报》,1984年3月18日。)

1952年10月,首都北京,艳阳高照,风光旖旎,造型别致的花坛,百花菲菲,风致韵绝;举目可见的绿地,散发着大自然的原始气息。第一届全国戏曲观摩演出大会在这里举行。出场的23个剧种,人人握灵蛇之珠,家家抱荆山之玉。一番龙飞凤舞下来,百炼钢化作绕指柔的《梁山伯与祝英台》一举斩获剧本和表演一等奖,音乐作曲奖,舞美设计奖。年仅三十岁的袁雪芬和梅兰芳、周信芳、程砚秋、盖叫天、王瑶卿、常香玉等获中央人民政府颁发的金质荣誉奖章。羡慕、欣喜、激动,包裹了所有知悉这一佳音的人众。到处是此起彼伏的电话,此起彼伏的惊喜,此起彼伏的问候,此起彼伏的笑声。会演刚画上圆满句号,袁雪芬、范瑞娟一行便快马加鞭赶赴上海电影制片厂,投入彩色戏曲电影《梁山伯与祝英台》的拍摄。

范瑞娟,嵊州黄泽镇人。早在1944年9月,她和袁雪芬首次合作,就投入了"新越剧"的改革,对新版《梁祝哀史》,再做加工整理。她举止端庄,表演沉稳大方,富有男性的阳刚之美;演唱音域宽广,吐字清晰,行腔流畅,自成"范派"。毛泽东主席曾四看范瑞娟的演出。1950年7月,以范瑞娟、傅全香为首的"东山越艺社"应文化部艺术局局长田汉之邀进京演出。在中南海,他们按毛主席指定,出演《梁山伯与祝英台》。"演至'思祝'一场时,按当时剧情规定,梁山伯思念祝英台,有推算在'十八相送'中祝英台约梁山伯到祝家相会说亲的日期,而这一日期却是个哑谜：即'一七'、'二八'、'三六'、'四九'。范瑞娟饰演的梁山伯在台上呆呆地猜想推算时，台下坐在第五排的毛主席看得哈哈大笑说：'看你傻乎乎的，等你把日子算出来，祝英台也嫁出去了。'"毛主席说毕，场内一派喜气盈盈。（丁一著，《越剧博览》，国际炎黄文化出版社，2001年10月第一版第一次印刷。）

这里有一电影拍摄中的花絮，有助于人们了解袁雪芬和范瑞娟一众姐妹为艺术献身的精神。

那是盛夏时分，太阳像一个硕大无朋的火球悬在空中，地上仿佛撒满了晶亮亮的水银。摄影棚里，钨丝灯一开，无形的热浪便炙得人喘不上气来，演员们还未穿好服装，周身就像泡在水里。满棚的白光炫得人眼睛发肿发胀，宛如熟透的葡萄。可演员们没有一个"退镖"的。精疲，缓口气再来；力竭，喝口水再干。真可谓戴月披星、分秒必争。就在人们紧锣密鼓赶进度之际，"明天和意外不知哪个先来"这句话应验了！一天，袁雪芬正遵循周总理的指示，在"山伯临终"之后，补拍一个祝英台思念梁山伯的场景。突然，一阵灼痛自腹部袭来，她硬是撑着拍完镜头。医生要她住院检查，但她只配了点药后，便一声不吭地回到了摄影棚。为使制作赢得时间，她宁愿付出健康作为代价。"我后来的十二指肠溃疡等毛病就是那时落下的。"袁雪芬回忆当时的情景时，痛并快乐地说。（《今日早报》2005年12月1日）我们的优秀演员用她们的真感情、真性情向人们诠释："古之立大事者，不惟有超世之才，亦有坚韧不拔之志。"向人们诠释："谁道崤函千古险，回头只见一丸泥。"

1953年10月，新中国第一部彩色戏曲艺术片《梁山伯与祝英台》克服重重困难，终于拍摄完成。周总理、邓颖超和陈毅市长在审看样片时赞赏有加。《梁山伯与祝英台》张开了彩色的翅膀，飞向了日内瓦，飞向了捷克斯洛伐克，飞向了卡罗维发利国际电影节（获音乐片奖），飞向了爱丁堡国际电影节（获映出奖），飞向了日本、芬兰、德国……成为"东方的罗密欧与朱丽叶"。无数双金黄的、碧蓝的、乌黑的眼睛注视着那对彩色的翅膀，多种语言赞叹不已："中国，了不起的神秘国家"，"感谢你们，让我认识了中国艺术的伟大"，"祝愿你们能将这种文化精华播扬世界"……这部影片不仅创造了中国戏剧史和中国电影史上的不朽传奇，还印证了一句名言："越是民族的，就越是世界的。"

在国内，《梁山伯与祝英台》到处，更是一片玫瑰花的颜色。上海，公映首轮就达千余场次，几乎万人空巷。在香港，连续放映187天，创有史以来，电影放映之新纪录。在时代的洪流里，袁雪芬们像一面鼙鼓，不停地受着时代的槌打，又不停地发出自己的声音，用自己的声波去震荡时代，融成一支令人振聋发聩的歌。

翻开《越剧史》，你会发现，关于《梁祝哀史》的改革仅是个中一斑。1942年2月，马樟花去世，二十岁的袁雪芬就干脆脱离了八年的科班生涯，投身越剧改革。她破天荒地成立了以编剧、导演、舞美设计为核心的剧务部，避免走弓，直接走弦。10月，在大来剧场重新登台，演出改革后首剧《古庙冤魂》。

幕内戏采用完整的剧本；舞美设计写实结合写意；灯光运用既有时间层次，又重渲染气氛。谢幕时，袁雪芬不知道这震动屋宇的掌声是怎样响起的。一种新越剧首次亮相获得成功的兴奋与激动，使她的身子微微发颤。袁雪芬明白，传统越剧要想获得新生，就要向综合艺术方向发展，就要博采众长，为我所用。唯有如此，沙漠才能变成森林，荒地才能变成花地。从此，新生的越剧剧目如茧抽丝，绵绵不绝——

1943年11月，国土沦陷的上海，一出表现国恨家仇的《香妃》搬上了舞台。为充分显现主人公大义凛然的精神，袁雪芬在琴师周宝财的配合下，吸收京剧二黄的特色，创造了别具一格的尺调腔，并衍化丰盈成情感真挚、节奏灵动、音韵优美、委婉细腻的"袁派唱腔"，不仅成为戚雅仙、吕瑞英、金彩风、张云霞众同行唱腔艺术的营养素，更为方亚芬、陈慧迪、徐莱、陶琪、李莉、张聿等接班人所师承。音乐家刘如曾称"一个调发展一个剧种"。袁雪芬也因此成为越剧唱腔艺术发展史上举足轻重的人物。

1946年5月，由鲁迅名著《祝福》改编而成的《祥林嫂》，由袁雪芬担纲主演。文艺界名家田汉、张骏祥、费穆，还有许广平先生亲临现场观摩。田汉先生当场叫好。文艺界、新闻界誉其为"新越剧的里程碑"。

1947年8月，由尹桂芳、袁雪芬、范瑞娟、傅全香、徐玉兰、筱丹桂、竺水招、徐天红、张桂凤、吴筱楼越剧"十姐妹"署名的历史宫闱巨献《山河恋》假座黄金大戏院联合义演。袁雪芬饰剧中人季娣。演出夜以继日，场场爆满，田汉称"此次联合公演的实现便是一个伟大成就"。

另外,袁雪芬还有不少弘扬爱国主义、歌颂民族气节的剧目如《红粉金戈》、《王昭君》、《木兰从军》、《梁红玉》;不少以小见大、直面人心的家庭伦理剧《断肠人》、《孝女心》、《黑暗家庭》……宛如雨后的蘑菇,劲长不息。

鲁迅先生说:"改革,是向来没有一帆风顺的。"事实确实如此。袁雪芬改革的万里长征刚刚迈出了第一步,双脚就觉得分外沉重——我们都是"三年徒弟四年半作过来的,怎么又要回转去当学徒","改革改革,想得美,我是一个铜板也不会出的"。总有人想把她双腿绊住,再将她拉回老路,"乳臭未干,就数典忘祖。"……袁雪芬这个苦水里泡大的姑娘儿,觉出味儿来了:这块古老的戏剧园地,竟然有这么多的怪事,琢磨事业的人被人琢磨,大干事业的人被人大干。坚决不认输的她,痛定思痛,祭出了三板斧:对未能适应新表演形式的老演员,循循善诱,情颇切切,语颇殷殷;邀请文艺界的有识之士加盟,吸纳虽学戏不久但有潜力的小姑娘充实班子;老板不肯出钱,姐妹们自己来凑。至于那别有用心的流言蜚语,权当耳边风,左耳进右耳出。

几招连环解数,就像清爽的风,吹散了漫天雾霾,也吹散了粘在她心头的云翳。缓过气来的袁雪芬以为明天将会是阳光朗照的日子,却不知接踵而至的是晴空霹雳。

1946年8月27日上午,计划去电台播音的袁雪芬刚走出静安新村弄堂,一包大粪就"啪"地一下重重砸在她的头上……接着,她又收到了一封装着子弹头的恐吓信,警告她,如再演新戏，"马上给你好看！"

袁雪芬回忆说："后来，特务盯梢到我的家，我人生没有自由了，到剧场演出，我一定要叫辆出租汽车，1块3毛钱，当时，1块3毛钱是很大的数目了，如果不是这样，我人身安全都没有保障了。"（上海越剧院编，《袁雪芬传记》，中国文联出版社，2018年6月第一版第一次印刷。）这还是小菜一碟，义演《山河恋》时，国民党上海警察局嵩山分局竟以"社会局认为手续不完备"为由，勒令《山河恋》立即停演。置身乌云压城城欲摧的境地，有人建议袁雪芬去杜月笙处唱次堂会，请杜月笙出面通融。袁雪芬一口拒绝。她约定尹桂芳、吴筱楼、汤蒂因和平衡律师等人一起去社会局找局长吴开先评理。尽管吴开先以你们被共产党利用，随时可把你们抓起来相威胁，但袁雪芬还是用破釜沉舟般的勇气挺身而出："要抓我可以，拿出证据来，义演是为建剧场、培养下一代。"（上海越剧院编，《袁雪芬传记》，中国文联出版社，2018年6月第一版第一次印刷。）尹桂芳也要吴开先给戏院门口人山人海的观众一个交代。理屈词穷的吴开先这才不得不电告嵩山分局撤销停演令。

富贵不能淫，贫贱不能移，威武不能屈。此之谓袁雪芬。

成功之花，总是为有心人开放。1949年9月，袁雪芬和梅兰芳、周信芳、程砚秋以戏曲界特邀代表身份参加了第一届中国人民政治协商会议。是年10月1日，袁雪芬作为全国地方戏曲界特邀代表，登上天安门城楼，参加开国大典，见证了人民政权的诞生。随后，中华全国民主妇女联合会执行委员会委员；全国人大代表，全国人大常务委员会委员；中国戏剧家协会副主席……诸多荣誉加身。

"英雄，就是这样一个人，他在决定性关头做了为人类社会的利益所需要做的事。"（伏契克：《论英雄与英雄主义》）……

　　"呵，老邢，入迷了，入迷了！"王君笑着将我从沉思中唤醒，"越剧是首批国家级非物质文化遗产，《梁祝》是代表性的精品。8月20日那天傍晚，第五届中国越剧艺术节落幕，茅威涛、方亚芬、赵志刚、张小君、崔伟等越剧界新生代名家走上了红地毯。二十多位梅花奖得主为票友、戏迷讲解了越剧锐意改革、薪火传承的故事，《梁山伯与祝英台》选段、现代戏《核桃树之恋》选段、越剧联唱《袁派经典剧目》……好戏连台。浙江艺术职业学院小百花班的学生还公开表态，要为越剧的传承发展贡献自己的一切。当时，我在现场，真是热血沸腾。"

　　"是的是的！家乡作为越剧发源地，实施'越剧优先发展'的新政，单在全球建立将近二百个'爱越小站'，培养了五十多名越剧小梅花来说，就可知'中国民间文化艺术之乡（越剧）'的荣誉并非浪得虚名。"心潮澎湃的我由藤椅中起身，高擎殷红的葡萄美酒，和王君一起，为心仪的代代相传的《梁祝》，也为这盛世的良辰美景，干杯！

　　我同母亲一样喜爱越剧，喜爱经典的《梁山伯与祝英台》。不过，我更喜爱孕育并使之发扬光大的艺术家们。是她们，将钻石般的年华融入剧中，用心血的甘露润泽人们心田，诱发人们心中的玫瑰。

　　因而，我祝愿，《梁祝》这生死难了的爱情经典，能深深铭刻进人们心田且在人间永恒。

傅全香：绝版的爱，超凡的艺

傅全香是我国著名的越剧表演艺术家，演艺精湛、嗓音清亮、润腔华美，有"越剧界花腔女高音"、"傅派"创始人的美誉。她不仅多次受到党和国家领导人的亲切接见和表彰，而且获中国唱片总公司的"金唱片奖"、全国电视剧"飞天奖"荣誉奖、美国纽约美华艺术协会"终身艺术成就奖"等。拿手戏《梁山伯与祝英台》、《情探》、《孔雀东南飞》、《李娃传》、《江姐》……名扬海内外。她与刘健的爱情故事脍炙戏坛，被人誉为"倾城之恋"。

一封不同寻常的来信

新中国成立后，傅全香和她的姐妹们都知道越剧的春天到来了，个个意气风发、兴致昂扬。傅全香和范瑞娟在上海丽都剧场携手演出《梁祝》，连演连满，出现了一票难求的盛况。观众的来信如雪片般飞来，每当卸妆完毕，傅全香都会认真阅读每一封来信，了解观众的心声，提高自己的修养。

一天，傅全香正一如往常地读着来信，忽然觉得手头的这封信不同寻常。这信虽然也称赞《梁祝》演来真挚感人、引人入胜，但重心却是指出表演上仍有需要改正的地方，并且提出了具体的意见，说《楼台会》中"劝婚"一场，祝英台不宜以优美的身段快步下台。因为这样容易给人以变心的误解，而缓行慢步则可揭示祝英台内心深处的沉痛和无奈，虽然婚事已属无可挽回，但自己总应尽一切努力来表明自己的心迹，减轻梁兄的心灵之痛。对傅全香来说，平时的许多来信，不是惊叹她的艺术才华，就是希望向她拜师学艺，还有就是表达爱慕之情，独有这封信是个例外。傅全香十分欣赏这封来信，不但在后来的演出中根据其中建议改变了台步，而且记住了这封信的主人——刘健的名字。

一位至真至诚的情种

有了开头，就一发不可收拾。此后，傅全香每天演出完毕，都能收到刘健的来信，就像准时上下班一样，内里有谈剧情的，有谈观看后的感觉的，有谈观众反响的，字里行间洋溢着真切之情。

刘健，刘健……这位刘健到底是怎样的一个人？直到很久以后，傅全香才知晓了一个大概：原来他生于南通，是一位刚过三十岁的青年人。父亲是轮船上的员工,自己大学毕业后公费留学英国读雷达专业,现在长江航运公司工作。刘健一向喜爱文艺,特别钟情越剧,对傅全香的表演艺术尤为入迷,所以凡是傅全香演出,他总是场场赶到,并将观后感一次不漏地写信给她。傅全香每次阅读他的来信,虽然从来没见一个"爱"字,可心里总能感到一种热烘烘的滋味。

日子一天天过去,书信一封封寄出,结果却像泥牛入海,没见一点音响。1953年,刘健奉命前往我国驻波兰大使馆工作,不忘初心的他依然惦念着远在天边的黄浦江畔。每天,都有一封印有洁白拷花的信件,跋涉千山万水来到傅全香手里。傅全香认真读毕,便依序安放在抽屉里,一年年过去,绵绵不绝的信件排满了一个又一个抽屉,可傅全香却没写过一封回信。当然,在思念中备受煎熬的刘健怎么也不会想到,傅全香如此"绝情"并非真的无情,而是有个情到深处又不便吐露的缘由。

怎么办?刘健在苦思冥想中想到了自己的妹妹。一天,他将自己的心事毫无保留地向妹妹道明。早就惊讶哥哥迟迟不肯结婚的妹妹这下才知道真相,急忙拜托亲朋好友找上"越剧十姐妹"中的吴筱楼。吴筱楼知道了刘健对傅全香的一往真情,大受感动,便主动带刘健妹妹上门说亲。

傅全香听罢来意,觉得该是交底的时候了,便将自己体弱多病,不想连累别人的心思讲明,并道明不想成家的念头实是由来已久。推心置腹的话语使两位热心红娘一时语塞。惜别时,傅全香还拜托刘健妹妹转告自己对刘健的谢意,希望他能够理解自己的一片苦心。

一页为之动容的情书

傅全香婉言拒婚的消息传到了刘健的耳中,失望之余,他依然坚信,诚心能感动上帝,凝聚着自己心意的书信依然像流淌的河水,天天不断。这下,傅全香的心里,再也静不下来了。

一天,明亮的阳光透过窗帘照在桌上,也照在傅全香刚刚摊开的洁白信笺上,她就着阳光细细阅读起来——

傅全香同志:今天,当我在写这封信的时候,心头感到十分沉重。我妹妹带来了你的口信,说你对我提出的希望通信,并在适当的时候见面的要求表示拒绝,原因有三:一是你打算抱独身主义;二是身体多病,不愿连累别人;三是自己文化水平低,配不上我这个留学生。听了你的这些想法,我的心情无法再平静下来,彻夜不能入眠,胸中似有千言万语要向你倾诉,请你无论如何要耐心看下去。

首先,在我们这个社会主义社会里,夫妻既是生活的伴侣,又是革命的同志。无论男女都应该建立正常的家庭。抱独身主义,已经大可不必。像你这样杰出的艺术家,更加没有必要,也是很不现实的。

其次,你有病,这是事实。但是,你患的并非不治之症。现在医学发达,一日千里,肺结核有什么了不起,是完全可以治好的。你不是在解放前就患了这病吗?不是治好过而再回上海的吗?今天的医药条件,比解放前不知好了多少倍,为什么不能彻底治好你的病呢?全香同志,千万不要悲观,要有信心啊!

第三，你说你文化低，配不上我。你讲这样的话真使我无地自容了。你是一位杰出的表演艺术家，你的艺术修养我怎么能同你比呢？你对剧情、唱词、人物的理解是那么深，掌握得那么准，这些可都是学问，都是文化啊！

而且，正因为你体弱多病，正因为你需要在文化上进一步提高，更需要有一个保护人，一个互相切磋的伴侣，一个忠实的助手。我，坦率地说，就真心诚意地希望做你的伴侣、助手和保护人——生活上我来照顾你，艺术上我来帮助你，你的健康则由我来保护，保证不仅不给你增加任何麻烦，而且会让你得到从任何人那里都无法得到的体贴、爱护、关心、帮助——终生不变！如果你怀疑这个保证的真挚、可靠，那么，请求你再翻一翻我所有写给你的信吧……

读着读着，傅全香再也抑制不住内心的激动，温热的泪水布满了眼眶。

一次令人遗憾的约会

时间到了1955年的夏天，中国越剧团应邀去苏联、德意志民主共和国访问演出，由许广平任团长，团员有袁雪芬、范瑞娟、傅全香、徐玉兰等。计划在波兰华沙换车，期间停留二至三个小时。刘健得到这一消息，喜出望外，忙写信给傅全香，希望相见一面。在众姐妹的鼓动下，傅全香终于答应了，办事一向认真的她赶在出国前写了一封回信给刘健。应该说，这是她平生所书写下的思考时间最长、字数也是最多的一封信件——

　　刘健同志：你好！你在 5 年中不断给我写的信，我都读过了。从信上的字里行间，我看到了你的为人，你对我的真挚感情。我非常感谢！

　　其实，我这个人并不值得你这么关心。讲到外貌，我极其一般；讲到文化，我只是个小学生，确实同你很不相称。但是，你的 5 年来信，令人感动，所以我愿意接受你的友谊。

　　6 月 30 日上午，我们将乘火车经过华沙。我穿一件红色旗袍……

　　见面的时刻终于来到了！

　　当列车鸣着汽笛徐徐停靠在华沙车站，徐玉兰就一把拉住傅全香的手，将紧张而又有点犹豫的傅全香拉下车来。她俩手挽着手，从站台的这头步向那头，又从站台的那头步向这头，时间分分秒秒地过去，但就是不见刘健的身影，一直等到列车重新启动，大失所望的傅全香才偕同徐玉兰回到车中。

　　刘健呵，你苦苦等候了那么多年，好不容易有了第一次约会，怎么爽约了呢？

一行不辞万里的脚印

　　载着中国越剧团的列车风驰电掣往柏林疾驰，整整 12 个小时过去后，那封举足轻重的信才优哉游哉来到刘健手中。

刘健迫不及待地打开信封,一看,急得额头不住沁汗,真是造化弄人,太无情了。怎么办?从不向命运低头的他开始通盘计算越剧团的行动日程,既然越剧团归途不再经过华沙,那么只有主动出击才是上策。而最理想的应该是当她们在莫斯科演出时前往相会。主意一定,他就向领导要求提前休假,快马加鞭赶往莫斯科。

一到莫斯科,刘健就直奔中国驻苏联大使馆,询问越剧团的驻地。使馆人员却说,演出已经结束,昨天已去列宁格勒。

啊呀,又慢了一步!刘健来不及叹息,马不停蹄地前往列宁格勒。

到得列宁格勒,刘健觉得这下可同心上人会面了,心情也轻松了许多。谁知刚刚缓过气,就得悉列宁格勒根本没有越剧团的踪影。

又是一个意外!刘健觉得不可思议!打听来打听去,才知晓离开莫斯科的越剧团去的是白俄罗斯,然后是斯维尔德洛夫斯克,最后才到列宁格勒和新西伯利亚。哎呀!原来大使馆的那位朋友把信息搞错了。

这下,刘健觉得再也不能在屁股后面追了,三十六计,"先"为上计,必须先走一步守候才好。于是,他采取了一步到位的办法,率先赶往新西伯利亚,坐等越剧团的到来。

就在日期越来越近,刘健的心里也越来越乐陶陶、美滋滋的时候,又一个意想不到的消息降临:越剧团再次改变了行程。面对此情此景,百感交集的刘健只有乘机飞回北京,静候越剧团归国。

光阴辗转，如梭似电，转眼已近国庆节。不时打听消息的刘健获悉，越剧团要过了 10 月 1 日方才回国，而且直飞上海。那就是说，如果没获这一信息，在北京干等，便会重蹈在列宁格勒等候的覆辙。刘健立马前往上海。

按常理来说，这次应该是万无一失、心想事成。谁知造物主又偏生开了个玩笑：刘健刚在上海安顿下来，载着越剧团的飞机却四平八稳地降落在北京城。

呵，天哪，刘健先生，你和傅全香什么时候才能见上一面呢？

一曲情深似海的爱歌

1955 年 11 月 5 日，一个天朗气清的日子。上午 9 时正，上海华山路枕流公寓傅家响起了柔美的门铃声。一位英俊潇洒的青年男子专心致志地候在门口。他就是让人感叹莫名的"情种"刘健。此时，距离相约华沙却无缘得见，已经过去了四个多月。用思念与日俱增来形容他一点也不为过。

听见门铃声响，早就在客厅里静候的傅全香徐徐起身。对于今天的约会，她已经思考得很周全了，可不知为什么心里还是不住打鼓。这咬定青山不放松的痴心人就要见面了，不知他性情如何？合得拢吗？怎样交谈才是最恰当呢……

门开了，一位面庞方正、鼻梁挺直，浓眉下，一双大眼炯炯流光的青年站在她的面前。他左手握着花瓶，右手捧着鲜花，一派绅士风度，笑意盈盈。

接过鲜花，双双握手，亲切道谢，齐齐落座。檀香氤氲中，刘健面对《十八相送》里那个玲珑剔透、惹人喜爱的"祝英台",欣喜之情溢于言表。傅全香却敏感地觉得,这婚事并不十分合适。原因主要有二:一、越剧是自己的生命,她不可能放弃越剧,跟刘健出国做夫人;二、生活上,刘健明显洋化,自己却是土气,硬性结合,恐怕会产生矛盾,甚至痛苦也说不定。于是,她就直言不讳地把自己的想法和盘托出,希望刘健能慎重考虑。听完傅全香的讲述,刘健诚恳地道出自己的心意——"老傅同志,我在给你写第一封信的时候,就已经郑重考虑过了。5年来,我给你写了一千封信。每写一封信,我都考虑一次。你上次提到的三个顾虑,我已经写信向你详细解释过了,今天你讲的这两点,更加不成问题了:第一,对我来说,你是第一位的,其他都只能是我服从你,而不能让你服从我。如果你同意和我结合,我就决定立即申请回国工作。我相信,组织上也一定会支持的。第二,生活方式的不同,是可以彼此影响,相互迎合的。你不要只看到我留过学,现在当了外交官,我原是个穷学生,所以从根本上看,我们一定会合得来。而且,我爱好音乐,爱好艺术,爱好越剧,特别热爱你出色的表演艺术。我们确实有许多共同的爱好,我真心愿意当你的忠诚伴侣……"听着刘健的肺腑之言,想起他那一颗始终不二风雨弗迷的火热的心,傅全香感动得再也说不出话来了。

一对人人称美的伉俪

大丈夫一言既出,驷马难追。刘健向傅全香表明心迹后不久,就从国外内调到天津中波轮船公司工作。他俩转眼间从远在天边变成近在眼前，情感也像星星之火迅速燎原。

1956年元旦，傅全香和姐妹们在天津巡演了一个月。安排好工作后的刘健，不但天天关注着傅全香的演出、关照着傅全香的生活，而且对剧团中的所有成员也亲如家人一般。刘健那温良淳厚的古道热肠彻底融化了傅全香心头的最后一丝忧虑，终于在她34岁那天，在亲朋好友的殷殷祝福和欢声笑语中，双双步入了婚姻的殿堂。

婚后，他俩互敬互爱，是圈内有名的模范夫妻。"文化大革命"期间，面对造反派的冲击，他俩更是风雨同舟，共度患难。83岁那年，傅全香面对记者，将自己的人生道路做了真切感人的剖析："从我个人来讲，唱了一辈子戏，让我终身受益的有两句话：一句是文化老师说的，一句是父亲的遗言。我9岁学戏，文化老师在第一堂课上，就让我写一个'人'字，她意味深长地说，台上怎么当演员，台下怎么做人，直到今天，我还在写这个'人'字，还在努力写好它。还有一句是父亲临终时的话，他说'天外有天，山外有山。不管怎么样，你都是学生，只有虚心学习，才有长足进步'"，"回顾我的艺术生涯，我把它形容为三朵花。我的童年和少年是一朵苦菜花，无论身处何种逆境，艰苦学戏，学习为人民服务的本领。我的青年和中年是一朵兰花，把越剧的幽香源源不断地散发出来，奉献给观众。我的晚年是一朵梅花，我从舞台走向讲台，为年轻学子传道授业，学子们学业有成，一个个站在舞台上时，我便在梅花丛中笑。"

1979年12月，刘健因心脏病突发，不幸离开人世。2017

年10月,傅全香也化蝶西归。这对人人称羡的夫妻又在天上团聚,成为"神仙伉俪"。

王文娟：天上掉下个林妹妹

越剧表演艺术家王文娟老师离开我们已两年有余，她亲切的音容笑貌、逼真的表演艺术，却总是蕴蓄于我的胸间，挥之不去。

她出生于1926年10月19日，去世于2021年8月6日。8月10日，她的家乡嵊州，融媒体中心在广播电台推出《永远怀念王文娟老师》专题节目；在"爱嵊州"APP建立网上悼念厅，以表缅怀之情。她的出生地——黄泽镇坑边自然村，含着热泪的村民将她的老家打扫得干干净净，丝丝缕缕的香烟弥漫在原本低调封闭的空间里。虽然"疫魔"尚在，然不少市民、戏迷仍自发前往文化广场，追思王文娟老师。越剧梅花奖得主黄美菊说：我从事越剧工作后，第一次获奖唱的就是王文娟老师的代表作《黛玉葬花》，我缅怀王文娟老师，也怀念其他已去世的老一辈艺术家，我要做的是把他们的艺术、优良品德好好传承下去，以告慰他们的在天之灵。

一天夜里，越剧界的一位友人来家叙谈，讲起王文娟老师当行出色的学生：国家一级演员、梅花奖和文华表演奖的得主周云娟、单亚萍，国家一级演员、梅花奖得主王志萍、李敏、陈晓红、苏锦霞，国家一级演员洪瑛、宓永仙，各擅胜场的孟莉英、徐玉萍、钱爱玉、吴洁、姚建平、钱世娥、张珺、徐璐、陈萍、张丽、李旭丹、胡泽红、忻雅琴……真可谓少长咸集，精英济济。

王文娟老师忌日那天，一个周末的下午。正沉浸在思念中的我听到门铃响声，开门一看，是快递。喷洒酒精后打开，是我热盼的王文娟老师的自传《天上掉下个林妹妹：我的越剧人生》。是夜，在柔柔的灯光下，我一门心思阅读个中文字，"不知有汉，无论魏晋"。我是以自己最纯真、最至诚的方式纪念我的乡亲、敬爱的王文娟老师。

前不久，我想写篇纪念王文娟老师的文章。整理资料时，《越剧博览》中的两则故事使我感动莫名。

一则是《王文娟的宝剑》，说的是王文娟13岁那年，她的表姐，有"越剧盖叫天"美誉的竺素娥自上海回乡探亲，见文娟长相姣好，天资聪慧，就将她带到上海，亲授技艺。竺素娥本就文武全能，教王文娟也是先小生后小旦，由配角向主角，历经六年燕子筑巢般的艰辛，才决定将尽得自己真传的表妹放飞。分手时节，竺素娥将最为心爱的宝剑送到文娟手里，说这把蛇皮宝剑是自己十八九岁辰光，在绍兴觉民舞台演出《红须剑侠》时，专门托人到上海置办的，那么多年一直形影不离。

她叮嘱表妹要博采众长，为己所用，并将自己压箱底的奥秘"文戏要武底，武戏要文辅"和盘托出，亲情和艺理就这样在润物细无声中升华。从此，王文娟这条生命的小船在命运的激流中进入了新的航道。她开始像海一样容纳百川，像鹰一样展翅飞翔。她连抬头看云，举首望月的功夫都用在修炼上。二十世纪五十年代，她饰演《追鱼》中的鲤鱼精，与天兵天将舍命厮杀时，剑尖起处，光华穿织，冷芒激荡，锐气若削，一连串的鹞子翻身、乌龙搅柱、釜底抽薪，让观众紧张得双唇紧抿，生怕那颗狂跳的心蹦出喉咙。二十世纪八十年代，她饰演《慧梅》中的慧梅，剧中有舞剑专场，尽管自己功底扎实，仍不遗余力地向擅长剑舞的上海歌舞团青年演员陈绍兴请教，力求精益求精。要知道，当时的王文娟，不仅年过半百，且已名扬四海，可为了艺术，依然不耻下问，印证了美国英格索尔的名言："人，并不因为人种或肤色的关系才超群，有着最真诚的心、最优秀的头脑的人才是出类拔萃的。"

另一则是《"宝玉""黛玉"与阿妈妮》的故事。说的是1953年，"玉兰剧团"参加了中国人民志愿军，与朝鲜人民并肩抗击侵略者。当时，剧团被安排在开城市郊的一个小镇暂住，王文娟和徐玉兰、筱桂芳、徐慧琴诸演员住在一位阿妈妮家里。阿妈妮年过花甲，丈夫为国献出了生命，和两个十多岁的女儿相依为命。不久，王文娟们发现：每当开饭时，阿妈妮母女仨总是不见踪影。后来方知，她们不想让王文娟们知道自己忍饥挨饿的处境。王文娟们暗暗商定，每人在就餐时少吃一口饭，少喝一口粥，少食一只馍，把省下来的食物悄悄放入阿妈妮的锅里。阿妈妮常常手捧米饭，眼含热泪。待得天气转热，志愿军一时无法换下棉衣。王文娟们从阵地、坑道回来，总是浑身热气腾腾。阿妈妮母女便趁她们夜间熟睡之机，将她们的衣裤卸去棉花，连夜赶缝成夹衣，以回报中国亲人的恩情。一次，王文娟们从营地回来，见阿妈妮的女儿躲在暗处哭泣，询问再三，方知姐妹俩初中毕业，因家境困难无力升学。怎么办？送钱！身上没有朝鲜币，从国内设法，远水难解近渴，更兼战争环境。焦急中，徐玉兰灵机一动，由面盆里拿起一块肥皂。王文娟立马跟进。"呵，肥皂送给阿妈妮，换钱交学费！"大伙纷纷将上级发下用来洗涤的肥皂凑成一堆，送到阿妈妮手里。阿妈妮母女仨紧紧地拥抱着王文娟们，久久不忍松开。

如何耕耘？如何收获？两则故事说得清清楚楚。

在悼念活动中，我专心致志地聆听了王文娟老师在2007年的越剧讲座录音。她亲切生动的话语、热情饱满的声调给我留下了刀刻斧凿般的印象。她的声音对我的意义绝不仅仅是话语，而是胜似亲人的殷殷情、拳拳心。王文娟老师的关门弟子、嵊州越剧艺校教师王学飞深情地说："老师的艺术水准是我一生追求的目标，她的为人也是我的楷模，她经常告诫我们，做人要简单一点，演戏要复杂一点，还说演戏表演不能将就，要讲究。"真是言近旨远，发人深省。

悼念王文娟老师的活动，可谓遍及大江南北。在上海的悼念视频中，我见到了王老师独生女儿孙庆原的身影。这个于中国第一颗原子弹在新疆罗布泊试爆成功两天后出生的女儿，这个以庆祝原子弹成功试爆命名的女儿，曾以优异成绩留学德国。

回国后，她虽有自己的事业，但仍心系越剧。她曾和母亲协作演出《忠魂曲》，唱腔醇厚柔美，表演情真意切，作为母亲影响下的后起之秀，着实令人称羡呢！

现在，时值子夜，四周一片岑寂。静谧中，我想到了一家最近还在为大众讲述王文娟故事的报纸——上海《新民周刊》，一篇发表于2022年8月5日的文章《"林妹妹"的三段情——纪念王文娟老师逝世一周年》，使我蓦然忆起了二十世纪六十年代越剧《红楼梦》拍成电影公开放映时，王文娟老师的家乡嵊州史无前例的盛况。那时，为尽量多纳观众，电影在人民大会堂放映，一天24小时连轴转，除了清场，中间几乎没有休息。潮水般涌至的观众，就像久旱逢甘霖，心底都开满了春的艳丽花朵。更有跋涉五六十里山路，闭幕后又星夜赶回的人。直至凌晨，大街上仍是熙熙攘攘的人流，同上海南京路相比，有过之而无不及。"林妹妹"给人的视听享受，难以言喻。蕴含在"三段情"中的生活细节、时光重量，尤其让我回味无尽。那感觉，就像小时吃薄荷糖，吃完了，还是馋，再伸出舌头在糖纸上舔呀舔，味道好极了。

王文娟，终于以磨杵成针般的努力，赢得了星辰一样多、一样亮的荣誉：越剧"王派"创始人；国家级非物质文化遗产项目"越剧"代表性传承人；中国文联终身成就戏剧奖；上海白玉兰戏剧表演艺术奖终身成就奖；上海文学艺术奖终身成就奖；中国唱片总公司"金唱片奖"……在国际上也是奇峰突起，先后获得朝鲜劳动党颁发的三级国旗勋章；美国纽约中美艺术委员会颁发的"艺术终身成就奖"；缅甸总理吴努授予的金质奖章等。这一切,自然是实至名归的,不过,我还要说一句:比这多荣耀更让人难以忘怀的,是王文娟老师可敬可亲而又可爱的为人。

我时时思忖:王文娟老师,著名的艺术家,家乡人,她虽然离开了我们,但并未远离。我大脑的荧屏呈现出这样的镜头:在那缥缈圣洁的梦幻世界,诗意盎然、唯美动人的她,"绕绿堤,拂柳丝,穿过花径";百花丛中,她的先生孙道临,正手指轻叩,含情脉脉地聆听袅袅越音;周边,应有她视同姐妹的好搭档徐玉兰、小白玉梅、邢月芳、陆锦花、邢桂芳;当然,还应有她的恩师、表姐竺素娥,一众怡然、喜气洋洋者矣的身影。

我也常常思想:老师的艺术人生,并非只是向我们讲述那些古今故事,并非只是向我们抒发一份个人的情仇爱恨,而是让我们在她表演的神韵和演唱的旋律中憬悟天道,憬悟人生。

"喔喔喔——"头鸡啼了!我起身推开窗户,迎候新的一天的光临。

山乡戏忆

我素来喜欢看戏，尤其是越剧，且记忆特深。故尽管岁月的车轮旋转了大半个世纪，小时看戏的情景仍鲜亮似昨。

二十世纪五十年代初，熹微晨光替代了曾经的暗色。直起腰板的乡民，生活虽然清贫，逢年过节的文化娱乐却是一派生机。暮岁时分，辛劳终年的乡亲除邀请专门戏班上门外，更有自己着手排练戏文的，演员多是毛遂自荐的青年男女，找个资格老点的做导演，你小生，她花旦，我老生……角色分配就绪，戏班遂宣告成立。于是，袅袅乡音像农家自酿的米酒，配上撩人心魄的锣鼓声，招引得来到这里的每个人都鲜灵活跳、喜气盈盈。

临近年关，大村小庄的古戏台成了"欢乐"的发源地，宽荡荡的祠堂就成了地道的观众席。春节伊始，无论昼夜，古戏台前都像赶"庙会"似的，男女老幼，挨挨挤挤，热闹非凡。

照惯例，大凡戏班人马，概由所在村子招待，故不管是谁，入场看戏都无须买票，哪儿演，四邻八村的乡亲们就往哪儿赶，纵横阡陌，尽是"过江之鲫"。开演前夕，锣鼓手敲起"头场"：铿锵、铿锵、铿锵、铿锵……喧天的声响传彻五里路外，直催得饭桌边细嚼慢咽的人儿脚底板发痒。戏台前，先来的排开长凳，占好特等位置；迟到的只好一边转悠，一边指指戳戳，寻觅可以容身之地……熟人的招呼声、友人的笑骂声、大人的呼儿唤女声，一浪又是一浪，震荡得空气也嗡嗡有声。对都市戏院的观众来说，那热烈欢快的场面是无缘享受的。当然，一旦幕布拉开，台下顿会一片肃静，大伙圆瞪双眼，伸长脖颈，屏气凝神，一声咳嗽也会使人讨厌。

过年演戏，大约半个来月时光。因此，平素各自奔忙难得会面的亲友就会扶老携幼拥至。乐陶陶的主人挽衣捋袖、杀鸡宰鸭，煎的煎、炒的炒、煮的煮；肉香、油香、柴香、酒香将人的心绪调芡得醲醲郁郁。而青春勃发的黄花闺女和年轻后生，则装束一新，趁此难遇之机显现自己风采，于一脸娇羞一脸绯红中踅摸自己崇尚的知音。台上的"公主"、"小姐"把相思撩拨得通体滚热，故节期一过，上门说亲的就会将原本粗糙的门槛踏得光溜溜的。

由于生活拮据，演戏用的道具、服饰不止简洁，且多"推陈出新"。戏台上方吊上二盏汽灯算是佼佼者。乐队以"二胡"为主，辅以琵琶、笛子、鼓板、铜锣……全是民间乐器。我清楚记得，那时城里有个叫鹤鸣的笑眯眯的瞎子，拉得一手好二胡，好多"班子"都专程请他充当"主胡"手，虽是义务，但他依然乐此不疲，且一副踌躇满志的神态。

越乡嵊州施家岙是女子越剧的发源地,故山乡上演的多是越剧:《梁山伯与祝英台》、《西厢记》、《碧玉簪》、《情探》、《孔雀东南飞》……且多为折子戏,如:《梁山伯与祝英台》中的"十八相送"、"楼台会",《碧玉簪》中的"三盖衣"、"送凤冠",《何文秀》中的"私访"、"哭牌算命"等。有时,台上的演员咿咿呀呀地唱,台下的观众就和着"过门"应,演员和观众声气相投融汇一体,台上台下传递着可以暖心慰怀的温热。真正让人百感交集的是,除了演员的唱、念、做、打,还有戏中令人荡气回肠的人物故事和情节。我不敢有忘,当时邻村有一对青年夫妻,很是恩爱,女的虽勤劳节俭,然她的倔强个性却为婆母王氏所不容,王氏遂逼儿子与其离婚,儿子苦求不允。其时,村里正好上演《孔雀东南飞》,当演到剧中人焦母强迫儿子仲卿休妻,仲卿母命难违,与爱妻忍痛分离,爱妻回娘家后投河自尽,仲卿得信后也自缢身死时,人们仿佛走进了时空交错的隧道,凄楚惨切。台下先是一片死寂,继之以牵肠绞肚的哭声。王氏不等散场就先悄悄溜走,且此后再也不提离异之事。人生的河道中,谁喜逆流而行?

我为仲卿夫妇的离世而悲,也为邻村那对青年夫妻终于避免了离异的悲剧而喜。一个传唱了千百年的爱情故事,能如是打动人,影响和改变曾经不可一世的封建恶习,成全了一对对拥有真挚爱情的后人,文化的软实力,实是不可小觑的。

越剧不仅替乡亲们带来了无上快乐,还赋予了脍炙人口的地方风味小吃斗奇争妍之机。凡村中一有演出,周围的小摊小贩就会接踵而至。甜香可口的葱烧饼、马蹄酥,入口即溶的薄荷糖、红绿酥，现炒热卖的花生米、葵花子，还有皮薄馅鲜热气腾腾的"码头汤包"、"小笼馒头"……在声情并茂的吆喝声中织就了又一幅热气腾腾的别致风景。

那时，人们对越剧、自己的家乡戏，有那样执着的热爱，那样铿铿的自信，那样不渝的迷恋，在如今的年轻人眼中，也许会觉着惊讶，觉着不可思议。这也难怪，时代不同了嘛！但如果仔细想想，又会觉得：演员在戏台上表演小戏，人们又何尝不是在硕大无朋的大地上表演大戏呢！这不是异曲同工吗？要不，哲人先贤也不会有"人生如戏"、"生活大舞台"之说了！例如，嵊州这方热土，史有记载，禹舜时期，大禹治水"功毕于了溪"的"了溪"即今禹溪；魏晋南北朝，大批文人雅士慕剡中山水，纷纷南下，如今还有戴逵别业等遗址；王羲之晚年隐居剡县金庭，最后长眠于此；文学史上"山水诗派"开山鼻祖谢灵运在故乡嵊州撰写出名动我国经济学史和文学史的《山居赋》和诸多弘扬剡地山水的经典诗篇；至唐，杜甫、李白、孟浩然、宋之问、韦应物、顾况、崔颢、罗隐等三百四十多位诗人畅游过剡溪这条水路，唐诗之路旷绝古今……而近年来，考古的新发现——约有9000年历史的小黄山遗址，更是开启了长江中下游地区新石器时代的文明序幕。

其实，不啻是嵊州，在整个绍兴，整个越地，无论往哪个方向，只要你迈开大步，都能踩出一个又一个历史故事，用我邻居那个老顽童的风趣讲法来说，即是擢发难数。静静想来，古往今来，哪儿又不是在绵绵不绝地上演一出出大戏呢？大地乃历久不衰的戏台，岁月乃历久不衰的编导，而生活在大地上的一代又一代子民自然是历久不衰的演员了!而对我们来说,即使是一个无足轻重的配角,毕竟也是个角色,也要全身心投入才行,你说呢?

名士剪影

王羲之与金庭

东晋时期,中华文化的太空升起了一颗亮丽的星辰——王羲之。他的绝代才华与登峰造极的书法艺术倾倒了一代又一代龙的传人,成为民族的骄傲。

王羲之生于山东临沂,22岁出仕秘书郎,历任参军、宁远将军、江州刺史、右军将军,在会稽(今绍兴)内史任上,交卸郡篆,于东晋穆帝永和十一年(355),携妻牵子,来到毗邻的剡县(今嵊州)一个名为孝嘉乡(即现金庭)的地方,继续书法艺术生涯,过起了"我卒当以乐死"的晚年隐居生活。

金庭山水绮丽,素有"养真之福地,神仙之灵墟"的美称。据《嵊县志》载:王羲之至金庭后,"建书楼,植桑果,赋诗文,作书画。以钓鱼放鹅为娱。并与许询、支遁诸名士遍游剡中名胜山水"。在这六年的隐居生活中,他的书艺一直保持着巅峰境界,《晋书本传》说王羲之"善隶书,为古今之冠";书论大家称其笔势"飘若浮云,矫若惊龙",像一种活着的生命,故有"书圣"之誉。

王羲之的人生于59岁在金庭定格。林荫处处、绿茵绵绵的墓园在村后瀑布山;山门前,传为王羲之手植的千年古樟虬枝擎天;山门左侧为"晋王右军墓道"石牌坊,是清道光年间浙江学政吴钟骏所题;太师椅般的王羲之墓隆于山腰,墓前,大明弘治年间重立的"晋王右军墓"碑穆然伫立。

王羲之在嵊州的遗迹不少,流传的关于他的故事亦多,"神笔与灵砚"、"东床佳婿"、"方丈壁鹅"等,比比皆是。其中"王羲之古刹遇仙师"更是个中佳话。

一天清晨,已得卫夫人茂漪书法真传的少年王羲之拜别父母,带着小厮,优哉游哉来到四川峨眉山麓。放眼望去,但见山泉泻碧,林涛荡绿,云绕奇峰,鹰旋翠谷,那神奇而迷人的景色使王羲之忘记了一切。直到日照头顶,肚子"咕咕"直叫,才想着寻个去处,弄点吃的充饥。

但四周一片山川,却无酒店、人家。倒是小厮眼尖,三转两转就发现山林深处露出一截翘角,想必是寺院无疑。于是,主仆俩顾不得路隘林深苔滑,打起精神,匆匆向前奔去。

好容易来到寺院前,王羲之却不由得呆住了。为什么?你看:偌大一座寺院,不但山门破败,而且断墙残垣,悄无声息。"笃笃笃笃!"敲了半响,也无回音。推门进去,院内荒草森森,老树上响几下乌鸦的厉叫,冷清清的大殿上满是灰尘,一脚下去,就"扑"地陷下一个脚印,惋惜中,王羲之不由发出沉沉的叹息。

王羲之游目四顾,却见大殿角落躺着一把条帚,便信手拈来,

"刷刷刷刷！"转眼间，灰蒙蒙的地上就印上了三个比箩筐还大的"惜"字。

"吁！"王羲之呼出一口长气，放下条帚。就在这时，"嚓嚓嚓嚓！"一阵脚步声由远而近，接着，"哑"的一声，虚掩的山门大开，一个身高体壮的老和尚肩挑山柴，大步流星跨进院来，要不是颏下银须飘飘，王羲之还以为是个精壮的中年僧人呢！

老和尚步上大殿，将肩微微一耸，一担沉甸甸的山柴便"啪"地一下落在地上。王羲之赶忙上前，躬身施礼道："小生私入宝刹，还望大师见谅！"

老和尚将王羲之略一打量，说道："稀客稀客！寺内就老衲一人，焉能怪小施主。"说罢，老和尚正想招呼王羲之入内稍息，忽然瞥见地上尘埃深处印着三个偌大的"惜"字，禁不住驻足细看，老半天，却是不发一言。

静候一旁的王羲之沉不住气了！他悄声说道："此字乃小生所书，大师以为如何？"

老和尚只是淡淡一笑，这下，年少气盛的王羲之可下不得台了，他想：吾出身书香世家，从小就受父母熏陶，自拜卫夫人为师以来，更是废寝忘餐，不敢有丝毫懈息，近年来，所书之字，有时连父亲也难分辨，哪是卫夫人墨宝，哪是自己手迹。卫夫人乃当今唯一享有盛誉的女书法大家，你老和尚何德何能，竟敢藐视如斯？王羲之心里感到老大的不快，但一想到"老吾老，以及人之老"的古训，便把不快之情抛过一边，以和缓的口吻向老和尚说："小生智质愚钝，拙字实难上大师法眼，如蒙不弃，还望大师赐示一二。"说着,递过条帚,催老和尚出手。

老和尚闻言,"呵呵呵呵!"放声大笑,那笑声宛若洪钟,惊得昏鸦从殿前老树上扑簌簌飞起。笑声一歇,老和尚就三下五除二利索地解开柴担,将手臂般粗细的山柴一一拣出,归拢一处;接着又把细若柳枝的藤条挑在一边;最后再选择粗细居中的柴枝。

王羲之不明所以,只好怔怔地瞧着老和尚,看他从葫芦里倒出什么药来。老和尚不慌不忙,分别将粗细不同、形体各异的三堆柴枝整齐放好,随后叉开双腿,屏气凝神,静静伫立,慢慢地,那纹丝不动的眼珠溢出镜水般的光来。这时候,老和尚跨步上前,探手从手臂般粗细的一堆山柴中拿出数根铜筋铁骨般的柴干,"刹刹"几下,就在地上摆出一个比箩筐还大的"惜"字来;随后转身拿起粗细居中的那一堆柴枝,一眨眼,地上又多了个活脱脱的"惜"字;最后,老和尚又移手细若柳枝的藤条……曾几何时,三个大小相仿,气势各异的"惜"字活生生地呈现在王羲之面前。

王羲之定睛望那用树枝一气呵成的三个"惜"字,双眼禁不住放大了一倍。但见为首的一个"惜"字,气度森严,精灵莫测,虽非翰墨,却胜似翰墨;居中一个"惜"字,"笔触"自由,静与神会,活泼生机竟飘逸于虚空之间;最末一个"惜"字,若非亲眼看见出自老和尚之手,简直不会相信,那造型宛若垂柳临风,更似山泉倾泻,浪漫中见潇洒,豪放中孕柔媚,而四周匀匀尘灰,居然恰到好处地为这举世无双的"墨迹"增添了一层朦胧美。王羲之仿佛如老僧入定般一动不动,要不是小厮拉扯，说不定真会待上半天。

王羲之回过神来，知道自己今日遇上了世外高人，当即伏身下拜说道："小生有眼不识泰山，乞望大师恕罪！"

老和尚仙风道骨，哪里把这区区小事放在心上，忙弯腰托起羲之，坦诚说道："当今之世，汝之书法已堪称一流，不知汝与卫茂漪卫夫人如何称呼？"

羲之见问，毫不隐瞒，将自己从小随父亲王旷母亲诸葛夫人学习书法说起，到拜卫夫人为师，直至艺成出外游历名山大川以求精进的过程滴水不漏地禀告老和尚听。言罢又欲伏身下拜，求老和尚赐教。

老和尚见王羲之气度不凡，小小年纪就有这等成就，若再作努力，日后必定冠绝古今，于是有心栽培，伸手拦住羲之说道："善哉，善哉！卫夫人功力深厚，手书秀骨清像，独具一格，只是囿于保守，难以尽情发挥，汝学若能剔此俗套，博采众长，则前程不可限量。"

老和尚携着王羲之之手来到禅房，于藏箧中取出黄绢裹着的小包，递给王羲之说："此是老衲毕生心血所凝，望汝好生为之！"

王羲之恭恭敬敬地接过，打开一看，封面上写着《书赋》两字，一口气看下去，见内中不但评述了李斯、蔡邕、梁鹄、刘德升、锺繇、胡昭、毛弘、张芝等各家书法的风格和成就，还提出了：书法意象源于自然，凡作书，应从自然之美的感受中领悟要谛与灼见，真是言言如金石，字字赛珠玑。这哪里是一般文人学士的应景之作，分明是一部阐释书法艺术的珍品。王羲之明白其中的分量,虽然爱如至宝,但岂敢随便消受?于是强慑心神,将黄绢摊开、理平,小心翼翼地把《书赋》包成原状,双手奉还,并恭谨地说:"大师指点一二,小生已属三生有幸,怎敢有此奢望?"

老和尚见羲之如此知书达礼,欣喜之情,更添三分,便重新将小包递到羲之怀中,让他不必客气。王羲之感激万分,遂拜谢再三,方离寺而出,不过须臾,身后忽传来鹅鸣之声,回头看时,见老和尚已端坐在大白鹅上,冲天而起。蓝天白云间,一页素笺冉冉飘下。羲之拾起一瞧,却见上书:古刹安《书魂》,金庭慰平生。

从此,王羲之更将《书魂》中之要义奉为圭臬,昼夜不舍,终练成一泻千里、不可遏止的气势和神韵,但始终不解"金庭慰平生"的涵义。直至后来官任会稽内史,知辖区有金庭一地,方知自己命中注定与金庭有缘……这个关于王羲之的传说故事,虽然奇幻,但也可看出王羲之在剡地影响的深远。

"人事有代谢,往来成古今。江山留胜迹,我辈复登临。"如今,跨越了千年历史时空的书圣故里已成为全球书法朝圣之地。王羲之作为金庭始祖供奉在王氏宗祠内。金庭观、三清殿、右军祠、古碑亭、书楼与四周松柏翠竹、异花奇草相衬,宛如风物当年。书圣神韵超凡的书法艺术,当代书法大家沈鹏、朱关田、李铎等精美绝伦的手迹和众多颂扬书圣的诗文更使书圣故里美不胜收。传承书圣遗风的"中国嵊州书法朝圣节"名扬中外;涵盖中国以及日、加、新、菲诸国的"中国王羲之基金会"、研究会、书画诗联学会如日中天。

戴逵：佛光普照的人生

"乘兴而来，兴尽而返"。这是《晋书·列传第五十》中的一则记述。这则记述使我步入了一个原本生疏的境地，洞悉了一丝人性的奥妙，也因而走近了一个人，这个人就是戴逵。

我不是语言学家。我以为，你纵然是语言学家，若只凭词面来理解，也难免会只知其然，而不知其所以然。因为，这里面有个故事，只有知悉了这个故事，才能了解个中的奥秘。所谓"脉从根基起"便是这个道理。

近来"疫魔"尚存，为自珍计，将本应外出的时光用在了阅读上，用在了阅读《晋书》上，当瞧见"乘兴而来，兴尽而返"的记述，便诵读再三。

王子猷居山阴，夜大雪，眠觉，开室，命酌酒。四望皎然，因起彷徨，咏左思《招隐诗》。忽忆戴安道，时戴在剡，即便夜乘小船就之。经宿方至,造门不前而返。人问其故,王曰:"吾本乘兴而行,兴尽而返,何必见戴?"

这事初看似乎平常,再看就觉得讶然了。王子猷,书圣王羲之第五子,一个生性高傲、豪放不羁的人,一个任大司马桓温参军时面对上司仍然我行我素的人,竟然不顾天寒地冻,雪夜远访。那戴逵究竟是何方高人,竟能使王子猷放低身份?大惑不解的我,开始在史料中寻寻觅觅,中国历史上占有一席之地的名士、学者便沿着时光的隧道向我走来——王濛、范宣、王羲之、支遁、许询、郗超、谢安、谢玄……他们都对这位文化才俊赞赏有加、钦佩莫名。

戴逵大约于永和十年(354)来到剡县。时年28岁的他,欣悉江南腹地有一剡县,外围,莽莽重山像大地隆起的肌肉;内里,漠漠平地如天生的聚宝盆,更兼才俊高士云集,遂悄然前来。山水之秀、人文之胜恍若四季不凋的常青藤系住了他的青春,踌躇满志的他在这里尽情地放飞遐思,放飞梦幻。

这一来就是43年,直到终老,开弓没有回头箭。他不仅在绘画、音乐、文学诸领域锦上添花,而且还将佛教雕塑艺术挥洒得美轮美奂。

公元317年,西晋皇族司马睿南迁,建立东晋,定都建康(南京)。10年后,戴逵在谯郡铚县(今安徽省濉溪县)一个士族官僚家庭出生。父亲戴绥虽属朝廷要员,但西晋"永嘉之乱"、"衣冠南渡"……一宗宗重大的历史变故,使这位曾经的政治风云人物，思想有了改变。也许是时代的趋势令他失望；也许是多年的参政使他厌倦；也许是严峻的现实使他觉着无奈，戴绥越来越感到，与其在仕途上苦苦奋斗，还不如在文化的天地里施展抱负。因而，当他看到日渐长大的戴逵无意功名时，遂趁热打铁，将他引向文化的世界。戴绥清楚，读万卷书固然要紧，行万里路更不可小觑。所以，每每远行，他总是携戴逵同行，让大自然的纯真来陶冶他的心性，以旅途见闻来丰盈他拥有的知识。

有次，戴逵随父前去建康（今江苏南京），一路上，站在船头眺望的他，只见江水漾绿，滩林泻碧；难见尽头的江流犹如一卷长轴徐徐展开，江面薄雾氤氲，仿佛笼着轻纱，一只孤飞的江鸥扇动着翅膀在头顶盘旋；更有那渔翁身披蓑衣，头戴斗笠，驾一叶小舟，在柔软如绸、晶莹似玉的水面上时隐时现，天地间恍若一曲美妙的交响，一首迷人的诗篇。

到了建康，戴逵随着父亲，来到城中文人雅士聚居的瓦官寺时，正好遇上画家王濛在为人作画，戴逵屏气凝神，双眼不敢一瞬。王濛与戴家素来有旧，昔日也曾听说戴逵是个神童，便让他现场表演。戴逵推辞不得，遂蘸饱墨汁，一气呵成一幅《渔翁图》来。那是从旅途风光上获得的灵感，是初出茅庐的戴逵在笔墨趣味上展现的内心镜像。

王濛本是晋朝画坛领军人物，见戴逵一挥而就的《渔翁图》，构思新颖，画意幽远，且洋溢着生活的诗意，料定他日后必成大器，不由感叹道："此童非徒能画，亦终当致名。恨吾老，不见其盛时也。"事情的发生虽属偶然，但戴逵的出类拔萃却是必然。当然，此时的戴绥做梦也未曾想到，在不久的将来，拥有煌煌五千年文明史的中国，会增添一位"圣"字级的文化人物，而这个人物，竟是自己的儿子戴逵。

现在，让我们翻到介绍剡县的一章，来寻访戴逵入剡后的踪迹。

古剡县，在今浙江省东部，包含现在的嵊州和新昌两地。戴逵入剡时，身为右军将军的王羲之正任会稽内史；剡令李充在独秀山为母卫夫人守孝；廉吏阮裕亦在剡城隐居；退职后的谢安高卧东山，以图再起；还有"玄言第一"的名士许询，道士许迈……真可谓少长咸集，群贤毕至。这里，没有唯我独尊的孤芳自赏，没有道貌岸然的互相恭维，也没有心怀叵测的故弄玄虚，只有开怀交心的畅叙趣谈。名士郗超一见戴逵，便被他身上散发出的艺术活力和性格魅力所倾倒，出资百万，在县城北星子峰南坡（今戴望村村委会所在地）为其建造精舍。感动莫名的戴逵告诉亲友说："近至剡，如官舍。"并作《闲游赞》咏剡之云蒸霞蔚，气象万千：

岩岭高则云霞之气鲜，林薮深则箫瑟之音清。其可以藻玄莹素，疵其皓然者，舍是焉……然如山林之客，非徒逃人患，避争门，谅所以翼顺资和，涤除机心，容养淳涉，而自适者尔！

东晋既立，中原南渡士庶若过江之鲫。竺法深、支道林、昙光、释道宝、白道猷、支遁、竺道壹诸高僧亦陆续来剡；加上郗超、谢敷等名士，佛儒玄理融汇一体。剡县剡时成为和京都建康同时并举的佛教中心，后释慧远上庐山弘扬佛法，江南佛教遂成三足鼎立之势。

郗超信佛，但他却喜欢将人生伦理和佛学熔于一炉。他精研而成的大作《奉法要》道尽了儒佛文化的真谛，内中倡导五戒："不杀则长寿，不盗则长泰，不淫则清净，不欺则人常敬信，不醉则神理明治。"强调人应以善为怀，"是以一善，生巨亿万善。"……被人赞为深含儒佛道义理的道德经。戴逵十分称颂《奉法要》，郗超去世后，戴逵更以亲身经历，写出《释疑论》来和信奉因果报应的庐山释慧远辩论，历时经年。戴逵在给释慧远的信里说："自少束修，至于白首，行不负于所知，言不伤于物类，而一生艰楚，荼毒备经，顾景块然，不尽唯已。夫冥理难推，近情易缠，每中宵幽念，悲慨满怀，始知修短穷达，自有定分，积善积恶之谈，盖施于教耳！"真是胸中块垒，笔底波澜，只有一个真正具有文化精神的人，一个能够以全新的知识、全新的眼光打量红尘的人，方能发出这长夜闪电般的感慨！它和《奉法要》中"安则有危，得则有丧，合会有离，生则有死，盖自然之常势，必至之定期，推而安之，则无往而不夷"交相辉映，令世人称颂不已。

一个人的能量是微乎其微的，可当他与百姓利益、与社会进步系在一起时就价值无量，就会被大众铭记。戴逵朦胧而朴素的唯物观，就像驱散闷热的一阵清风，冲破云层的活泼阳光，丰盈空心的清脆鸟语，招引了不少有识之士前来访叙——他们遇到了一位当行出色的智者，这位智者的口碑，已在东晋的夕阳里闪耀着夺目的光彩。

佛学的人性化、民族化、义理化，促使佛像的制作也沿着这一轨道前行，而这作为创始人和引路人的戴逵父子，功不可没。

在世界文明史上，有三大雕塑传统，一是发端于古埃及、希腊的西方雕塑传统；二是古波斯、印度的雕塑传统；三是古代中国的雕塑传统。中国的雕塑作品丰富多彩，以社会功能的角度来说可分为：宗教雕塑、明器雕塑、陵墓雕塑、纪念性雕塑、建筑装饰雕塑和工艺性雕塑六大类。

中国的宗教雕塑主要是佛教雕塑。佛教雕塑的题材主要有佛像、菩萨像、声闻像、护法像、供养人像等。佛教雕塑原先是一种外来艺术，随着佛教从印度传入。秦汉时期始有佛像，但造型简朴，面相不是西化就是虚幻，工艺粗糙笨拙。戴逵很不以为然。他立志要把人们心目中的佛从虚无缥缈的天界接入世间，用岁月之河沉落下来的文化积淀，将母体留下的那一丝信息与外部世界接轨，从而创造出属于自己的举世无双的佛像来。

晋孝武帝中叶，会稽山阴灵宝寺慕名求戴逵刻一尊一丈六尺高的无量寿佛木像。佛像刻制完成后，观者无不称妙。可戴逵观察良久，却觉得这佛像虽有善、美之感，但欠缺一种震撼人心的冲击力。他觉得，众人当面所说，无非是碍于面子，恭维而已，遂悄悄躲到屏风之后，细听观众对于佛像的评说：有说面额，有说眉眼，也有说两耳，难现大度风范。诸如此类，戴逵都一一记实，反复琢磨，从众多社会的见识中提炼出超出常伦的"风骨"，前后历时三年，方雕刻成一尊符合佛经教义，富蕴民族色彩,宽额、浓眉、长眼、垂耳、笑脸、大肚的佛像来。这已不是一件单纯的工艺品,而是一件兼容中国传统文化与外来文化,既隐伏着艺术精灵的身影,又涌动着亲切红尘气息的绝品。梁思成在《中国雕塑史》中盛赞"安道实为南朝佛像样式之创制者,而此种中国式佛像,在技术上形式上皆非出自印度蓝本,实中国之创作也"。宋玉说有美女在墙头看他三年不动心。戴逵却是在尘灰扑面,漆臭呛鼻中,三年如一日,苦心孤诣,不舍昼夜。他完成的这项伟大工程不仅扮靓了中国的艺术殿堂,也完成了对人生意义的升华。从此,那深藏于寺庙中的神圣的美,插上双翅,穿越时空,栖息于人们心田。

这里颇需一提的是,戴逵佛像制作中迈出的革新步履——夹纻工艺和妆銮术。

夹纻工艺是先用木胎泥模做成底胎,然后用生漆、棉泥、瓦灰制成胶合剂,涂在麻布上,粘贴在底胎外面,干一层粘一层,直到外壳坚实干固,然后把底胎取去,磨光,史称夹纻像,也称"脱胎"或"脱空造型"。妆銮就是给佛像着色彩绘,使雕塑的佛像仪态万方,是从传统的藻绘工艺演变而来。唐道宣在《法苑珠林》里由衷赞叹道:"自泥洹以来,久逾千祀,西方像制,流式中夏。虽依经熔铸,各务仿佛;名士奇匠,竟心展力,而精分密数,未有殊绝。晋世有谯国戴逵,字安道者……机思通瞻,巧凝造化,乃所以影响法相,咫尺应身,乃作无量寿挟侍菩萨……准度于毫芒,审光色于浓淡,其和墨、点彩、刻形、镂法,虽周人尽策之微,宋人象楮之妙,不能逾也。"……

我曾经在1988年9月3日的《文汇报》上,看到过一篇丰一吟写的文章,题名《他留下了一条芬芳的道路》,开头是丰子恺先生的题画诗句"卖花人去路还香",将子恺先生喻作"卖花人",去后,"在这条道路上来来往往的人……争相汲取他留下的芬芳之气,采摘他播种的花草"。说得好极。将此话语用于戴逵身上,亦是十分形象。他的史无前例的创举已被越来越多的"嗅香者"奉为遵循的铁律,并作为典范四处弘扬。就剡县来说,西晋时只有一所寺院,到东晋戴逵入剡,一下子新建了五所,至晋末刘宋元嘉间,戴颙在世时,已新建了16所。(《剡录》)据传,镇江招隐寺的五尊夹纻佛像是戴逵制作的。南朝宋山东灵严寺的毗卢遮那大佛夹纻像和戴颙同时代。唐玄宗时,洪州信果观三官殿功德塑像也是夹纻像。日本一级国宝鉴真大和尚夹纻像,是鉴真圆寂后,由其徒弟托思按其原相制作的,1994年4月回国"探亲",当时的报章上曾称赞戴逵是这一工艺的创造者。可以想见,在制作的技艺上,那些金碧辉煌的佛像都可以说是戴氏父子夹纻、妆銮佛像的后裔,只因时代久远,遗存的已不多见,惟建造于梁朝的剡县石城大佛,还保留着他父子俩的工艺风貌,可供后人去研究瞻仰。

戴逵的祖父、父亲都曾是晋朝的重臣,兄长戴逯因屡立战功,被朝廷封为广信侯,后又升官至大司农。因而晋孝武帝十分器重戴家。当他得知戴逵学通古今,名动天下,琴棋书画样样精通时,于太元十二年(387年)派命官带了"束帛"到剡山征戴逵入朝为官,并封他为散骑常侍、国子博士。戴逵不想让人窥见自己潜藏的心境,遂对来使说:"老父有病,已是气息奄奄,且不知道还有几日在人世,故逵之尽孝时日苦短,望皇上垂怜,收回成命。"孝武帝明知是托辞,也没有为难他。待戴逵父亲去世后,尚书仆射王珣再次上疏,复请征戴逵为国子祭酒,加散骑常侍。朝廷的盛情如同托盘上的珍珠,明明白白。可戴逵又虚拟了一个理由婉辞,就这样,一个个对于旁人来说是梦寐以求的机会,他却不屑一顾,随意地一挥手,便径自往自己设计的艺术之路执着地走去。戴逵一生隐逸不仕,是受了艺术的召唤。在他的心里,艺术从来就是任高官厚禄也替代不了的坚韧存在。艺术之路就是一条朝圣之路,它超越了爱与憎、生与死、贵与贱,从而以自己的方式构成生命磅礴的交响曲。

对于一位艺术家的评价,也许要比对数学家的评判困难得多。因为数学家的成就是明摆着的,毫无疑义。艺术则不同,它虽然也有标准,但并不确切,甚至还"仁者见仁,智者见智"。不过,话还得往回说,历史毕竟是公正公平的。你只要瞥一眼戴逵在艺术之路上留下的足迹,就可知常人是无法企及的。人们常说,苏东坡是中国文化史上的通才,然以戴逵论,则完全可与之相媲美。

戴逵博学善文,其笔走龙蛇,挥洒宣纸,所成《戴逵集》十卷、《竹林七贤论》二卷、《老子音》一卷、《戴逵纂要》一卷、《戴逵别传》一卷等,今虽散佚,然就其存于《全晋文》中的21篇诗文来看,就不同凡响。他又是当时绘画艺术的集大成者,南朝齐人谢赫在他所著《古画品录》中称赞戴逵为当时绘画界的领袖。据唐人张彦远《历代名画记》所载,戴逵的人物画《阿谷处女图》、《胡人弄猿图》、《董威辇诗图》、《孔子弟子图》、《五天罗汉图》、《杜征南人物图》、《渔父图》、《尚子平白画》、《孙绰高士像》、《嵇阮像》和《花鸟画》，无不超群绝伦，那一番行云流水般的线条，将他的性情、功力、趣味、品行，不遗余力地展现在读者面前，内涵独具。故谢赫称戴逵画作为"百工所范"；绘画巨擘顾恺之赞其为世人"莫能及之"。有了他，画坛进入了一个前所未有的新时代。讲到他在音乐上的杰出造诣，且不说南朝时期的著名琴师沈道虔、羊盖、嵇元荣都是他的门徒，《剡录》所收的《戴氏琴谱》四卷之著述目录，就可见一斑。至于面对权贵时的作为，那戴逵可比苏东坡强多了！苏东坡曾遭遇"乌台诗案"：有人硬说苏东坡在很多诗中流露出了对朝廷的不满，对他诗中的词句和意象作上纲上线的曲解。朝廷派人去逮捕苏东坡，苏东坡吓得躲在后屋里不敢出来。而戴逵，当时势焰熏天的武陵王司马晞听说戴逵鼓琴难有人及，遂着人召他到太宰府演奏，戴逵却当着来人之面将琴摔碎，说："戴安道不为王门伶人。"骨鲠之气令人拍案，用李白"安能摧眉折腰事权贵"之说，也是贴切。应该说，戴逵的才识品行定格在历史上，也定格在人们心里。

　　欧阳修云："自少所喜事多矣，中年以来，渐以废去，或厌而不为，或好之未厌，力有不能而止者。其愈久益深，而尤不厌者，书也。"于戴逵来说，他入剡后，虽然诸艺仍在，但"愈久益深而尤不厌者"，则非佛像雕塑莫属，他已将自己的生命与工作的对象融为一体了。正因如此，他在六朝古都南京瓦官寺所作的五躯佛像和顾恺之绘制的《维摩诘像》壁画、狮子国（今斯里兰卡）所送的玉佛像，合称"瓦官寺三绝"。南宋高似孙在《剡录》中将戴逵称为剡中第一乡贤。元代元贞二年（1296），嵊县特设"二戴书院"以资纪念。现嵊州市西北十里处有村名逵溪，村后有滴水岩，岩下传为戴逵建别业处，过村溪流亦以逵溪命名。金庭镇有戴公山，传为戴逵在剡时和王羲之、许询等名士高僧结交、畅游之所。人们将其奉为"雕圣"，与"书圣"王羲之共尊为嵊州"两圣"。这一切，都为他的人生作了一个不同凡响的注解。

在我所写的关于文化经典的系列文章中，以越地文化俊彦为主角的有二十人（详见《越地诗章散文集》），每次都是边学习、边潜修、边抒写、边提高。现在，我抒写戴逵这样的大家，不仅仅是因为他的才艺，更是因为他的人生。

戴逵的一生是充满传奇色彩的。他才华盖世却不恃才傲物；他崇尚散淡自由却并非游戏人生；他不求飞黄腾达却又轰轰烈烈；他明白名利都是身外物，只有尽自己的心力，使社会得他工作的裨益，才是人生最有价值的事情。我觉得，正因有像他这样的人的存在，先进的人类文化才会被人们视为美的荧惑和风向标；正因有像他这样的人的存在，许多历史镜像才能够转换为艺术的酵母和光辉，而人们就会在频繁的文化交往中努力学习、执着进取，迈入智慧高地。

丰子恺先生说："人生境界可分为三等：一曰物质生活，此大多数也；二曰精神生活，即学者之流也，此亦不在少数；三曰灵魂生活，即宗教也，得其真谛者极少数耳。"戴逵则属"得其真谛者"之列也。

先贤戴逵早已逝去，他用毕生心血凝就的《佛光普照的人生》这部作品，主题光彩夺目，章法秀出班行，文笔匠心独具，我作为后人，实受用不尽。

颜真卿：乱世中的人杰

> 剡溪，越乡嵊州的母亲河，"浙东唐诗之路"的菁华，深厚的文化积淀、旖旎的自然风光吸引了唐朝342位文化俊贤前来畅游，杰出的政治家和书法家颜真卿即是其一。他的《题杼山癸亭得暮字（亭，陆鸿渐所创）》、《赠僧皎然》诸诗，深深铭刻在人们心里。现以《乱世中的人杰》为题，抒写他一生忠烈刚正的时代正气、履行儒家道义的伟大人格以及在书法创作中通变创新的极高艺术造诣，以作纪念。
>
> ——题记

我知悉十朝都会南京有座颜真卿纪念馆，且是全国唯一保存完好的祭祀唐朝杰出政治家、书法家颜真卿的祠庙遗迹后，心里便惦念得紧，这次假日，适无要事，遂专程前往，以偿夙愿。

是日清晨，浓云铺天，薄雾盖地，整个城市弥漫着一种肃穆的气氛。坐落在广州路的纪念馆，东临乌龙潭公园，南望蛇山，西邻龙蟠里，北依清凉山、虎踞关，好一派"虎踞龙蟠今胜昔"的风光。全国政协原副主席、中国佛教协会会长赵朴初亲提的"书坛泰斗"镀金匾额高悬在大殿内中上方。静悄悄的配殿、厢房，一间又一间、一层又一层。井然有序的文史资料、实物、书法珍品、古碑帖、拓片……隐隐散发的翰墨清香遂与绵亘不绝的历史风云幽幽相衔……

颜真卿，中国书法史上之集大成者，其超群绝伦的书艺和超凡的人格魅力，一千多年来，少有人能望其项背。

苏轼说："诗至于杜子美，文至于韩退之，书至于颜鲁公，画至于吴道子，而古今之变，天下之能事毕矣。"（《书吴道子画后》）这不容置疑的断语，出于一个擅长书法，名列"宋四家"之首，且散文、诗歌、绘画无一不精的奇才之口，自有扛鼎般的力度。于"书"后用上"至于"，"而古今之变，天下之能事"后添"毕矣"一词，足见他对颜真卿的尊崇已到了难以复加的程度。而"文坛领袖"欧阳修在《集古录跋尾》中言："颜公书如忠臣烈士、道德君子，其端严尊重，人初见而畏之，然愈久而愈可爱也"，"惟其笔画奇伟，非颜鲁公不能书也。公忠义之节，明若日月，而坚若金石，自可以光后世传无穷，不待其书然后不朽"。不仅透视了颜真卿端严庄重的文化人格、唤醒了他浸润于书法美学中的生命意识，而且还着意点化后之来者：古之立大事者，不惟有超世之才，亦有高洁操履，如此，则不畏事之不成。

我，最早知晓颜真卿这个名字是在孩童时代。那时，父亲将我领到平素从不让我进门的书房，指着一个用来描红的本子，让我学写毛笔字，说字是一个人的门面，马虎不得；又说这是颜体楷书，是中国非常有名的书法家颜真卿创立的。当时，我感到十分扫兴，暗想这姓颜的也真是，创什么书体，害得我再也不能同小伙伴们玩耍了。不过，想归想，面对家父立下的"饭可以一天不吃，字不能一天不习"的规矩，那分分秒秒的时光却不得不滴水不漏地用在笔墨之中。待得迈入学校门槛，渐渐知晓颜真卿的文化家世、伟岸人生，这才暗吃一惊，先前的不快早已烟消云散，代之而起的唯有"敬仰"之情。

颜真卿生于唐中宗景龙三年（709年），京城长安的一个官宦世家。父颜惟贞，时为太子少保，善书法，深受在文辞上享有盛誉的苏味道侍郎的称颂；母亲殷氏出身"皆以德行、名义、儒学、翰墨闻于前朝"的名门望族。应该说，颜真卿是含着"金钥匙"来到这个世界的。官宦门第和政治活动的熏染使他壮志凌云，传统文化的陶冶又使他从灵魂深处感知忠义孝悌、文学才业。因而，从踏上仕途伊始，不论风云如何变幻，不论境遇如何坎坷，对朝廷的忠心却是始终如一，从玄宗、肃宗到代宗、德宗，从匡时济世的朝官到坐馋遭贬的谪臣，从光焰熠熠的书法大家到非正常死亡。

还好，自唐以降，国人的心目中铭篆着他的人品，惦念着他的作品。他在书法史上，以"真刀真枪真功夫"创立的"颜书"，不仅没有随着他的离世而销声匿迹，而是伴着时光的流逝，伴着人们对他的缅怀，愈益像劲长的大树，"干云雾而上达，状亭亭以茗茗"。他在书法史上的至尊地位犹似泰山,不可撼动。

画坛巨擘黄永玉说:"历史一般都由两种人写成,譬如秦始皇写一部,孟姜女写一部,看了孟姜女庙,就知官府写的秦史不可信。"可谓真谛。他一语点明了上下五千年,唯有能在广大民众心里生根发芽的历史才是货真价实的、弥足珍贵的。这里面,就有颜真卿。凡欣赏过唐代书法的人,都不会忘记《鲜于氏离堆记》、《麻姑仙坛记》、《大唐中兴颂》、《元结碑》、《颜勤礼碑》、《颜氏家庙碑》……这多文字,既不神妙莫测,也不目迷五色,但经他手书出来,就成了破天荒的杰作,成了不为时世所湮没的宝物,进而深藏民众心田,走向极致,走向永恒。

我常常思想,好的作品就像名香,愈经岁月的燃烧,其香愈烈,而媚俗之作,纵然火爆一时,纵然银光闪烁,纵然号称经典,纵然跻身所谓史册,然终难掩饰喧嚣背后的寂寥,待得帷幕落下,又有谁会不知其"银样镴枪头"的本相呢?

可能颜真卿明白,人类社会本身就是一座硕大无朋的熔炉,凡金子,肯定会存下;是渣滓,迟早会淘汰。因而,他能以我不入地狱谁入地狱的宏大襟怀,以闯过无数血雨腥风的冷峻坚忍,为国家、民族,恪尽警世的天职,显示生命的光芒。而历史的车轮正是沿着他思想的轨迹旋转前行。他生前遭受的诸多灾难早因沧海桑田而雨打风吹去,最终留存世间的则是他举世瞩目的书法成就。至于那些使不少清明的事件变得纷扰、猥杂,使不少豁亮的命题变得肮脏、荒唐的官场宵小、二丑奴才便像阴霾一样,在岁月的阳光中消散净尽,从而,一个才艺超凡、成就入圣的颜真卿遂光耀于书法史上。

　　颜真卿的一生，著作不少：《礼乐集》十卷，《历古创置仪》五卷，《颜氏家谱》一卷，主编《韵海镜源》三百六十卷，诗文集有《庐陵集》十卷、《临川集》十卷和《吴兴集》十卷。虽多有散佚，但至清黄本骥重编《颜鲁公文集》仍有三十卷，可谓洋洋洒洒，触目皆是，然其并未因此名闻后世。而他的书法作品呢？主要传世的不过五十八件，他却因此成了彪炳千古、万流景仰的大家。

　　他的楷书显现了唐代书法的最高成就，那不知凡几的文人墨客，无人能出其右。

　　众所周知，楷书，即正楷，是由隶书演变而来的一种书体。相传，三国时钟繇为楷书最早的名家，他书写的《宣示表》是独具匠心之作。至隋开皇十七年（597年）的《董美人墓志》，楷书已臻精美之境。唐初楷书以欧阳询、虞世南、褚遂良、薛稷四大家为首，他们宗王羲之而各有千秋，成就斐然。但随着楷书极度规范的形成，流弊时显，"中怯"导致绵软，欹侧带来平板……因而，"从贞观、永徽到盛唐这一百多年中，王、褚二体《圣教序》陈陈相因，大为流行，一般的字写得纵极精工，然而已成了缺乏风韵的院体书。书风至此，已到了不得不变的时候了。"（胡问遂《试论颜真卿的书法艺术》）

　　就在万众瞩目、举世期盼之际，颜真卿应运而生！

　　于是，风云变幻，时空激荡，破旧习，脱旧学，彰显盛唐气象的全新命题来到了他的面前；于是，他以广阔的胸襟，澄明的心智，海纳百川的气度，开始了壮丽的创新之旅。

在时空的长河中、书学的天地里，颜真卿一如鹰瞰，立定云端，四处回旋，呼吸八面来风；一如炼丹，不分昼夜，顾盼之间，尽汲个中精华。融篆籀笔意于提按之中，汇外拓笔法于筋力之上；中锋与藏锋相辅相成，疏密与黑白烘托无间。"缺乏风韵的院体书"的密码破解了！一个全新的、让人眼前一亮的新生命诞生了！从此，魏晋以来的中华大地耸起了一座书法的珠穆朗玛峰；从此，将从政作为不二之路的颜真卿成了书法史上空前绝后的一代宗师；从此，书家们对"颜体"的探究史不绝于书。

探究之一，关于创新。文化氛围和时代精神造就了书法家，天才的书法家又推动了书法史的进程。颜真卿从早期到成熟直至晚年炉火纯青的创新历程，告诉我们，唯有坚持不懈，方有成效。今收藏于西安碑林的《多宝塔碑》是其早期（五十岁前）的代表作。它虽含初唐楷书的秀媚之痕，然已以丰润厚重改变了以前"书贵瘦硬方通神"的陈规旧框，横轻竖重的笔触，平稳端庄的结构，律动着生机的线条，就像刚刚冒出地平线的朝阳，虽只露出半边脸儿，但已伴着橘红色的晨曦，溢出明亮而柔和的光。明孙鑛说："此是鲁公最匀稳书，亦尽秀媚多姿，第微带俗，正是近世椽史家鼻祖。"清王澍在《虚舟题跋》中说："鲁公书多以骨力健古为工，独此碑腴不剩肉，健不剩骨，以浑劲吐风神，以姿媚含变化，正其年少鲜华时意到书也。"

唐大历六年（771年）所书的《麻姑仙坛记》是颜体楷书成熟期（五十岁至六十五岁）的代表作之一，此时离安史之乱已近十年，屡经血火、贬谪洗礼的颜真卿对世事愈益洞若观火，他明白，天地间的风光不可能总是风和日丽，平平仄仄才是人生的永恒定律。所以，无论何时，他总能扬起阳光的生命之旗，奔赴一场又一场的人生苦旅。他的书艺也在人生的磨砺中渐趋化境。《麻姑仙坛记》笔法多吮篆书精髓，结体沉雄饱满，气势仿佛早晨八九点钟的太阳，生机勃勃，活力无限。清王澍赞曰："公之作此书，盖已退笔，因其势而用之，转益劲健，进乎自然，此其所以神也。"（《虚舟题跋》）康有为也在《广艺舟双楫》中叹曰："《麻姑坛》握拳透爪，乃是鲁公得意之笔，所谓'字外出力中藏棱'，鲁公诸碑，当以为第一也。"朱长文、王文治、王昶……众多书论家的点赞都可谓异口同声。颜书有这多知音，这多共鸣，其价值实非金山银山可比。

步入桑榆晚景后，颜真卿的书艺尤如日中天，气象万千。建中元年（780年）夏，自湖州返京不久的他为父立家庙，面对轻盈的云、翁郁的树、苔染的石、熏人的风，心境平和的他，郑重地书写了萦绕于胸的水墨线条。于是，消弭了岁月颜色的生命，又涌动在黑与白的空间。这就是他旨在弘扬祖德、告慰先人的《颜氏家庙碑》。站在它的面前，你会觉得，生命的宏大与渺小、永恒与短促，竟能水乳般交融在一起。王澍在《虚舟题跋》中竭尽钦佩之情，说《颜氏家庙碑》"乃公用力深至之作……年高笔老，风力遒厚，又为家庙立碑，挟泰山岩岩气象，加以俎豆肃穆之意，故其为书庄严端悫，如商周彝鼎，不可逼视"。王世贞亦推崇备至："余尝评颜鲁公《家庙碑》，以为今隶中之有玉筯体者，风华骨格，庄密挺秀，真书家至宝。"（《弇州续稿》）它和《李含光碑》、《颜勤礼碑》、《自书告身贴》诸多晚期书作显现的大巧若拙脱窠臼,随心所欲不逾矩,几乎让人难以相信此乃人为。书论家们尊其为"神品"。因而,范文澜在《中国通史简编》中断言:"初唐的欧、虞、褚、薛,只是二王书体的继承人,盛唐的颜真卿,才是唐朝新书体的创造者。"

探究之二,关于成就。颜体楷书一经问世,陈陈相因的书坛就恍若春风解冻,人们无不被其雄浑遒美、气势磅礴、源于传统又高于传统的神韵所折服。苏轼放言:"颜公变法出新意,细筋入骨似秋鹰","颜鲁公书雄秀独出,一变古法,如杜子美诗,格力天纵,奄有汉、魏、晋、唐以来风流,后之作者,殆难复措手"。(《书唐氏六家书后》)同为"宋四家"之一的黄庭坚以为颜书已到极顶的高度:"奇伟秀拔,奄有魏、晋、隋、唐以来风流气骨,回视欧、虞、褚、薛、徐、沈辈,皆为法度所窘,岂如鲁公萧然出于绳墨之外,而卒与之合哉!盖自二王后,能臻书法之极者,唯张长史与鲁公二人。"(《题颜鲁公帖》)张长史以草书著称,除却草书,能完美体现盛唐风貌而书艺凌极顶者,惟颜鲁公耳。

诚然,就像有昊昊阳光亦有沉沉暮色一样,有人将颜楷推到无人敢于企及的峰巅,也有人将其贬到"不屑一顾"的尘埃里去。宋魏泰《东轩笔录》载:"江南李后主善书,尝与近臣语书,有言颜鲁公端劲有法者,后主鄙之曰:'真卿之书,有楷法而无佳处,正如扠手并脚田舍汉耳。"南唐后主李煜也是响当当的书家,当然有权评价他人。如果对方的书法确是俗不可耐,确是一无是处,确是哗众取宠,那么,受到指责,受到嘲笑，甚至受到唾弃，亦无不可。关键是，不应将蕴有民间书艺游丝的书法和俗书等同起来，不应用传统文人的个体人格和贵族文化的狭隘视角来比照脱颖而出的书法形式。更何况，当时民间书写经文的楷书行家已有独到的造诣，"校以著名唐碑，虞、欧、褚、薛，乃至王知敬、敬客诸名家，并无逊色，所不及者官耳"（启功《论书绝句》）。而颜真卿能摒弃当时文化的等级观念，将士大夫嗤之以鼻的所谓"俗书"的精华营养自己的书体，正是他致力变革、锐意创新之所在。故宋朱长文言颜书"点如坠石，画如夏云，钩如屈金，戈如发弩，纵横有象，低昂有志，自羲、献以来，未有如公者也"（《墨池编》）。故时至清朝，王文治在他的一首著名的论书诗中将颜书提到了傲视古今的高度："曾闻碧海掣鲸鱼，神力苍茫运太虚。间气古今三鼎足，杜诗韩笔与颜书。"（《论书绝句》）

惟有将书艺与自己的人生观、价值观、哲学观融为一体的大家，方能把心灵深处的回环跌宕演绎成笔底风光。

探究之三，关于后荫。颜书恍若一棵参天古树，遮云蔽日的浓荫，润泽了一代又一代后人，成为书坛佳话。

其一，滋养书坛，不为时世所汩没。颜真卿在世已有书名，随后日隆，学者争相学之，且不乏一流名家。学颜而自成一体的当推柳公权。苏轼在《书唐氏六家书后》说："柳少师书，本出于颜，而能自出新意，一字百金，非虚语也。"朱长文亦中肯道及："盖其法出于颜，而加以遒劲丰润，自名一家，而不及颜之体局宽裕也。"宋时，"士俗皆学颜书"（米芾《书史》），有"宋四家"之誉的蔡襄、苏轼、黄庭坚、米芾尽在其中。至元、明、清，李东阳、董其昌、傅山、刘墉、钱沣、伊秉绶众多名流无一未有学颜经历，都是站在颜公的肩膀上，开辟了新的天地的。而时至今日，颜书仍为诸多研究书学文化的专家、学者所钟爱，仍然牵动着千万双习字之手和千万人的审美情趣，人们沿着他的书道和水墨轨迹，谱写亮丽的文化风景。"其人虽已没，千载有馀情。"将陶渊明咏荆轲之语用在颜公身上亦精当至极。

其二，丰盈书评，书品人品互为表里。最早将颜真卿的书法和人品相提并论的是欧阳修。他说："斯人忠义出于天性，故其字画刚劲独立，不袭前迹，挺然寄伟，有似其为人。"(《集古录跋尾》)从此，"书如其人"、"爱其书者，兼取其为人"成为人们评价书法艺术的一大标杆。书论家朱长文评颜书："其发于笔翰，则刚毅雄特，体严法备，如忠臣义士，正色立朝，临大节而不可夺也。"(《墨池编》)因钦佩颜真卿人品而学颜书的傅山亦在《作字示儿孙》中说："作字先作人，人奇字自古。纲常叛周孔，笔墨不可补……平原气在中，毛颖足吞虏。"把人品放到头等的位置。早在西汉末，扬雄"书，心画也"之悟，至此，这一观点已被阐发得淋漓尽致。

我虽乏深厚的书学修养，但至此也憬悟：精忠报国的岳武穆，榜书"还我河山"之所以气势如虹；维新志士谭嗣同，手书"去留肝胆两昆仑"之所以劲若奔雷；经济学家马寅初，"碎骨粉身不必怕，只留清白在人间"的楷书斗方之所以雄伟峻拔、纯正不曲，实和他们铁骨铮铮，与天地同无垠的精气神密切相关。尽管当文化人格演绎为书法形式时，也难免滋生别样的情景。

其三，启迪书家，变古创新活力无穷。颜真卿融通古今、契合雅俗，博采众长、为我所用，终集书艺之大成。颜体被人奉为举世无双的"神品"。不知凡几的书家无不竞相学其"拳经"。蔡襄首学颜书，积学至深，然后变之，自成书名。南宋葛立方在《韵语阳秋》中称其"变体出于颜平原"。苏轼也是从学颜而再取法诸家，然后在森然笔阵中辟出一条新路。清刘熙载在《艺概》中品苏轼书言："其正书字间櫛比，近颜书《东方画赞》者为多，然未尝不自出新意也。"黄庭坚在《杂书》中也坦言："余极喜颜鲁公书，时时竟想为之，笔下似有风气。然不逮子瞻远甚。子瞻昨为余临写鲁公十数纸，乃如人家子孙，虽老少不类，皆有祖父气骨。"可见苏、黄两人也是深受颜真卿变古创新的影响的。米芾也在《宝晋英光集》中说过自己初学颜书，接学柳体，后学诸家方自成一格的经历。

求形似容易，谋神似就难，而洞察个中真谛又力行有成则难上加难。

他的行书，笔随情行，世宝传之，内有数稿，既有泪的浸染，又有血的警醒，撼人心魄，催人奋起。

"唐人尚法"是书论家们关于唐代书法艺术的不二评价。故颜真卿的楷书被尊崇为"尚法"的开山鼻祖；至于行书，又多有尚"情"之作。后人常将其合称"三稿"的《祭侄文稿》（《祭侄季明文稿》）、《祭伯父文稿》（《祭伯父濠州刺史文》）、《争座位帖》（《与郭仆射书》）称为"尚情"的杰作，叹其深蕴着一种让我们举头宗仰、低头思索的人生观念和审美特性。

天宝十五载（756年），在洛阳自称大燕皇帝的安禄山，挥兵直取常山。太守颜杲卿不顾城小力弱，率众苦战，终因弹尽粮绝，寡不敌众，与子季明、甥卢逊等壮烈死节。事后，颜真卿派长侄泉明前去善后，至河北仅寻得颜季明头颅、颜杲卿一足而已。于此时此地面对此情此景，我以为，悲愤填膺的颜真卿定会想起抗叛誓师大会上热血沸腾的气氛；定会想起枪林箭雨中"尸踏巨港之岸，血满长城之窟"的血腥；定会想起杲卿、季明"父陷子死，巢倾卵覆"的惨状……于是，满腔郁怒和着血泪化作笔底浩气，拥有二十三行二百三十四字的《祭侄文稿》就呼啸着从纸上挺立而起，纵有删改涂抹，亦似水拍云崖，浪遏飞舟，力逾千钧。

我曾默默拜读这一存留至今的发愤之作，不由联想到李华的《吊古战场文》。它给予的震撼是使人想起"万里朱殷"、"枕骸徧野"的刀兵劫的惨象，但这是文学带给人的感受，是皮外疼。而《祭侄文稿》呢？是着肉烧，是切肤之痛，是撕心裂肺。换句话说，《吊古战场文》说的是大限到来，草木同枯，天地同悲，是现实世界的"随物宛转"，而《祭侄文稿》道的却是亲人的死换来众人的生，是精神层面的"与心徘徊"（南朝梁代刘勰语）。难怪南宋陈深阅后拍案叫绝说："详玩此帖，纵笔豪放，一泻千里，时出遒劲，杂以流丽，或若篆籀，或若镌刻，其妙解处，殆出天造，岂非当公注思为文，而于字画无意于工，而反极其工邪！"（《佩文斋书画谱》）清王澍亦在《竹云题跋》中云："鲁公痛其忠义身残，哀思勃发，故紫纡郁怒，和血迸泪，不自意其笔之所至，而顿挫纵横，一泻千里，遂成千古绝调。"曾收藏过《祭侄文稿》的元鲜于枢更在卷末跋文中称它为"天下行书第二"，世人皆无异议。这是最自然不过的事，因为，《兰亭集序》的问世毕竟比《祭侄文稿》早了四百多年。不过，若以书艺说，则又当别论。

永和九年（353年），王羲之邀约交谊深厚的谢安、谢万、孙绰、孙统等四十余人在兰亭聚会，饮酒赋诗，其乐融融。当时，惠风和畅，徐徐入怀，王羲之心里是一片祥和温煦。曲水流觞，恍若优游的线条在他眼前流淌。于是，他什么也不想，只想"为序以申其志"；于是，他提起笔来，一气呵成名扬千古的《兰亭集序》……我十分喜爱《兰亭集序》，曾如痴似呆地端详这一超尘拔俗之作，它的飘逸秀媚，它的洒脱清远，真是巧夺天工，但细细回味，却似少了《祭侄文稿》的奇古豪宕，酷烈坚劲，盖因两文时世不同，情状各异，书艺遂自出机杼，各树一帜，无可比拟。

宝应元年（762年），四月，冷暖交替时节。玄宗、肃宗相继离世，太子即位，是为代宗。越明年，折腾了八年的"安史之乱"虽然落下了帷幕，但社会动荡、四方扰攘。朝廷内，宦官乘机攫取军政大权，阴风飒飒、浊浪滚滚的现实无情地检验着士大夫对朝廷的忠奸，对儒家道义的奉行，对理想人格的践履。广德二年（764年）冬，流水断韵，清冷裹身。汾阳王郭子仪大破进犯的吐蕃兵马回朝，代宗令百官相迎。负责位序的尚书右仆射郭英乂谄媚大宦官鱼朝恩，毫不顾及朝仪把其位置凭空提至前列，却将六部尚书向下位移。群臣敢怒而不敢言。眼里容不得半点沙子的颜真卿提笔挥就《争座位帖》，责其骄横跋扈："不顾班秩之高下，不论文武之左右，苟以取悦军容为心。曾不顾百僚侧目,亦何异清昼攫金之士哉?甚非谓也。君子爱人以礼,不闻姑息,仆射得不深念之乎?"疾呼"朝廷纪纲,须共存立"。那纵横无羁的撇捺线条涌动着一个忧国忧民者的侠骨赤胆。米芾在《书史》中叹曰:"此帖在颜最为杰思,想其忠义愤发,顿挫郁屈,意不在字,天真罄露在于此书。"应该说,无论岁月之河流往什么朝代,只要正义尚在,人们是不会忘却颜真卿这位闪耀着铿锵英雄气概的大家的。

我十分钦佩颜真卿大义凛然不欺暗室的风范,但又觉得,这样不顾一切地闯入权贵大忌的激流漩涡,去实践自己忠君爱国的宏愿实是擿埴索涂于事无补,对唐朝这株已经蛀空了心的大树,它要倒,纵使你拼命想扶,也是扶不住的;对那治国乏术、刚愎自用、随心所欲、自以为是的代宗皇帝,尤不必为其似蛾扑火,洒忠君泪,展报国心。可颜真卿就是"一意孤行",他认为不这样做就枉为朝臣,枉为堂堂正正的颜家后人。

正因颜真卿视人格、道义为至高无上,将一往真情倾注于遣毫时的提、按、顿、挫、疾、徐、迅、缓之间,故人们往往能在他的作品中领略其不同境遇中的不同性情,领略其"用情笔墨之中,放情笔墨之外",在有意无意间挥洒的情志。清王澍在《虚舟题跋》中总论他的"三稿":"《祭侄》奇古豪宕,《告伯父》渊润从容,至《论坐》则兼有《祭侄》、《告伯》两稿之奇,情绪不同,书随以异,所以,直入《神品》,足为《兰亭》后劲也。"深受书学界首肯。

他的为政以德、以民为本的官员道德的思想实践,使他成为士大夫阶层的一面明镜,一石激起千层浪,至今犹有余震。

这世界唯有两样东西能使我们的心灵震撼莫名:一是我们头顶上灿烂的星光,一是我们内心崇高的道德准则。这是哲学大家康德的真知灼见。想到这句话,我脑际就闪回出颜真卿行仁政爱百姓的诸般德行。

天宝六载(747年),三十九岁的他,荣迁监察御史。年近不惑就坐上了大唐帝国的京官交椅,安享尊荣就是了。可他偏要给自己出难题,前去巡察陇右、河西。平原郡有冤狱多年未雪,百姓有泪无处流,有冤无处伸。颜真卿亲自动手,驱散迷雾,揪出孽障,此时久旱郡地突降大雨,百姓奔走传告,以"御史雨"相称。抚州,水旱灾患频频,颜真卿一到就脉找根本,率黎民在汝水中心小岛扁担洲之南拦水筑坝,雨季蓄水抗洪,旱天引水浇灌,旱涝保收,民心大定,"千金陂"遂成了石坝的美名……他每到一地,就把一地的河山重新作一次打理,让子民们享受和风的吹拂,甘露的滋润,阳光的温暖。我觉得,他是深悉水能载舟亦能覆舟的道理的。所以,史学家殷亮、令狐峘笔舔墨砚,簌簌地将颜真卿的人格图谱勾勒得淋漓尽致:在平原,"公性本宏裕,及到官,推是道也,以临其人。躬疾苦以劝义,宽征徭以劝学,令不肃而信行,教不敷而化洽";在抚州,"以约身成事为政";在湖州,"政尚清净,长孤养耆,彻备浚隍,式廉明,进吏事,特责大旨而已。郡人悦之,立碑颂德"……

还有一个未见正史却反映世人对颜真卿评价的故事。

风和日丽的一天,时迁殿中侍御史的颜真卿正在伏案疾书,宰相杨国忠托王、孙两公子备带厚礼,上门请他为寿匾题字。

与这误国误民、奸佞险诈之徒,颜真卿本就水火不容,今又让趋炎附势之辈前来相烦,嫌恶更甚,遂断然拒道:"在下案牍繁忙,恕不从命!"言讫命手下"送客!"自己背剪双手踱出客厅,漫步街巷。正行间,忽闻鞭炮声响,颜真卿循声望去,原是一家饼店开张,只是店内外并无一块招牌,惊讶之余,遂上前动问。身为店主的老妪答道:"谁肯为我这卖烧饼的穷老婆子写呢?"颜真卿捻须笑道:"我愿,你看如何?"这时,一位相公模样的食客,认出站在面前的就是颜真卿,忙让老妪快快谢过。老妪高兴得连连作揖。后生捧上斗笔墨砚,老妪从衣襟上取下一方尺素,告知名姓。颜真卿运腕走臂,写下"七婆烧饼"四个大字,七婆当作店匾挂起。此时,退出颜府的王、孙两人见巷口人头攒动,挤进一看,只见"七婆烧饼"四个大字笔走龙蛇,落款竟是"颜真卿题",气得差点晕将过去。(《中国古代秘史》,吉林摄影出版社,2002年)

  流传的故事都连结着历史,所有的历史都浸润着故事中的人生感悟。因此,我又想起颜真卿在言及治理时"和众必资于宽简,安人务在于抚柔"、"悉心致理,远者怀而迩者安"等肺腑之语,纵在今日,亦有深意。

  永泰二年(766年),深受代宗宠信的宰相元载担心自己结党营私的隐秘被朝臣揭发,遂上奏代宗,凡百官欲奏事者,先经长官,再报宰相,由宰相定夺后奏请皇上。代宗居然点头,舆论大哗。颜真卿上疏力争:太宗朝勤于听览,天下太平;玄宗朝因李林甫,肃宗朝因李辅国大权独揽,臣下难进忠言,致成祸端。而今,国家尚未安定,正该广开言路以正视听,怎能"令宰相宣进止,使御史台作条目,不令直进"呢?若此以往,"即林甫、国忠复起矣。凡百臣庶,以为危殆之期又翘足而至也。"最后,矛头不仅直指元载,连皇上也不回避:"今陛下不早觉悟,渐成孤立,后纵悔之,无及矣!"这石破天惊的《论百官论事疏》,一点一画,互相生发,一字一行,错落参差,愤懑抑郁之情弥漫纸上。无论是谁,只要读上一遍,就会被涌动在字里行间的酷烈气息所影响,热血贲张;就会被颜真卿淬过火的性格所感染,胆气陡增;就会想到,这个已经腐朽的李家王朝是个多么悖晦的王朝,它竟连自己赖以安身立命的纲纪都弃如敝履,那么,离行将就木的日子还会远么?

此疏奉上,虽未被采纳,但朝官竞相传抄,疏文不胫而走,社会舆论竟如是之强烈,对颜真卿又是如是之尊崇,使我联想到当今,一旦公布剑指贪腐的信息,无论是谁,都会额手称庆,聆昧那正义的力量所奏响的最清亮的弦音。

颜真卿是在宝应元年(762年)自地方上回京的,官位虽升至刑部尚书,生活却仍在困顿之中,最后竟落到向友人李光弼之弟李光进求借的地步。他在《乞米帖》中写道:"拙于生事,举家食粥,来已数月,今又罄竭,只益忧煎,辄待深情,故令投告,惠及少米,实济艰辛,仍恕干烦也。"读到这里,不由眼溢泪光。堂堂京官,位至正三品,若能稍作变通,堆金积玉易如反掌,然他君子需财取之有道,宁可借贷也不作枉法之举。不用说,与奸相元载家产被抄,单用来调味的胡椒就有八百石的贪婪相比,无异于天上地下;即使放在今天,其"端一之操,不以险夷概其怀;坚明之姿,不以雪霜易其令"的人格魅力亦是秀出班行，出类拔萃。

凡官场中人，加官进爵自是梦寐以求的快事，但颜真卿却力避虚浮层面，为政以德。肃宗时，他苦守平原，时过半载，在内乏军需、外缺强援的绝境下，为保有生之力，方弃城奔赴朝廷。肃宗鉴其"以一旅扼其吭"，且结盟饶阳、济南等十七郡牵制杂种胡，使其不敢贸然西进，特授他宪部尚书，可颜真卿却以忝为大臣，受任失守而深切自责，上表力辞："为政之体，必在律人，恩先逮下，罚当从上，今罪一人，则万人惧……伏愿陛下重贬臣一官，以示天宪，使天下知有必行之法，有必赏之令。"（《让宪部尚书表》）数月后，肃宗又命其兼任御史大夫。颜真卿再次上表，不仅请求免去一职，还痛陈行在凤翔的朝官有身兼数职，"苟贪利权，多致颠覆，害政非一，妨贤实多"（《谢兼御史大夫表》）的积弊，道明自己不可效尤。这时的肃宗脑子倒是清醒的，他提笔批曰："卿德重才博，久而益彰，深竭忠贞，克著名节，乃今再造区夏，藉卿以振朝纲。"颜真卿以自己的言行，践行了崇高，践行了道德，践行了尊严。拂去历史的风尘，回到鲜活的现实，我们看到这些古人的至宝，却被当代人当作三月的纸鸢，放飞得越来越高，越来越远。如今，不少人把传统的人生观、道德观、价值观弃若垃圾，肆力地追逐金钱，追逐权力，追逐私利，并复制这种病毒，传染给他人。对此，夫复何言。

他除了书法上震古烁今的成就外，更有让人抬起眉眼仰望的高风亮节，即在血与火的面前显现出来的履险如夷、誓死不二的人格光芒。

唐玄宗开元二十四年（736年），二十八岁的颜真卿以秘书省校书郎的身份步入仕途伊始，展现在世人面前的，一个是书学中的颜真卿；一个是官宦生涯中的颜真卿。书学中的他，是幸运的，春风得意的。他家学渊源，"上祖多以草、隶、篆、籀为当代所称。"（《草篆帖》）虽五世祖颜之推视书法为"杂艺"，告诫子孙，"此艺不须过精"，"真草书迹，微须留意"（《颜氏家训·杂艺》）就行。以免才学被书名所蔽，但子孙们书有所成的却不在少数，颜真卿更是"于无心者得宝"，成为卓越冠群的宗师。仕宦生涯中的他，那雨骤风狂，长夜难明的日子，却如影随形死死跟定他，想甩也甩不了。玄宗朝遭杨国忠忌恨，肃宗朝遭李辅国报复，代宗朝遭元载摈斥，德宗朝遭卢杞陷害，但强权压不垮他，昏君也无法阻碍他为国尽忠。鲁迅先生所言："我们自古以来，就有埋头苦干的人，有拼命硬干的人，有为民请命的人，有舍身求法的人……虽是等于为帝王将相作家谱的所谓正史，也往往掩不住他们的光辉，这就是中国的脊梁。"（《且介亭杂文·中国人失掉自信力了吗》）对于颜真卿来说，正是极妙写照。

天宝十二载（753年），任职尚书省的颜真卿，受杨国忠排斥，出守河北道平原郡。区区平原郡，实非颜真卿之才华所能施展之地，但他仍然不离不弃，唯责是举，"掌清肃邦畿，考核官吏，宣布德化，扶和众人，劝课农桑，敦谕五教。每岁一巡属县，观风俗，问百姓，录囚徒，恤鳏寡，阅丁口，务知百姓之疾苦。"另以防范淫雨为名，修城墙，疏壕沟，备粮草，录丁壮。闲暇时，不忘与一众宾客欢聚一堂，泛舟湖上，饮酒赋诗，一派安于现状、知足常乐模样。

平原郡由平卢、河东、范阳三镇节度使兼河北采访处置史安禄山管辖，天宝十三载（754年），安禄山手下来平原巡按、探察，返回后将所见所闻禀报。安禄山得悉颜真卿不过一介书生，遂再无牵挂。

腥风血雨的一天终于来到。天宝十四载（755年），觊觎皇座已久的安禄山率所部并同罗、契丹、室韦精兵计十五万众，号称二十万，浩浩荡荡杀向东都洛阳。所过州县，不是弃城逃遁，就是望风归降，丝毫不将平素顶礼膜拜的皇上放在心上。不过三十五天时光，洛阳陷落。面对即将灭顶之灾，失魂落魄的玄宗哀叹："河北二十四郡，无一人向国乎？"（殷亮《颜鲁公行状》）

向国的人是有的。"天宝文儒"颜真卿显示了政治家特有的谋略和担当。他率先举起了义旗。河北诸郡有了主心骨，纷起响应，共推颜真卿为盟主，曾几何时，十七个郡重回朝廷怀抱，正义之旗与日月共相辉映。

正欲挥师攻打潼关的安禄山闻报吃惊不小。他怎么也没有想到颜真卿竟然摆的是迷魂阵，竟然是"明修栈道，暗渡陈仓"；这百无一用的书生竟是智勇双全的人中俊杰。罢了，罢了！发指眦裂的他不敢自断后路，悻然退回洛阳，潼关燃眉之急解了，长安隔日之危解了！

我曾经揣摩：颜真卿，时为小小太守，只要为官一任，造福一方，就是好官，完全不用将整个国家的安危担在肩上，我难以洞明，此时的他是如何摒弃内心的懊恨，为朝廷挑起沉沉大梁。

颜真卿平原首义,立下大功;"安史之乱"平定后,迁刑部尚书,兼御史大夫;同年,阳春三月,草木萌动,颜真卿又晋爵鲁郡开国公。这下该是否极泰来了吧?不!仅仅两年时光,改不了"挑刺"习惯的他又被不按常理出牌的朝廷扫地出门,先是峡州别驾,半途,又加贬为吉州别驾。

事情到了这个份上,人们也许会想:颜真卿,至此应该清醒了!为了朝廷,你可以把命都押上,可朝廷呢?还是这副德性。你不怨恨它,已是仁至义尽了,还值得为它守节效忠吗?再不济,你也可像有的文人学士,啸傲山林,品赏"春晚绿野秀,岩高白云屯"的美景,或像有的墨客骚人,归隐田园,安享"春秫作美酒,酒熟吾自斟"的人生。可他仍以波澜不兴的心态接受不可思议的现实,用和煦的双手温暖治下的子民,而且,在地方上一待就是十年。对一个年近花甲的老人来说,这十年是个什么样的概念啊!我的脑际不时闪回如是场景:烛光摇曳,更深人静,萧萧夜风中,须发如银的他背手庭院——他在盼望黎明。

黎明果真降临了!

大历十二年(777年),六十九岁的颜真卿奉召还京,任刑部尚书,德宗时又进为太子太师,官阶贵为从一品。

就在颜真卿官运步入巅峰之际,福兮祸所伏这句古话又应验了。建中三年(782年),淮西节度使李希烈在许州自称天下都元帅,建兴王;翌年,攻陷汝州,剑指洛阳。这下,时时惦念着颜真卿的宰相卢杞找到了机会,遂装出忧国忧民的神情对德宗说:"希烈年少骁将,恃功骄慢,将佐莫敢谏止,诚得儒雅重臣,奉宣圣泽,为陈逆顺祸福,希烈必革心悔过,可不劳军旅而服。颜真卿三朝旧臣,忠直刚决,名重海内,人所信服,真其人也!"我把记载在《资治通鉴》上的这段话写在这里,与读者共同品味:好一个佛口狼心的卢杞,他躲开了明中的敌意和怨恨,几乎字字句句都冠冕堂皇,都送到德宗的心坎里。咳,论德行,他是不折不扣的宵小;论阴谋,则是道道地地的天才无疑。

卢杞奏毕,德宗大快,遂命颜真卿为宣慰使,前去安抚李希烈。

事发突然,品咂过历史变故苦味的朝臣震惊了!

李希烈何许人也?

李希烈本是朝廷中人,只因盘踞山东的李纳称王称霸,与朝廷分庭抗礼,朝廷遂命李希烈前去讨伐。谁知李希烈不去尚可,一去竟和李纳沆瀣一气,调转枪口对付朝廷,不,是想取而代之!这种逆天丧心之人,你去宣抚他,岂非"老寿星上吊——嫌命长"么?

我一直思忖:卢杞是清楚颜真卿的为人的,还知晓,"安史之乱"时,其父御史中丞卢奕在洛阳死节,首级传至平原,颜真卿竟用舌头将淋漓鲜血一一舔净。按理,卢杞感恩戴德尚嫌不及,为何反要置颜真卿于死地而后快呢?后来总算明白,恰恰是"名重海内,人所信服"之故。你有"忠直刚决"的人格魅力,又有盖世无双的社会声望,我不除去你,难道等你来取代我吗?历史的一些印记,有时着实让人心悸。

面对卢杞的笑里藏刀,七十四岁的颜真卿捧着圣旨上路了。时值隆冬,寒气砭骨,灰扑扑的旷野,挟着冰碴子的朔风不住掀开车帘，撕扯着他雪也似的胡子，他似乎没有察觉，只是仰首伸眉，掉臂直行。

"风萧萧兮易水寒，壮士一去兮不复返"，此时此际，叹其迂拙者有之，谓其愚忠者有之，劝其暂缓，以待后命者有之。但颜真卿却一锤定音："君命也，焉避之！"

我以为，颜真卿，作为当行出色的政治家，作为乱世中的人杰，他经受过暗天无日的官场岁月，亲历过"鼓衰兮力绝，矢尽兮弦绝，白刃交兮宝刀折，两军蹙兮生死决"……他不会不知道此行的下场该当如何？但之所以"明知山有虎，偏向虎山行"，是为了用一个赴死的人的肝胆去唤醒无数个生命的麻木和沉沦，是要让人们都知道，世上除了生命，还有更宝贵的东西！所以，当李希烈使出浑身解数，利禄引诱也好，烈火焚烧也罢，逼他变节屈从，他只用一句话作出回答："吾今年向八十，官至太师……死而后已，岂受汝辈诱胁耶！"（《旧唐书·颜真卿传》）那振聋发聩的声音，那摄人魂魄的声音，将他"生当作人杰，死亦为鬼雄"的人格魅力幻化成一团光芒。这光芒，使我想起病危时仍拥被大呼"过河！"的抗金名臣宗泽；想起以生命凝就"人生自古谁无死？留取丹心照汗青"的文天祥；想起"我以我血荐轩辕"的秋瑾……于是，我也有了入定般的信念：每个人只要有值得坚守的东西，且矢志不渝，别的就什么都不重要了！（值得一提的是，不久后，"机关算尽太聪明"的卢杞"反误了卿卿性命"，死在被贬谪的住所，上苍让他为颜真卿作了陪葬。）

人格这东西，是视之无形的，虚无缥缈的，可在一定境遇下，又是思之有物的，举足轻重的，特别是在抱虎枕蛟、生死攸关之际，是跪着生抑或站着死，惟人格而定。故时至今日，多少个春秋过去了，我们依然在为高悬在历史星空中的颜公灵魂而敬、而悲、而惜，为其一掬热泪，为其叹服心折。

人是要有人格的，作为文化人，自然更甚。不过眼下，却有被权欲肉欲钱欲迷醉得晕头转向的文化人，竭尽全力把自己像气球一样升上半空，五彩的飘带上却书着"高洁"的大字以自诩。这算是哪门子人格，就不用我啰嗦了……

融着暖意的阳光替代了浓浓薄雾，天地间已是一片澄明、浏亮。该是揖别的时候了！我小心地转过身，缓缓地朝大门行去，一种极细切的声音仿佛在耳畔响起："孔曰成仁，孟曰取义，惟其义尽，所以仁至。读圣贤书，所学何事，而今而后，庶几无愧。"

山水诗宗谢灵运

谢灵运去世后约六十年，有南朝"文坛领袖"美誉的沈约，著述了《宋书》这部百卷大书。在《宋书·谢灵运传》中，他对不同凡俗的谢灵运作了不同凡俗的抒写。《谢灵运传》开头写道：

谢灵运，陈郡阳夏人也。祖玄，晋车骑将军。父瑍，生而不慧，为秘书郎，蚤亡。灵运幼便颖悟……灵运少好学，博览群书，文章之美，江左莫逮。

沈约欣赏祖籍陈郡阳夏（今河南太康附近）的名士谢灵运，赋予他一个十分吸睛的点赞：文章之美，江左莫逮。

谢灵运成了中国文化史上的重磅人物，他的诗文闪耀着一个时代的灵光。但诗文中的光芒和现实中的生存，却似风马牛，不相及的两码事。因为尘世间，除了纸砚笔墨，还有秃鹫猛兽。一个弱肉强食的世界，注定是强者王侯败者寇，至于你的诗文如何，反而是无伤大雅的。

《谢灵运传》是用《临终诗》——灵运的自省，给他的一生画上句号的：

临　终

龚胜无馀生，李业有终尽。
嵇公理既迫，霍生命亦殒。
凄凄凌霜叶，纳纳冲风菌。
邂逅竟几何，修短非所愍。
送心正觉前，斯痛久已忍。
恨我君子志，不获岩上泯。

应该说，晋宋是不讲诗意的，所有的莺歌燕舞、清风明月已被刀光剑影、血雨腥风所替。不过，情深义重的沈约还是给谢灵运留存了一丝光亮，一丝诗意。谢灵运的临终自省，并非常规中的卖乖弄巧，而是一种由灵魂深处发出的自我剖析。他用刮骨疗毒的尖刀剔除自己身上所有虚饰的东西，回归于一个真正的自己。它使人明白，灵运成熟了，成熟于横祸，成熟于灭寂，痛心的是已没有灭寂后的再生。

与古往今来的许多大家一样，谢灵运奉行的人生准则，也是"达者兼济天下，穷则独善其身"，但到头来，却是那么无奈，那么凄凉，那么悲情。一个超时代的文化名人，却不能相容于他所处的时代，为什么？这个症结，我们得稍稍进入一下，才能弄清。

谢灵运与宋文帝

永初三年（422年），吞灭群雄，导演"禅让"，夺得南朝第一杯羹的宋武帝刘裕，咽下了最后一口气。皇太子刘义符成了少帝。出乎意料的是，少帝还未瞧清龙椅的真正模样，就被磨刀霍霍的顾命大臣当作了猪羊。次子刘义真也被杀。皇冠竟落到了偏安一隅却从未梦过的三子刘义隆头上。

在巍然矗立的刘宋帝国大厦中，文帝刘义隆（407—453年）堪称栋梁。他世事洞明、人情练达。目睹一幕幕血淋淋的宫廷惨剧，他不住思量：君王是什么？是至高无上，是主宰一切的人。君王的事业是什么？是江山，是天下。那么，这一切，为什么都要徐羡之之流说了算呢？生杀予夺，上上下下，莫不如此。今天，他们高兴了，可以拥我为帝，哪天，他们玩腻了，也可像废杀义符、义真兄弟那样，把自己废杀！这是哪门子道理？又是哪门子王法？顾命大臣，究竟是在顾谁的命？每当夜静更深，文帝面对高烧的红烛，总是双眉紧锁，心潮逐浪。

时光从容不迫地流去，屈指算来，文帝明修栈道、暗渡陈仓已两年有余。元嘉三年（426年），新年的钟声还在荡漾，一向以"孙子"面目示众的文帝突然发难，一举拿下了平素当爷爷供奉的徐羡之、傅亮。惊魂未定的谢晦急忙发动兵变。文帝御驾亲征，谢晦并弟皭来不及喘息，就被杀无赦。在历史的这个节点上，文帝抒写了足够震撼的一笔。我以为，对这曾受父王"托孤"的政治势力，纵然是万流景仰的一代雄主也未必下得了手，但文帝却是雷厉风行、手到病除，使自己从一个傀儡成为真正君临天下的主人。

从此，文帝放开手脚，开始了他"集权中央，氓庶蕃息，民有所系，吏无苟得"的"元嘉之治"。刘义庆、鲍照、裴松之、范晔、颜延之、祖冲之、何承天……一众对后世文化影响深远的名人都崭露头角，归隐在家的谢灵运亦被征召为秘书监。

东晋谢安退职后隐居东山，四十多岁后再次出山从政，官至宰相，留下了"东山再起"的佳话。这次谢灵运重新出山，他亦期盼自己能像叔曾祖父谢安那样，来个"东山再起"的翻版，在文帝掌舵的这艘大航船里大展拳脚。但事实是，文帝虽"寻迁侍中，日夕引见，赏遇甚厚"，但压根儿没有想过让他参与朝政。文帝启用灵运，是因为他"诗书独绝"，是高级文人，社会名流，是维护王权点缀升平的美丽饰物。所以，充其量也不过是"使整理秘阁书，补足阙文。又以晋宋一代，自始至终，竟无一家之史，令灵运撰《晋书》"而已。这一来，谢灵运应召时的一点雄心壮志，一点应有所作为的抱负顿时烟消云散，绵绵冷气充盈心胸。于是，对文帝交办的撰史工作，不是消极怠工，就是敷衍应付，"粗立条流，书竟不受"。对文帝要他在著宋史时写上"晋恭帝禅让帝位宋武帝"，尤是置若罔闻。最后竟然"多称疾，不朝直，穿池植援，种竹树堇，驱课公役，无复朝度。出郭游行，或一日百六七十里，经旬不归，既无表闻，又不请急"。谢灵运以为闹下情绪，给皇帝瞧点颜色，就会对他刮目相看，就会让他参与朝政。这真是神气勿清了！文帝会在乎一个诗人的架子吗？即使所有的诗人都滚蛋，他也不会损伤一根毫毛。好在文帝有一个胜利者的大度和宽容，他并未降罪灵运，只是让人授意他自请解职。灵运遂以患病为由，告假东归，继续过那"以文章赏会，共为山泽之游"的浪漫生活。

对于谢灵运的思想情操，有不少学人批评他"并无高尚的理想，他在政治失意时游山玩水，只是在声色犬马之外寻求感官上的满足，并以此掩饰他对权位的热衷。"抨击他的作品"根本提不到人民性的高度"等，不一而足。这是片面的解读。鲁迅先生说过："盖世之评一时代历史者，褒贬所加，辄不一致，以当时人文所现，合之近今，得其差池，因生不满。若自设为古之一人，返其旧心，不思近世，平意求索，与之批评，则所论始云不妄。"所以，我们不能以今日的时代精神去要求1000多年前的古人，否则便会陷入歧途。实际上，谢灵运和古代许多爱国爱民的文人学士一样，拥有浓烈的中华儿女的民族观念和情怀。公元416年，刘裕率师伐后秦，收复洛阳，谢灵运奉使劳军于彭城，豪情满怀地写出《撰征赋》，对维护国家统一，制止外来侵略的正义之战，予以热烈赞颂："惟王建国，辨方定隅，内外既正，华夷有殊……顺天行诛，司典详刑。树牙选徒，秉钺抗旆。孤矢馨楚孝之心智，戈棘单吴子之精灵。"读来感人至深。谢灵运在担任相国从事中郎、世子左卫率期间，就被刘裕罢过官。这次，他又被文帝劝退，面临再也难以过问政事的逆境，但仍然初衷不改，上书《劝伐河北》于文帝，痛陈中原至今未复，实乃国家和人民之耻辱，力倡北伐，收复失地，洗雪国耻。时至今日，我们依然能从他酣畅淋漓的笔墨中感受到那种为民请命的殷殷情、拳拳心。

谢灵运与刘义康

若以文才相比,谢灵运自是高高在上,刘义康给他递草纸犹嫌不配;若以处世论,两人位置则是相反,刘义康在天,谢灵运在壤。

彭城王刘义康,被时人盖上"朝野运转轴心,权力盖过天下"的印记,并非浪得虚名,而是大有来头,小有讲究。他是宋文帝同父异母之弟,执掌朝纲,凡他提出的奏议,文帝没有不批准的。朝士中有才能的,他都罗入门下。文帝有虚劳之疾,常常意有所想,心便痛煞,呼吸微弱,有时,需用薄薄的丝棉放在口鼻前才知呼吸状况。这时,刘义康会主动前去,服侍用药,晨昏相守,朝夕不懈。故对义康,文帝有时连君臣之礼也是免除。到后来,四方供奉,都将上品献给义康,稍次的献给皇上。帝室的权杖渐渐向刘义康倾斜。

谁也没有想到,称病归隐、远在会稽的谢灵运会撞在他的枪口上。

事情得从元嘉八年(431年)说起。

是年夏日,文帝颁发了《垦田诏》,命郡县"咸使肆力,地无遗利,耕蚕树艺,各尽其力"。谢灵运热烈响应,上书求会稽东廓回踵湖为田。文帝批示州郡履行。会稽太守孟𫖮却以"水物所出,百姓惜之"为由,坚执不允。谢灵运遂改求始宁休崲湖。孟𫖮依然。谢灵运怒不可遏,恶语相向。孟𫖮遂以"灵运横恣,百姓惊扰"为辞,表奉文帝,告灵运心有异志,图谋不轨,求治其罪。又大造舆论,公布灵运罪状,调兵巡逻,称防灵运反叛。

此事本无大碍，怎么一接触就成了生死相搏的景象了呢？说到这，我不得不提及下面两事。

早年，谢灵运在会稽城郭千秋亭和王弘之等人饮酒，酩酊中裸身大呼。孟顗以不成体统相劝。灵运反讥孟顗痴呆。这还是小事一桩。锥心的是，有次灵运和孟顗谈论佛经，对经义的理解有了分歧，灵运竟当面嘲笑孟顗：生天当在灵运前，成佛必在灵运后。（《南史》本传）气得孟顗嘴角抽搐，骨节格格作响。这次，孟顗的所作所为乃是久郁于心的"岩浆"终于喷发。

胸无城府的灵运不料孟顗有这一手，惊惧中觉着末日降临一样。他昼夜兼程进京，呈上《自理表》，陈述自己遭诬经过，揭露对方心狠手辣，言说自己哭诉无门的艰难处境。文帝深知灵运狂放不羁的个性，告其图谋不轨似是言过其实，审慎之下，诏他为临川内史，让他离开始宁，离开这个是非之地。

孟顗见灵运不仅没被治罪，还做了官，加秩中二千石，不由气噎心田。他找上刘义康，要他将灵运拿下。他心想，我女儿给你做了妃子，这事焉能不帮！

谢灵运到达临川，行径仍和任永嘉太守时一样，巡视郡县，视察地理，乘兴作诗，寄情山川。哪知刘义康阴魂不散。他正事反说，言谢灵运"在郡游牧，不异永嘉"，遣随州从事郑望生收谢灵运治罪。谢灵运岂肯无事就范，反将郑望生羁押。刘义康遂以"兴兵叛逆"罪定谢灵运正斩刑。宋文帝欣赏谢灵运的才华，只免其官爵。刘义康坚不宽恕，文帝遂诏"降死一等，徙付广州"。

于是，长途押解。路人惊叹他的须美，却不知他就是谢灵运。

于是，乱云飞度的国土上，一根麻绳捆着一个塔尖级的伟大诗人，踽踽而行。

事物的发展往往给处心积虑的人以可趁之隙。

翌年，文帝染病，连早朝亦是不能。总揽朝政的彭城王遂以瞒天过海的手段，制造了一套证词，说村民告发，谢灵运与同党薛道双串通，安排人马途中营救……劫囚，这不是造反吗？那还将了得！文帝需要的是写诗的谢灵运，为朝廷歌功颂德的谢灵运，而不是造反的谢灵运。刘义康，这个失去人格支撑的变态者，终于击中了文帝的软肋。于是，曾称天下文才共有一石，曹植占去八斗，自得一斗，余下的一斗由古今文人分享的谢灵运被推上了断头台；于是，一个经历了三个朝代，七个皇帝，饱尝了战乱频仍之苦的一代人杰，在历尽抱璞泣血的痛楚之后，有如一颗划破天际的亮星戛然殒落，时元嘉十年（433年），年四十九。司马光说："灵运恃才放逸，多所陵忽，故及于祸。"要是他的心态平和一点，遇事谨慎一点，想得的东西减少一点，那么，他的成就超过才高八斗的曹植不是没有可能。曾盛赞过谢灵运的梁简文帝，在《诫当阳公大心书》里，对他儿子说："立身之道，与文章异。立身先须谨重，文章且须放荡。"不啻醍醐灌顶。

尝读钟嵘《诗品》，说谢灵运"其源出于陈思"。陈思者，陈思王曹植也。曹植在《与杨德祖书》中曾说："吾虽德薄，位为藩侯，犹庶几戮力上国，流惠下民，建永世之业，留金石之功，岂徒以翰墨为勋绩，辞赋为君子哉！"这种思想和谢灵运"自谓才能宜参权要，常怀愤愤"，是何等的相似。而李白，也怀着和灵运一样的参政梦，想建功立业，结果，不但没有得到，还差点赔上了性命。从夜郎赦免回后，政坛已没有他的戏，那怎么办？就想到了不归路。船行江心，他看到了月光下自己的影子，对船家说，老朋友来接我去享荣华富贵了。于是"扑通"一声，跳下水去。李白还曾经在《酬殷明佐见赠五云裘歌》诗中惦念谢灵运："故人赠我我不违，着令'山水含清晖'。顿惊谢康乐，诗兴生我衣。襟前'林壑敛暝色'，袖上'云霞收夕晖'。"细细想来，这三人都富有政治抱负，但都欠缺政治家的雄才大略，单凭一颗赤子之心，不碰得头破血流，那才怪呢！所以，我以为，我们将谢灵运的一生说成半是曹植半李白，是十分形象的，很有意思的。

谢灵运和故乡

众所周知，唐代有杜甫、李白、孟浩然、宋之问、韦应物、顾况、崔颢、罗隐、刘长卿、温庭筠、王维、孟郊、戴叔伦等342位诗人，相继由钱塘江，经绍兴，入剡溪，穿越浙东七州，踏出了一条光焰熠熠的"浙东唐诗之路"。殊不知，早在晋宋之际，谢灵运就和他的友人昙隆、王弘之、孔淳之、族弟惠连、东海何长瑜、颍川荀雍、太山羊璇之等踏遍剡山大地，开启了弘扬剡溪山水人文诗路的大门。

谢灵运出生于会稽（今浙江绍兴）始宁县东山西，一座名为始宁墅的庄园里。因是独子，家庭倍加疼爱，早早安排他去钱塘寄养，十五岁才回到京都建康。宦海浪迹二十余年。弃官归隐，在始宁墅生活了七年之久。

永初三年（422），刘裕驾崩，徐羡之、傅亮、谢晦辅政。晾在一旁的谢灵运被冠上非毁执政之名，远贬永嘉太守。正是这种揪心的倾轧，使他彻底洗去了对官场的热衷，去寻觅无言的山水、寻觅远去的古人。在于无声处开辟对话的渠道，光耀诗坛的山水诗作应运而生："春晚绿野秀，岩高白云屯"（《入彭蠡湖口》），"明月照积雪，朔风劲且哀"（《岁暮》）"白云抱幽石，绿筱媚清涟"（《过始宁墅诗》）……不但应运而生，而且以独特的清新的魅力，将发轫于东晋诗坛的玄言诗打入了冷宫，轰动朝野。同代人鲍照、汤惠休说谢灵运的诗"如芙蓉出水"；陆时雍言"熟读灵运诗，能令五衷一洗"（《诗镜总论》）。《宋书》谢之本传也说："每有一诗至都邑，贵贱莫不竞写，宿昔之间，士庶皆遍，远近倾慕，名动京师。"

待谢灵运第二次归隐，所作山水诗可以排成长队，"文章迥句，处处间起，典丽新声，络绎奔会"（梁·钟嵘《诗品》卷上）。而所作的《山居赋》，可说是旷绝古今。以前的名赋，如司马相如的《子虚赋》、《上林赋》和班固的《两都赋》等，虽都写得汪洋恣肆，但恰如左思所指，"考之果木，则生非其壤；较之神物，则生非其所。于辞则易为藻饰，于义则虚而无征。"而左思自己用了十年工夫创作出的《三都赋》，写"山川城邑，则稽之地图"，写"鸟兽草木，则验之方志"。可谓铆足了劲。但由于未经实地勘查，仍不免有想象之辞。只有谢灵运的《山居赋》，无论"自园之田，自田之湖。泛滥川上，缅邈水区"，抑或庄园的扩建，尽皆亲历。所以，它不仅是一篇洋洋数千言的山水赋，更是地理学家、动植物学家研究当时山川、物产、精舍、作坊、农林渔副各业及庄园周边人文地理的珍贵史料。灵运山水诗开山鼻祖之位就此奠定。

文王拘而演《周易》；仲尼厄而作《春秋》。灵运远贬，始作山水之诗；逐归，厥有山居之赋。人世间荣誉的桂冠，都是用荆棘编织而成的。

谢灵运本想在故乡的怀抱里温暖终生，却空留归隐不得的遗恨。故乡的人们没有忘记这位亲人，这位卓尔不群的大诗人。在今嵊州市仙岩镇、下王镇、剡湖和浦口街道北部的山区，因谢灵运袭封康乐县公时居此游此，遂有康乐、游谢两乡；谢仙君庙为两乡的乡主庙，奉谢灵运为乡主，立像祭祀；谢晋导演的电影《舞台姐妹》曾在此拍摄外景。谢岩村是谢灵运南居石壁精舍、石门楼所在地，人们取其姓和《石门岩上宿》诗，故名。仙君洞在仙岩镇石坑村，位嶀山近峰处，上有巨岩覆盖成穴，即谢灵运《山居赋》"近南"所记之"石室"。石门山在嵊城西北25里，谢灵运《游名山志》曰："石门山，两岩间微有门形，故以为称。"(《艺文类聚》卷八)后人敬之，不改其名，自宋《剡录》至明清县志，皆载此山，并以谢灵运《石门岩上宿》诗相附。此外，还有康乐弹石、谢朓岩、谢公山、康乐石床、谢灵桥、谢公墩诸古迹。家乡人金午江、金向银还专门撰写了一本研究谢灵运《山居赋》和山居诗的专集《谢灵运山居赋诗文考释》以作纪念。谢灵运存世的遗迹和他的诗文一样已穿越时空成为剡溪乡土文化中绚丽的一章，成为故乡人们心中不可或缺的珍贵财富。

蔡元培札记

一

由衷仰慕一位老先生,始于20多年前。这老先生是近代著名的民主革命家,杰出的教育家,而且还对我国科学事业的发展做出过巨大的贡献。不过,我仰慕他时,他曾经轰轰烈烈的生命,已若岩间离披的兰芷,早被荒烟蔓草所遮掩,因而,他是不会知道,我对他因追思而惆怅,因尊崇而久恋的深情的。

正是他,让我知晓了一位忧国忧民,为教育、为学术、为人类和平进步奉献一生的人所具有的人格魅力,并进而洞明他闪耀在"学界泰斗,人世楷模"(毛泽东语)字里行间的灿烂光芒。

这里说的老先生就是蔡元培先生(1868—1940年)。他字鹤卿,号孑民,浙江绍兴人,是中华民国南京临时政府第一任教育总长。他在执掌北大的那个年代,将一所曾经专收七品以上京官的衙门式京师大学堂,"博采众长,厉行革新"成"当以研究学术为天职",以"思想自由,兼容并包"为灵魂的高等学府。于是,陈独秀、李大钊、鲁迅、胡适、钱玄同、刘半农等一大批具有新文化、新思想的代表人物进入了北大,于是,蓝天白云,红花绿草都缤纷成和弦,缤纷成超拔,从而催生了马克思主义的传播和中国共产党的诞生。周恩来先生赞他"从排满到抗日战争,先生之志在民族革命。从五四到人权同盟,先生之行在民主自由"。人们尊奉他为"北大之父",这也是蔡先生生前无法想到的。

  仰慕蔡元培先生,于我来说,除了他在学界的丰功伟绩,尤有他在人世的端方品格。那以真诚做笔热血做墨,在光洁的信念之纸上书写的人间大爱,不时地触动着我,激励着我,使我沿着人生三角形的斜面向上走。蔡元培先生"德育实为完全人格之本,若无德虽体魄智力发达,适足助其为恶,无益也"之心语,像通透的灯光,照亮我们的心扉,使我们领悟:人生并非是一支短短的蜡烛,而是一支暂时由我们拿着的火炬,在人生的任何场合,无论是艳阳高照清风怡人,还是阴风怒号浊浪排空,我们都要惟贤惟德,将它燃得十分光亮,然后交给下一代。

二

  2000年仲春,和风摇曳着片片草叶,溪边湖畔,尽见袅袅娜娜抽出新绿的柳枝。怀着和畅喜悦心情的我细细阅读关于蔡元培先生的文字。今奉上几则平常中见真章的小故事和自己的感受，供与我一样仰慕蔡元培先生的友人共同分享。

——分秒必争。1898年10月，蔡元培受绍兴中西学堂堂董徐树兰之请，任绍兴中西学堂总理（校长）。翌年，嵊县知事陈常铧邀请他来嵊任剡山、二戴书院院长。蔡元培遂于1900年2月26日辞去绍兴中西学堂总理之职，当夜乘船离绍赴嵊。在船中，他即着手草拟书院的《学约》，内容有十条之多：提出学问的宗旨是"益己益世"，"不可有争利之见"，"当究心有用之学"；阐释士、农、工、商都是社会分工，就尽分工的部分责任；识别真理必须实事求是；具体的教学措施等。最后还略述了他自己的为学经验供有关人士借鉴。船到嵊县，《学约》也草拟完毕。

鲁迅先生说"时间就是性命"。故"古来一切有成就的人，都很严肃地对待自己的生命，当他活着一天，总要尽量多劳动，多学习，不肯虚度年华，不让时间白白的浪费掉。"蔡元培先生自是个中典范。

——鞠躬回礼。1917年1月4日，北京的雪，像千万只玉色蝴蝶漫天飞舞。一辆四轮马车迎着透骨寒风，"嘚嘚嘚嘚"驶进北大校门。早已分列校门两侧的工友，恭恭敬敬地脱下帽子，向新任校长鞠躬致礼。蔡校长见状，当即下车，摘下礼帽，向迎接他的工友们鞠躬回礼。那情那景，正像一首小诗所言："一身旧式棉袍／还在寒冬季节／你宽阔火热的胸膛／却喷涌着欣欣向荣的春讯……"因此，我又想到了刘少奇和时传祥的故事：1959年10月26日，天光如海。全国工业、交通、基建、财贸"群英会"在北京人民大会堂召开。开幕第一天，党和国家领导人亲切接见部分代表。国家主席刘少奇径直走到一位身穿劳动服的工人面前，一把握住他满是厚茧的手，脱口而出："你是老时吧！"被刘少奇称作"老时"的时传祥是北京崇文区清洁队的掏粪工。他万万没有想到国家主席竟能一眼认出他来，激动得不知说什么好。刘少奇询问了他的工作、生活和学习情况，真挚地说："你掏大粪是人民的勤务员，我当主席也是人民勤务员，这只是革命分工的不同，都是革命事业中不可缺少的一部分。"说着，还从自己的上衣口袋里掏出一支英雄100号钢笔递到时传祥手中，勉励他光是工作好不够，文化也要赶上去。

富兰克林说得好："从来没有哪一个真正的伟人不是真正有德行的人。"

——春风化雨。1919年6月，一湖南籍马姓学生考入了北大。当他踌躇满志赶到北京报到时，却被告知：新生入学，必须办理入学保证书，保证书上必须有一京官签字盖章，否则不能入学。

这下，马姓学生犯难了！作为一名乡下的农家子弟，北京也是头趟幸临，哪里会有官家的亲友呢！但就这样返回老家，却又心有不甘。无奈之下，他硬着头颈给北大校长写了封信，言北大这一规定不符合"五四"民主运动精神，并坦率地说，如无余地，宁愿退学，也不会低头屈膝前去求人。

蔡元培收到信后，立马写了回信。信里恳切地告知，德、法各国大学，的确没有这种制度。但是，北京大学是教授治教，与国外不同，这一制度已经教授会议讨论通过，任谁也无权变更，若要变更，也须经教授会议讨论通过才行。最后，蔡元培校长表示，在制度变更前，他愿代为担保。于是，先生和学子结下了不解的深缘。这等情怀，这等义举，即使在今天，也是十分难能可贵的。要是我们每个人都能像蔡先生那样，热心地希望把一切做好，不但自己独善其身，而且勇于付出力量兼善天下的时候，我们的社会就会愈益显出蓬勃朝气和盎然生机。

——浩然之气。北大办学伊始，有一不成文的惯例，即开校务会议时，多讲英语，不懂英语的教授，只能木鸡般坐着，痛苦莫名。蔡元培任校长后，提议校务会议发言一律改用国语。外籍教授大不以为然，反对之声此伏彼起。他们的理由是只会英语不懂国语。蔡元培据理而说："假如我在贵国大学教书，是不是因为我是中国人，开会时你们就说中国话？"听罢此言，外籍教授除了摊手耸肩，再也无话可说。从此，在北大，不仅校务会议，任何会议发言，一律用国语，不用英语。

其时，有两位英国公使馆介绍来的教授，不但我行我素，而且行径低劣，不时带学生前去八大胡同妓院干不端之事。蔡元培看在眼里记在心里，待得聘书期满，遂不再续聘。英国驻北京公使朱尔典得悉此事，亲自出马，非要蔡元培续聘不可。蔡元培却用铁质的声音，连同扬起的手势，让对方明白：北大是教书育人的地方，不是慈善机构。

"一时强弱在于力，千秋胜负在于理"。在"只愿在真理的圣坛之前低头，不愿在一切权力之前拜倒"的蔡元培先生面前，那些闭着眼睛匍匐在洋人脚下的"堕爷"们不知有何感想？

——特立独行。1919年5月8日，北大教员聚会反对《凡尔赛和约》割让山东半岛给日本，抗议北洋政府对学生运动的镇压。蔡元培义愤填膺，说："抗议有什么用，我是要辞职的。"第二天，他毅然搭上蓝色的京沪快车离开了北京，《不肯再任北大校长的宣言》像黎明举起的一轮朝日，像丹柯举起那美丽的心灵。林语堂颂赞蔡元培"软中带硬，外圆内方，其可不计较者不计较，大处却不肯含糊"；称"有临大节凛然不可犯之处，他的是非心极明"。具有世界性影响的哲学家、教育家杜威当时正在中国讲学，他曾目睹五四运动的前因后果，对胡适说："拿世界各国的大学校长来比较一下，牛津、剑桥、巴黎、柏林、哈佛、哥伦比亚等等。这些校长中，有某些学科上有卓越贡献的，固不乏其人，但是以一个校长身份，而能领导那所大学对一个民族、一个时代起到转折作用的，除蔡元培而外，恐怕找不出第二个。"而在诞辰一百周年时，能被联合国冠以"世界文化伟人"称号的，在中国现代文化人中，也只有蔡元培一人。

蔡元培先生堪为人世楷模的故事难以数计，难怪人们以滋养渴望生之悠远的清泉相比。他给疲惫的旅人捧上一汪甘甜的汁液；给委顿的草木开拓一脉葱郁的生机；给干渴的种子一个流金溢彩的秋季。

正因蔡元培先生好雨知时节，润物细无声，所以我总是特别注重阅读和收藏关于他的文章和书籍。例如，蔡元培任绍兴中西学堂总理（校长）后，曾应嵊县知事邀请，来嵊担任剡山、二戴两书院院长的资料；1999年11月的《浙江作家报》，该报第七版一整版尽是王旭峰《仰望世纪初的灿烂星斗——读＜北大之父蔡元培＞后感》的文章，对当世通儒、道德文章、谦谦君子的蔡元培先生的评说可圈可点。又如，蔡元培先生携手诺奖得主、"印度诗圣"泰戈尔在中印两国创办中印学会、开中印文化交流之先河的文字：印度共和国最早的三位总统普拉沙德、拉达克里希南和侯赛因都曾是中印学会会员；蒋介石、宋美龄、陶行知、张大千、徐悲鸿……都曾到印度访问或学术演讲；

泰戈尔由衷地说"我们荣幸地和你们欢聚,作为你们的东道主,作为你们的兄弟和挚友。让我们常来常往,我邀请你们,一如你们邀请我"。

20世纪二三十年代,印度还是英国的殖民地,中国正进入艰苦卓绝的抗日战争,在这样的大时代中,蔡元培与泰戈尔的创举无异于给沙尘暴的天气注入了源源不绝的新鲜空气,不仅催绿了文明的春光,且鲜活了生活的细节。

三

2016年8月30日,美籍华人、波士顿128华人科技企业协会创始会长张晓明,在《绍兴日报》上口述《蔡校长治学精神崇高而可贵》,说:"蔡元培是我北大老校长……我进北大时距蔡元培先生逝世已有四十多年,学风依然极好,学生们崇尚'自由玩命'。所谓'玩命'就是学习非常刻苦,'自由'是指浑然不知疲倦,为了心中的责任,为了抱负和理想,在知识的大海里自由翱翔。"他还说:"直到2011年,我带着我的团队和技术回到中国,出任浙江工业大学之江学院大数据研究中心主任……再次重温蔡元培其人其事,让我不免感叹蔡校长治学精神的崇高与可贵……曾经了解的蔡元培形象似乎变得更加真实丰满。"张晓明对蔡元培先生的独到解读,让人觉得:任何人,要想获得生命的璀璨,心中必须装有抱负、理想和责任,否则,纵然叶生果结,也是昙花一现,稍纵即逝。也就是说,我们在努力构建人生的大厦时,无论如何不能疏忘夯实地基,以免事倍功半甚至为山九仞功亏一篑。这个地基就是抱负、理想和责任。

的确，蔡元培先生是一座光焰熠熠、蕴藏丰富的宝山，吸引着难以数计的人们前去开掘，前去采撷。我亦有幸跻身个中行列。

民国二十三年（1934年），诸暨大旱，"井水均涸，浣江断流，田禾枯萎，秋稻无法下种。灾田19.8万亩，粮食减产2.6万吨，灾民达26万。"（《诸暨县志》）受灾人数几占当时诸暨总人数的一半。蔡元培得知后，当即致函浙江省政府、财政厅、建设厅，拟请拨款，实施修堤浚江，提倡以工代赈，使饥民以劳获食，安定民心。函录如下：

> 分致浙江省主席鲁涤平，财、建两厅长王激莹、曾养甫函：
> 略谓："诸暨县下北乡东泌湖，为全属湖田最多之处，因江窄堤低，屡遭水患，是以历年夏初预防霉雨，早将湖水放干，以待耕种，今年循例办理；不意亢旱数月，阖湖之田龟裂，以致颗粒无收。查防霉放水，办法原属无聊、故二十一年间阖湖民众，曾拟具翻堤浚江计划，呈请贵府、财建两厅酌拨赈灾公债，俾兴筑堤埂，一劳永逸；因该项公债早已指定用途，未蒙批准。兹闻中央顾念保省旱灾，定发行巨额公债，以救灾黎；本省工赈事宜，亦正在苾筹办理中。该东泌湖灾情奇重，湖民饥寒逼迫，恐有意外变动，拟请拨巨款，俾得以工代赈，实行翻堤浚江之计划，不惟濒死灾民，免填沟壑，且从此数万亩难熟易荒之田，永成沃壤，其为利益，何可胜道。想执事视民如伤，必有以玉成之也。谨为函达，诸希裁酌施行，至为感荷。"（《蔡元培全集》第13卷391—392页）

收到了蔡元培先生的函后,浙江省政府很快核准了补助五万元……

细细诵读蔡元培先生致力诸暨治水的信函,我们从心底里感受到蔡先生垂注农田水利、国计民生的殷殷情、拳拳心。联想到于今,政府领导下开展得热火朝天的"五水共治",真是功在当代,利在千秋的大好事。

随着日历的一页页翻过,我搜集、阅读有关蔡先生的文章也与时俱增。一天,有朋友前来借阅有关蔡元培先生的报章杂志,我自是答应,可事后归还的却是"不慎遗失"的信息。这些报刊于我来说不啻是独份,过了这个村,就没那家店,而且还是新文化史上美得像诗一样的史迹。唉!至今想起,心里仍疼得紧!

仰望蔡元培先生的人很多,可我觉得自己对蔡元培先生尤甚。他是我精神世界中的一位导师,他那摒弃陈规旧俗、勇立潮头、重在创新的思维如圣哲,似先知,可谓思接千载,心骛八极。如今,他虽然早已笼着两袖清风悠然而去,然仍赋予后人朝圣般的洗礼。

"叱咤之风镇海涛,指挥若定阵云高。虫沙猿鹤有时尽,正气觫觫不可淘。"这是蔡元培先生1930年写的一首七言绝句,虽是歌颂郑成功叱咤风云的军事才能和觫觫不可磨灭的民族气节,但也使人憬悟:我们中华民族惟有居安思危,发奋图强,励精图治,吾养吾浩然正气才能自立于世界民族之林。

因而,我仍然仰慕世纪初的灿烂星斗、"人世楷模"——蔡元培先生。

高山仰止马寅初

一

由"浓妆淡抹总相宜"的西子湖畔驱车南行,不过一个半小时,就可直达嵊州市浦口街道。清光绪八年(1882年),农历壬午年五月初九午时,天生"五马齐全"(马姓,生辰按干支纪时为马年、马月、马日、马时)、"贵人之命"的马寅初在此降生。

嵊州,位于浙江省东部,隶属绍兴市,似练剡溪横贯于中。嵊州古称剡县,北宋年间改名嵊县,1995年撤县设市定名嵊州。嵊州历史悠久,有文记载,早在上古时期,帝王舜就来过这里,故有"舜皇山"、"舜井"等地名;大禹治水"毕功于了溪","了溪"即今禹溪。秦汉时期正式置县。魏晋南北朝,"书圣"王羲之、"雕圣"戴逵等慕剡秀山丽水,来剡隐居,至今尚有戴安道宅、羲之坪、王羲之墓诸多遗踪;艇湖山下本有子猷桥,"乘兴而来，兴尽而返"的成语就出于"王之猷雪夜访戴"的典故；"山水诗派"的开创祖师谢灵运出生于始宁县，县治即今三界镇。唐李白、杜甫、孟浩然……三百余位诗人畅游过剡溪，留下了不知凡几的咏剡绝唱。嵊人姚宽乃宋著名史学家、科学家，所著的《西溪丛语》、《玉玺书》系中国思想史上举足轻重的文选……这多深厚的历史积淀，丰饶的文化底蕴，对生于斯长于斯的马寅初来说可谓是一种最为丰厚的营养素。

然而，嵊州人最闻名遐迩且让人刮目相看的则是"嵊俗尚刚决，视死鸿毛轻"的秉性。清乾隆六十年（1795年），在嵊任县令的周镐，离任时就发过这样的感叹。嵊州地属浙东丘陵，四明、天台、会稽……诸山环拱。置身"七山一水二分田"地理环境中的嵊州子民，世世代代与天奋斗，与地奋斗，与人奋斗，养成了这股血性，只要遇上祸国殃民的人，无论他位有多高，权有多重，都会挺身而出，与其拼个你死我活。在时光的长河中，突显"舍得一身剐，敢把皇帝拉下马"的刚烈耿直脾性的嵊籍英豪史不绝书：唐裘甫揭竿起义，应者如云，遭朝廷重兵围剿，至死面不改色；北宋仇道人响应方腊起义，血染疆场仍手握战刀双目圆睁；辛亥志士王金发抗击清廷、劫富济贫、暗杀叛徒，令奸商巨贾、土豪劣绅闻之丧胆；而在现代，涌动着这腔热血的学者则非马寅初莫属。

抗日战争时期，中华民族到了最危险的时候，面对官僚买办资产阶级的倒行逆施，马寅初义愤填膺。他在国民党训练高级将领的陆军大学作慷慨激昂的演讲，说：有一种"上上等人"，依靠他们的权势，利用国家经济机密，从事外汇投机，大发超级国难财……把他们的不义家财拿出来充作抗日经费……真是"怒剑初出,山河失色"。惊恐不安的国民党当局诱以高官厚禄,他不屑一顾;暴力恫吓,他嗤之以鼻;将他关入息烽集中营一个连身体都立不直的牢房,他依然不肯低下高昂的头。气得蒋介石破口大骂他是"嵊县强盗"。得悉这话的马寅初坦荡荡地说:"他说我是'嵊县强盗',只对了一半,我不是'强盗',是'强道',我就是要顽强地道出他们祸国殃民的行径!"

富贵不能淫,威武不能屈!马老寅初,好一个出类拔萃的"嵊县强道"!

二

马寅初,名元善,字寅初,自幼聪明伶俐,可又游兴重,特顽皮。望子成龙的父亲打听得离浦口一箭之遥的下新建村有家颇有名望的私塾,便命他前去就读。

塾师俞桂轩是个学问渊博爱国爱乡的老先生,荡荡然有长者风,儒儒地有文人气。他瞧见马寅初虎头虎脑一副明慧模样自然十分中意,对他的教育也就分外尽心。"三更灯火五更鸡,正是男儿读书时",未几,马寅初便通晓了《大学》、《中庸》、《论语》、《孟子》……进展日新月异。俞桂轩见成长中的马寅初如此勤奋,心乃大悦,不仅关怀怜爱有加,还将自己擅长的隶、楷书法艺术倾囊相授,课余又殷殷讲述岳飞、海瑞、于谦、文天祥诸多名臣良将的故事,滋润、洗礼马寅初幼小的心灵。月晕而风,础润而雨。从此,读书报国的心愿遂与日俱增地安营扎寨在马寅初心房纵深。

我常常想,伯乐识千里马源于历史典故,真实性如何,无从考证,然在逼仄的人生路上开始跋涉的马寅初能在茫茫人海里遇上卓尔不群的俞老先生,不知是命定的机缘抑或上苍的旨意?!

时光似飞,转眼间,马寅初已迈入了17岁的门槛。马父见他已出落得一表非凡,便要他留在酒坊中学习记账。对马父来说,多一个人手就少一份开销,少一份开销就多一笔进项!可马寅初哪里肯依。坚信"棒头出孝子"的马父就来了一折全武行!热血贲张的马寅初眼见夙愿难偿,竟然一咬牙纵身投入门前一泻千里的江水之中,"宁死不屈"!多亏船工相救,才捡回一命。后经爱子心切的慈母的多方斡旋,马老终得求学上海,就读天津,留学美国。荣获哥伦比亚大学经济学博士学位,在人生之路上书写了浓墨重彩的一页。

马寅初"出山"了!哥伦比亚大学盛情邀请他留校任教。可是,赴美留学前夕,俞老先生要他"学成之后回国效劳,即使当了大官也不能忘了家乡,忘了父母"的嘱咐却似一双温柔的手,招引着他远涉重洋,毅然回归龙的家园。及至回到老家,他仍是一袭半新旧的竹布长衫,腰间束条兰花布带,脚穿黑布鞋。洋博士穿得如此寒酸,兄嫂担心有失体面。马寅初却笑着说:"回家就该穿家乡服,我最讨厌外出几天就穿洋服、打官腔……"我时时思忖,马老为人之所以不愿用物质替自己筑起一个樊笼;之所以"直干终为栋,真刚不作钩";之所以"树高千丈,叶落归根";马老留下的"百年树人"、"碎身粉骨不必怕,只留清白在人间","权然后知轻重,学然后知不足"诸多墨宝之所以严谨有致、"纯正不曲",俞老先生应是功不可没。

三

自美回国的马寅初不图名利,专心治学。他公开宣称"一不做官,二不发财",决心寻求"富国强民"之道,致力于祖国的经济和教育事业。阅读他的文章,你会发现字里行间满是振聋发聩的话语,切中时弊的真知,标新立异的灼见,给人以醍醐灌顶之感。

"若欲求生产之发达,则贪婪跋扈之武人,在所必去,断无与劳动者并存之理。苟武力能除,则生产与储蓄之障碍已去,而劳动者,自有从容从事之机缘。吾故曰:中国之希望,在于劳动者……"(《中国之希望在于劳动者》)——一语破的,切中事理。

"我国自辛亥改革以来,乃有三滥:1.滥借内外债;2.滥铸铜元与辅币;3.滥发纸币。三滥之根本原因,实系军阀之祸。使军阀不去,财政无整理之望,金融无旺盛之期……"(《我国经济界之三滥》)——头头是道,无可置疑。

利用外资的三种方式,即:"(一)借款于中国政府,外人仅居债主地位(Bondholder);(二)外人与中国政府合办各项事业,可居股东地位(Shareholder);(三)特许或称租让(Concession),外人在中国法律范围内,可自由使用其资本与技术，期满后产权须无偿地交还中国……"（《中国经济改造》）——时至今日，犹可借鉴。

作为经济学家、教育家、人口学家的马寅初著作等身：《马寅初演讲集》、《马寅初经济论文集》、《中国经济改造》、《经济学概论》、《通货新论》、《战时经济论文选》……可谓当行出色。有学人赞他是开创了六大"中国之最"的文化才俊：一是博士论文被列入大学本科必读教材的中国第一人；二是中国第一位留洋获得双博士学位回国效劳的大学者；三是中国第一个指责国民党"四大家族"大发国难财，并主张对他们开征"临时财产税"的人；四是世界上最早关注人口质量，坚持人口科学发展观的经济学家；五是中国受到联合国亚洲议员人口与发展会议表彰的第一人；六是活到101虚岁，为世界上最长寿的经济学家。

四

早春的浦口温润如玉，我们迎着满天朝霞来到这水木清华之地。

浦口街道地处嵊州市东部，面临剡溪，黄泽江汇流于此。旧时，人们称水边为浦，故有浦口之名。早在北魏，郦道元的《水经注》对此地就有"浦里有六里，有五百家，并夹浦居，列门向水，甚有良田"的记载。清时，浦口商业渐兴，至咸丰后，随着"五马（绍兴小皋埠马氏五人）入剡"，茂记、钰记、树记、堃记、文记五大酒坊的先后问世，浦口遂成了热火朝天的繁华码头，店家门庭若市，江中船桅林立。而马寅初的父亲马棣生即是"树记"酒坊的主人。

步入铺就千百年的逼仄老街，只觉凉风习习，四围静静，几乎不闻市声。想到风云的变幻、小镇的古今，"念天地之悠悠"的情愫油然而生。

马寅初故居是全国重点文物保护单位。由马父建于清光绪年间。故居面街，黛瓦粉墙，典型的江南民居建筑使我尝到了一种久违的亲切感。跨进门去，便见一马寅初半身铜像，浑圆的脸，高阔的额门，一种刚烈、沉毅的血性在眉宇间洋溢。我敬佩马老，也钦佩这位铜像的雕塑者，他活灵活现地再现了一代人杰，让后人如见马老其人。往里行，有彭珮云纪念马寅初先生诞辰120周年的题词："实事求是治学、刚正不阿做人。"随后是一处大天井，匀称的鹅卵石镶铺成典雅的图案；静谧中，几株铁树仿佛铁质耿耿的沉思者，以不凋的苍翠，显示它的风韵和刚毅。

砖木结构的马老故居有房18间，分前后三进，上下两层。与众不同的是，楼板下多有承重圆木，据说旧时浦口溪水时有泛滥，酒坊常需将所酿之酒贮于楼上，故需分外结实。故居的一楼，陈设重在原汁原味，"客堂"、"厨房"、"马寅初儿时卧室"、"酒坊用具"无不如昔；二进西首王太夫人的房间特别引人注目，房间内，被岁月的韶光洗刷得斑毕剥落的雕花眠床，梳头桌椅似在默默地诉说一代人杰马老出生在这里的情景。马老事母至孝，38岁那年，王太夫人逝世，哀痛欲绝的马老不仅亲自回乡料理一应丧葬事宜,还专门叮嘱将母亲生养他的那个房间恢复原貌。此后,每逢清明节,马老总是抛忙回乡缅怀慈母养育之恩。他80岁那年回乡,依然不忘入房默哀。当生活了一个世纪之多的马老叶落归根时,他的子女亦遵他之嘱,将他的部分骨灰葬在母亲墓侧,陪伴母亲直至永恒。

楼下后进置有介绍马老高风亮节的"风节园",品读之际,陪同的友人又补叙了二则传诵在马老家乡的佳话。一是将乡邻当亲人,扶困济贫。马老任浙江省政府委员时,每当回乡省亲,总爱在街头小巷踱步,体察民情。有次踱到小镇东首,看见一位白发苍苍的老妇正在一间破败的小屋前摆汤圆摊,她驼着背,行动迟缓。马老一眼认出她是善叶大妈,遂上前招呼。吃了一惊的善叶大妈打量了好久才认出马老,急忙招呼马老吃汤圆。马老边吃边和善叶大妈拉家常,当得知她家中吃口多,生意差,过日子艰难时,便问善叶大妈做汤圆每日要多少糯米粉、多少糖、多少柴火。善叶大妈就照实告知。马老即让他去老父传下的马树记酒店提取,所有费用由自己承担。善叶大妈做梦也没想到,已在省城做了大官的他竟还想着救济自己这个穷老婆子。第二则佳话说的是1927年7月,马老的大哥马孟希和浦口镇上的周家为争买一块地皮,闹得真刀相见。咽不下这口气的马孟希修书给马老,诉周家无理,要时任浙江省政府委员的马老出面干预。马老得悉后,不仅没有仗势欺人,而且要他大哥马孟希无条件地将地皮让给周家,官司也不准打。周家深为马老宽宏大量不徇私情的精神所感动,向马家真诚道谢,周、马两家从此和好如初……至此我不由联想到,马老讲究谦让,实质上就是讲究文明，做人讲文明，道德居其先。孔子在《论语·学而》篇所倡导的"夫子温、良、恭、俭、让"之"五德"，就是中华民族和为贵、礼为先、让为贤的优良传统的精髓。古往今来，多少有识之士无不将其作为立身处世之本。所以，马老的故事不仅像桐城"六尺巷"、"孟母三迁"、"千金买屋，万金买邻"等佳话一样受人赞扬，而且更让人感动。细细聆味马老的高风亮节，顿感有一股浩然正气在与天井衔接的三进院落中回旋、荡漾，它足以净化灵魂迷茫和意志懦弱者，使我们这些性格多少有些患得患失的后人知愧怍而挺直脊梁。

沿扶梯上至二楼，可见回廊相通，即民间所谓"走马楼"式样。展柜内，陈列着马老儿时的一些手迹，还有装帧精美的《马寅初全集》……壁间，诗、词、画、联、影美不胜收。最注目的是伟人的题词：宋庆龄的"中华民族难得的瑰宝"，周恩来的"马寅初是我国难得的经济学大家，也是一位经得起考验的爱国主义者"，陈云的"坚持真理，严谨治学"。这些熠熠闪光的题词和名家书写的"高风亮节，光照后人"、"宁作玉碎，不为瓦全"、"智慧卓越"……众多条幅概括了马老的处世为人，也道出了马老的人品文品。马老一生操履高洁，才华盖世，"在旧社会不畏强暴，敢怒敢言，爱国一片赤子之心，深受同仁敬重"；"为新中国严谨治学，实事求是，坚持真理不屈不挠，堪为晚辈楷模"。他的中国不仅要控制人口的数量，而且要提高人口质量的"新人口论"，他的哲学思想和经济理论，经受了时代的验证，显示了强大的生命力，迸发出济世救人的璀璨光芒……

从马老故居出来，已近中午时分，太阳的手轻轻地抚过我的头顶。我的思绪仿佛如茧抽丝绵绵不绝。山，到达一定高度已不仅仅是一座山；人，进入一定境界已不单单是一个人。马老逝世已经四十来年，可他还"活"着。他的高远的思考和纯粹的人格依然影响着我们，在我们的心里依然那样生动、鲜活。人们对他依然追思无限。这中间有文人、学子，有军人、艺术家，有中央要员、地方官员……在马老的故乡，山灵水秀的嵊州，有马寅初中学、马寅初纪念馆和马寅初故居（全国重点文物保护单位）。马寅初中学以先贤马寅初先生为师表，题词"实事求是治学"为指针，"守真、求真"，捷报频频；省级文明单位，省级重点中学，特色示范学校……百花菲菲；国家级优秀教师，省级劳动模范，优秀教师……人才济济，见证着追梦不息的精神。嵊州政协专门编写了《马寅初在故乡》，珍贵的书法手迹、罕见的照片、动人的故事，更给人们提供了前所未有的缅怀的土壤、前行的动力和精神的营养。在大千世界中，传承了"仰不愧于天，俯不怍于人"的高贵文脉，坚持了多么睿智的真理的马老永远是一座高山，值得我们抬起眉眼肃然仰望，值得我们终生引为人生典范。

刘文西：泥土香　千秋芳

2019年7月7日，我的家乡嵊州发生了一件大事。一个用毕生心血和才华，给人们描绘了一个又一个真切感人、呼之欲出的美好形象，令几代人都难以忘怀的中国黄土画派代表刘文西先生，因病于西安去世，享年86岁。

人们常说，人生七十古来稀。到了八十多岁的份上，应该是高寿了，因病医治无效，亦是常情，但刘文西先生的去世，却让人黯然神伤，心里圹埌，他还有数不尽的图画要画，讲不完的故事要讲呵！

出生于浙江嵊县（嵊州）长乐镇水竹安山村的刘文西自小就与画画有缘，待得进入初中，图书馆那几册关于美术的书籍就成了他最要好的伙伴。他特爱画肖像，老师、同学、邻里、乡亲、老人、小孩都是他描绘的对象。"哈，像，真像！"凡见到他画作的人，无不交口赞赏。1949年，家乡解放，欣喜莫名的他更是不舍昼夜，泼墨绘画伟人肖像，以表崇仰之情。县里庆祝开国大典，悬挂在主席台上的毛主席、朱总司令画像就是他的作品。一个10多岁的少年，竟有如此能耐，全县为之轰动，多少惊讶的目光瞄在他的身上。那一刻，蓝天里飘拂的白云，都成了他飞翔的希望。不久，刘文西进入了陶行知先生创办的"行知艺术学校"，专业学习美术。在那里，王琦老师像一位邀请的向导，引导着刘文西这样的文艺爱好者步入《在延安文艺座谈会上的讲话》的殿堂。从而，刘文西的志向变得愈益明朗，眼睛变得愈益敞亮。1953年，刘文西考入浙江美院，在莫朴、潘天寿诸位大师的直接教导下，他的绘画张开了翅膀，朝着辉煌飞翔。实习时，刘文西选定延安为不二之选，那向往已久的革命圣地，像一根红线系住了他的心房。待得毕业，他就自愿留在西安美院工作，整整61年，陕北成了他的第二故乡。

在热血青年刘文西的心中，延安、陕北是一个崭新的世界。那里，自然辽廓苍莽，民风浓郁豪爽，人情纯朴善良。那里，有杨家岭，原中共中央所在地，毛泽东在三孔窑洞前的苍劲槐树下会见美国记者安娜·路易斯·斯特朗，"一切反动派都是纸老虎"的英明论断像太阳闪耀世界东方；那里的土地浸润着毛泽东和老一辈革命家咸湿的汗水，以"自力更生、艰苦奋斗"为魂魄的延安精神成了中华儿女精神大厦的栋梁；那里有砖木结构、穹顶式建筑的原中央大礼堂，虽然只有数十条长凳和桌子，但开启文艺春天大门的延安文艺座谈会就召开在这简陋得不能再简陋的地方。茅盾先生在他的《风景谈》里说过，有一种风景原本平常，但人的存在使它获得了尊严，一箭中的。难怪毛泽东《在延安文艺座谈会上的讲话》会叩响与会者和文艺工作者的心扉，会让诸如刘文西那样的有志者从中获得生生不息的力量。

刘文西很快就融入了这个革命大家庭，接受历史的洗礼，接受生活的锻打，汲取艺术创新的营养。他深有感触地说："创新要以深入生活开始，从观念的扩展开始，用自己的思维、自己的视觉、自己的感受，用自己的脑子和眼睛去观察认识生活，要有区别于历史，区别于他人的独到之处。"所以"从群众中来，到群众中去"成了他奉行一生的良方。在他的手中，人物素描就积累了二万多张，速写四万余张，影像资料上百万张，特别是领袖的光芒始终闪耀在他心上。1960年，他的《毛主席与牧羊人》在《人民日报》上首发，画面上，能感觉到异常幸福和美好的牧羊老汉同主席诉说着心里的念想，主席脸含微笑，将沉淀在心里的深情融成了两道柔软的目光，指间的烟灰已结了老长。人的美好和背景的美好构成的和谐画图，远远超越了单纯的风俗人情，领袖那博大、敦厚的情怀使我们精神振奋，在庄严党旗下的宣誓又爆出拔节般的声响。1997年，中国人民银行开始设计第五套人民币，当他们知悉刘文西先生正好在京参加第八届全国人民代表大会第五次会议，便请他为100元的新版人民币画主席头像。这一画就是二十多个白天加二十多个夜晚，画上每根线条都呈自然神韵，布局落墨都在诠释"笔有尽而意无穷"的滥觞。中央领导一锤定音。刘文西说，这画像他终生难忘。悬挂在人民大会堂的巨幅画图《东方》也是他的杰作，毛泽东、刘少奇、周恩来、朱德，四位划时代的伟人，浩气干云，神情明澈，让人无比缅怀。

刘文西的创作自《毛主席与牧羊人》发表起，步入了高潮，《同欢共乐》《祖孙四代》《知心话》《山姑娘》《黄土情》《基石》《老百姓》《与民同在》《春天》……不断涌现。而他用了13年的心血凝就的百米长卷《黄土地的主人》尤让人眼睛放大：那怀着满腔豪情，穿越黄土高坡，直奔渤海之滨的黄河，爆响震地雷声；龙吟虎啸般的"安塞腰鼓"，狂、欢、野、狠，让人迷醉，让人想起征服苦难的牺牲精神；水灵灵的"米脂婆姨"，洋溢出"苗格条条身子白格生生脸，越看我婆姨越顺眼"的信天游歌声；憨厚剽悍的"绥德的汉"让人忆及韩世忠、杨继业、李自成、张献忠众多英雄豪杰；还有那"黄土娃娃"、"喜收包谷"、"枣子金秋"、"红火大年"……深蕴在黄土地人身上的传统文化精神风骨成了中国人物画中一个与岁月同在的艺术图腾。刘文西先生创造性地运用散点透视之法，将陕北有特色的东西几乎一网打尽，替陕北留下的一幅传世经典"当代清明上河图"，可谓前无古人。

至此，我不由又有了新的启迪：当年，毛主席和他的战友转战万里到达陕北，一驻就是十多年，究竟是为何呢？以前，曾有人说是迫于大势。可当我仰望了刘文西先生这一杰作后，却觉得这是决策的英明，是合乎天时、地利、人和的。你看，画图中，无论是万顷莽原抑或是芸芸众生；无论是精雕细刻还是大刀阔斧，都闪耀着陕北人民特有的精气神。我党我军只要在这里生下根，还愁什么发芽、开花、结果呢？作者虽未直接阐明，但通过笔触，我们还是能够憬悟。这也说明，大凡无出其右的文艺作品，它的美好形象往往蕴含着深邃的思想，读者是能透过表象洞明更深层、更有意味的内涵的。

刘文西热衷绘画：始于书声琅琅的年代。他兴趣广泛，但为何独独选择绘画且乐此不疲呢？他曾经坦诚表露过自己的心迹：1946年，他就读于家乡的阳山中学，一次，上美术课，老师讲到有个大画家叫达文西（现译作达芬奇），倡导向大众学习，向大自然学习，他的肖像画《蒙娜丽莎》是世界艺术宝库中的珍品。刘文西听了如获至宝：我俩都是文西，我也应成为大画家的。从此，每当课余，他就会持着自制的画夹，上山下乡，笔耕不息。山道如线，放飞着一个少年向往的心。

刘文西的画浸润着实感真情。它并非只靠形式语言和笔墨技巧取胜，而是靠意象和思想，靠对人物塑造的生动性、典型性、真实性来俘获人们的心。他的作品在几十个国家和地区展出，国人喜欢，外国友人也爱不释手。他和同是画家的夫人陈光健出访日本、新加坡、美国、加拿大……举办画展，掀起了一股"文西热"。至此，我想到了一句名言：文化越是民族的，就越是世界的；越有民族特色，就越能为世界所接纳。刘文西是用自己有限的生命实践艺术的更高目标。

而今，黄土画派的阵营可谓群星荟萃、春色满园，在刘文西的大旗下，聚集着刘大为、杨晓阳、陈光健、王有政、罗平安、戴希斌等六十多位画家骨干。他们根植黄土地、崛起于黄土地，又把艺术创作归还于黄土地，风尘仆仆，茹苦含辛，为拼搏在黄土地上的人民群众，创作改天换地气冲霄汉的作品。在当代，眼花缭乱的艺术潮流你方唱罢我登场之际，黄土画派却是岿然不动,将那里的人民作为知音,作为艺术的生命,作为作品的灵魂,又有谁能不感动呢?刘文西先生恳切地说:"黄土画派的宗旨'熟悉人、严造型、讲笔墨、求创新',植根黄土画人民,表现时代出精品,向传统学习,向人民学习,向全世界优秀艺术学习。黄土画派画家一直贯彻执行毛主席发表《讲话》为艺术创作精神指示。"正因于此,他除了自己身体力行勤奋创作外,还在他担任中国美术协会副主席、西安美术学院院长、西安美术学院研究院院长期间扶植、培养了一批绘画新人。作为历届全国美展中国画评委会委员,全国首批百位名师称号获得者,他在审读稿件时总是不分亲疏,不论贵贱,只看作品。教学之余,对不少希冀得到指点和帮助的青年画师,来者不拒,其中,有的如今在画坛上已小有名气。

刘文西先生是一位真诚、平易而又充满爱心的人。他爱交朋友,年长年少一视同仁。他说,人生最美好的东西,就是友情。所以,几十年来,南起渭北原,北到毛乌素,东至黄河边,西至六盘岭,他的足迹遍布陕北的乡乡镇镇,结交的农民朋友多至几百人。阳光普照的窑洞前,烟草味浓的土坑上,长满小米、高粱的土坡旁,都可见到他和陕北老乡唠家常、画肖像的身影。陕北是与刘文西血肉相连之地。他的脑海里有她的思想,他的身躯里有她的印记,他对陕北有种浓得化不开的情结。

延安二十里铺,有个名阮明的,五岁那年,刘文西就给她画过像,伴着时光的流逝,她亦从小松鼠般活泼的小姑娘长成年届不惑的妈妈,可刘文西依然描绘不息。在一次画展中,刘文西展出了她在人生长河中执着前行的七幅肖像画。那鲜活的外貌神情、浓烈的生活气息让观众感到分外亲切，纷纷竖起大拇指，为幸运的阮明，也为极具爱心极重友情的刘文西先生。

刘文西先生特别热爱孩子。他说：孩子是社会的财富，民族的未来，我们要像培育幼苗一样培育他，使他发荣滋长。因而，他不仅常常为孩子们绘画，而且还在教育和培养孩子上尽心尽力。嵊州开发区幼儿园美术教育颇有特色，园长邢舟亚很想将园名更改为"刘文西美术幼儿园"，但未有机缘。2017年5月，刘文西回家省亲。邢舟亚知悉后连忙找上刘育刭，要他陪同去见刘文西先生。刘育刭虽然知道，叔叔从未答应过任何一家团体或单位挂上自己的名字，但仍然热心点头。经联系，方知，刘文西本于昨日返回西安，不料在杭州登机时突然晕厥，现在嵊州人民医院住院治疗。刘育刭夫妇和邢舟亚遂到病房探望。刘文西仰卧在床，无法坐起，话音轻得近前才能听到。可当育刭扼要地介绍了幼儿园实况，舟亚将孩子们的画册递到刘老眼前并一页页翻给他看时，刘老顿时来了精神，眼睛也溢出镜水般的光来。他努力抬起手臂，指着画页一面评点，一面给幼儿园题写了"嵊州的小朋友长大了要给国家作更大贡献"，连幼儿园更名为"刘文西美术幼儿园"的事儿也一口应允。真是喜从天降。刘文西先生舐犊情深啊！

讲到爱心，刘文西留给我们的事迹可谓举不胜举。在这里，我想说说在那百年一遇的天灾中，他心系灾情，不遗余力的事儿。

2010年4月14日晨，青海省玉树县连发两次地震。陕西省委宣传部、省文联、省美协、省书法家协会在西安钟鼓楼广场举行了"情系玉树　奉献爱心——陕西书画界大型赈灾义捐义卖活动"。当时，年已77岁高龄的刘文西因病在家休养，闻讯后撑起颤巍巍的身子，让家人搀扶他前往。到得现场，他边喘息边抄起画笔。当他将对于灾区的全部情义，都落在了令人热血涌动的《陕北农民》画作上时，已是汗湿衣襟。面对团团围拢的人群，刘文西恳切地说："我主要是画劳动人民，一辈子就画劳动人民，所以抗震救灾也是为了广大的劳动人民，受罪难了，我们应该站出来帮助。"最后，他将义卖所得的50万元捐给灾区人民重建家园。

写到这里，我忽然想到了刘文西先生的本家、友人刘慧士讲的亲身经历。说的是"文革"结束后，刘文西先生第一次回乡，大约是1978年，也是慧士第一次见到他。那天，刘文西先生在作画时出了点意外，几滴墨汁掉在了主图外，他随手几下勾勒，就成了"不论平地与山尖，无限风光尽被占"的蜜蜂，真似神笔马良。还有一则说的是1999年5月1日，慧士偕同父母亲去西安看望正在读大学的儿子，抽空专程拜望了刘文西先生。先生家坐落在大雁塔边，是一幢两楼的复式建筑。他见家乡亲人到来，春风满面，说：来来来，一起拍个照，吃个枣。一种情一种暖漾人心肺。先生还兴致勃勃地取出他为100元面额人民币画的主席头像原稿影印件，送给客人们每人一张，留个纪念。

刘文西，当代中国画坛开宗立派的大家，一位心连着陕北人民，情系着黄土高坡的名人，他的画，"13亿中国人看的最多用的最多！"（刘文西语）他也深受当世俊彦和画坛巨擘的推崇和赞许。世界艺术家协会主席吴国化赞他：情怀黄土，画派绝世！著名画家吴作人称他：半生青山，半生黄土，艺为人民,传神阿睹。国学大师启功以"五体投地"来形容自己的感受。国画家黄胄更以"泥土香,千秋芳"来表示自己的钦佩之情……

先生的一生是不同凡响的一生,先生的离世留给我们的思念无穷无尽。

文创新韵

采撷天地间的瑰伟

——黄明发

案几上放着两大叠整理就绪的照片，这是黄明发先生即将付梓的摄影作品集。当我悉心品味完一个个凝固的瞬间时，一种丰盈之美、青春之美、生命之美主宰了我整个身心。

黄明发，嵊州市公安局原常务副局长，现为中国艺术摄影学会理事，中国摄影家协会会员，绍兴市摄影家协会副主席，嵊州市摄影家协会名誉主席。摄影艺术作品在全国、全省摄影大赛中获奖23次；力作入选《中国摄影家作品集》、《中国艺术摄影家大全》、《中国优秀摄影家作品集》等；2003年获中国优秀摄影家"十杰"称号，业绩入编国家人事部的《中国人才辞典》。

在天地间采撷瑰伟，在光影中倾注真情。黄明发先生信奉

"宝剑锋从磨砺出"、"芥子虽小纳须弥"。他坦言,人生一世,草生一秋,摄影家的足迹难以踏遍五湖四海,理应锲而不舍,分秒必争。因而,他总是统筹兼顾,见缝插针;背着大包,挂着相机,从人杰地灵的江南水乡起步,一路风尘,一路艰辛,由东海之滨至河西走廊,自帕米尔高原到乌苏里江,领略大千世界焕发的诗光韵影;聆听广袤"世界屋脊"回荡的原始歌谣;定格辽廓苍茫的大漠展现的生命奇迹,静享人与自然和谐相处的美好胜景。在文艺的天地里,作家可以联想,记者可以编发,画家可以描绘,可摄影家不可以;摄影家必须身临其境,必须用自己的'精神三棱镜'去透视生活和自然,用第三只眼睛去捕捉人间的真善美,唯有这样,生活的真实才能上升为艺术的真实,妙不可言的瞬间才能得以永恒、才能成为人类的精神伴侣。黄明发先生就是以此为座右铭,甚至用鲜血来作代价也在所不惜。2007年10月,他偕同行去张家口采风,途经乌兰布统地界,瞥见远方恬静安详的夕阳一团红晕,充盈云海和雾霭之中的霞光显得深邃而又玄妙,赶紧大喊停车,率先抢上路边一座山头的制高点,在乱石碎泥中支好三脚架,气喘吁吁按下快门。待抓住瞬间后他才发现,犹似刀削斧劈的危崖根本无路可寻,真要一着不慎,难免粉身碎骨。定心片刻后,他咬牙贴身岩壁,缓缓下移,高高低低的蔓草蒺藜,黑黝黝的突岩棱角,成了手脚的唯一支点,等到落到实地,他虽是周身汗湿,衣衫撕裂,满手鲜血淋漓,然仍庆幸不虚此行。他明白,凡是值得追求的宝贵东西,哪样能唾手可得?!

  寻觅生命纯真,是其亮色之一。黄明发先生用炙热的心感受自然的惠爱，与山川林木交友，与花鸟虫草对话，了解她们的特性，洞悉她们的灵异，且不舍弃任何一个细节。他以超常的执着去寻觅，直至梦里……突现大自然的斑斓多姿和生物的灵犀。于是，一个摄影家关于解读生命永恒主题的《深情凝望》、《天生歌唱家》、《悄悄话》、《蝶恋花》等一批沉甸甸的作品顺势而出，让全国（武夷山）风光摄影大赛的评委赞叹不绝。

谱写江南"小令"，是其亮色之二。江南山水如同花间一壶未饮先醉的酒，初尝芳香怡人，纵经悠悠岁月，依然韵味袅袅，醇厚无比。黄明发先生生于斯，长于斯，无论是落英缤纷、香径轻湿，抑或一泓秋水、一抹秀色，都在绵绵不断地撞击着他的胸襟，在他的心灵中勾起一种纯洁的美丽。于是，那幽蓝幽蓝的镜头遂吞吐出黎明的清新，暮晚的恬静，雨后的滋润，生活的温馨；于是，展示一片天籁、一片浪漫、一片祥和、一片安谧的婉约"小令"《鹭犊舞曲》、《绍兴风光》等便轻盈地步上了领奖台，给惯陷于浮华的世俗心态带来一阵清凉、一阵醒悟。

凝练雪域诗情，是其亮色之三。明发先生年近花甲，仍不遗余力远赴吉林、哈尔滨，直至零下三十度的北国雪乡——黑龙江海林长汀，寻觅"千里冰封，万里雪飘"的壮美和大气。寒风凛凛，快门失灵；他当即解开胸扣，用体温还原相机灵性，用豪情激发创作激情。体态诱人玲珑剔透的雾凇；光亮夺目恍若水晶宫阙的冰雕；洋溢着煦和暖意的红灯笼、童话般的小木屋……融成了旷心怡神的风光摄影作品。面对这人世间不可多得的美感的画面，你又会憬悟什么是真正的诗意。

刻录千古圣洁，是其亮色之四。"世界屋脊"，多少人心中的圣地。天青无杂色；云纹丝不移；赤裸的大山在天地间走成巍峨的长城；生就一副透亮肝胆的雅鲁藏布江奔腾不息；牦牛纵情，水草相依；大昭寺前，五彩幡旗随风扬起；一个个藏胞脸上漾着真诚的善意和由衷的微笑。纵然平时你是冷漠和孤傲的人，也会被感化得心潮涌动热情难抑。于是，给人耳目一新的《西藏风光》应运而生。

昭示西部雄奇，是其亮色之五。西部，神奇的土地，一块深具天然美质的璞玉浑金。彩云南，七彩斑斓的哈尼梯田，东川红土地；风水宝地新疆的喀纳斯湖、戈壁滩、胡杨林……令人读出山的伟岸与尊严，水的凝重与透明，大地的饱满与妩媚，生命的昂扬与坚忍；令人在感受如诗似画的韵律之美中获得心灵的陶冶、精神的升华。

这本内容丰富的摄影作品集，对于黄明发先生难以数计的作品而言，不过是一斑而已，然窥一斑可见全豹，我们完全可以由此感知黄明发先生为人从艺的认真、执着与严谨，感知他孜孜不倦以求超越客体、超越自我，以进入深具文化底蕴与人文精神的境界。

古沉木雕的前世今生

——郑剑夫

2022年8月18日，六朝古都南京经过倾心梳妆，分外整洁、美丽。主人们以家园般的温馨，迎接从全国各地赶来的工艺美术界的能人。第二届中国工艺美术博览会开幕式暨第八届中国工艺美术大师颁证大会在这里举行。

群英聚会，五彩缤纷。名列中国工艺美术大师行列的郑剑夫精神振奋。在这芸芸众生中，他虽然只是普普通通的一员，但他拥有的却是古沉木雕塑创始人的身份。48年的风风雨雨，48年的辛勤耕耘，终使他获得了中国工艺美术创作者的最高荣誉。

郑剑夫，1953年出生于嵊州一教师之家，1974年开始步入根木雕塑行业。

20世纪70年代，嵊县蛟镇中学开展勤工俭学，扬声器厂建设工地热火朝天。挖掘机、打桩机轰鸣震耳；自卸车、搅拌车来往不息。正午时分，吊车工地发出"呵、呵！"的惊呼声，人们不由自主地跑过去看个究竟。但见耀眼的阳光下，工人们正喊着"一二三四"将吊索紧拴在一个黑古隆冬的大家伙上，"嘎嘎"声中，那满身泥浆的大家伙来到了地面。有人取来橡皮管，将粘乎乎的泥浆冲刷殆尽，一大段重量几吨乌光逼人的树桩露出了它那古老的身形。

正在校内办事的郑剑夫闻讯赶来了！他左瞅右瞧，认定这就是人们所说的古沉木。

古沉木，顾名思义，就是古时候沉埋在地下经天地造化、千古不朽的木材的总称，种类非常繁多，既包括现在比较常见的柏木、杉木、枫树、楠木、梓木、铁力木、香樟木、黄连木、麻柳等，也包括一些今天已经不常见的树木，甚至已经绝迹的远古时代的植物遗骸，如炭化木、硅化木、钙化木等。它质坚色沉，兼备木的古雅和石的神韵，是一种不可再生的自然资源。郑剑夫以行家的眼光审视完毕，找上负责人，买下了这段不同寻常的沉木，运回工场。整整一个星期，他总是伴随树桩，一日三餐，也以树桩当桌，边吃边想，从木质肌理，到相应的模样，从人物构思，到图稿初样，腹稿打了不知多少遍。功夫不负有心人，一尊凝神静思浑然天成的长眉罗汉终于掀开了神秘的盖头。第一尊大型古沉木雕塑就此诞生。

消息传出，观者云集。一位韩国来的客人，捧着相机，"咔嚓咔嚓"，久久不忍离去。之后，还不惜重金买去收藏。

从此，嵊州古沉木雕塑异军突起，郑剑夫功不可没。

2010年5月，中国2010年上海世界博览会在黄浦江畔举办，来自世界190个国家与56个国际组织参展。

精英汇集，星汉灿烂。占地多达5.28平方公里的园区展厅，美轮美奂地展现着世界经济、科技、文化发展的前景和人类进步的缩影。惊讶、称羡、询问……此起彼伏的声波回响在不同肤色、不同语言、不同装束的人之间。

来自"中国根雕之乡"嵊州的雕刻大师郑剑夫踌躇满志，他的多件古沉木雕塑作品已入展世博会文化中心核心展区，与成千上万的世界各国友人见面，这是多么的荣光和不易啊！

7月23日，郑剑夫入展的精品《弥勒》、《道骨》、《疏风淡月》、《牧歌》在中国国家馆贵宾厅陈列。那一尊尊化雕凿为天意，变人工于无形的古沉木雕塑力作仿佛有一种无形的魔力，吸引着一双双殷切的目光，"艺术、中国艺术！""真是巧夺天工！"不时的赞叹伴着闪烁的灯光、"咔嚓"的声响久久地在展厅回荡。是的，这是中国传统艺术的传承和弘扬，是中国工艺美术大师的创造……

10月19日，世博会活动进入了高潮。郑剑夫的杰作《你好》、《善缘》捐赠仪式在上海世博局举行。主席台上，盛开的花朵仿佛燃烧的火焰。健步上台的郑剑夫从执行主席手中接过由上海世博局局长洪浩签名的捐赠证书。执行主席握住他的手，亲切地说："谢谢，世博因您的奉献而更精彩！"郑剑夫谦逊地点头致意。随后，他抬起头，凝望着前方，凝望着千里之外的"中国根雕之乡"，凝望着自己为之呕心沥血的坐落在嵊州的艺术馆……

怀着虔诚的心,我来到郑剑夫艺术馆。这是被中国工艺美术行业协会会长周郑生称为"国内第一流的民间艺术馆"。溪水映碧,林涛泻绿,黛瓦粉墙。伴随着枇杷和银杏树香的熏风驱赶了奔波的倦意,让我觉得江南初夏特有的清爽。刚从雕刻室出来的郑剑夫一身工作服,一落座话语就直奔主题。

"也许是天性吧,我从小就喜欢挥笔弄刀,在乡务农时光,我的袋里总装着一截铅笔、一把小刀,一有空,就琢磨不停。香烟壳、废旧纸是我描画的资本;锄头铁勺犁铧木柄都成了我雕刻的好地方。农闲时分,我不是去古旧民居,就是去庙宇祠堂,多姿多彩的木雕、砖雕、石雕成了我开启美术世界之门的钥匙。后来,我在书上看到,永和年间,'雕圣'戴逵来剡隐居,把传统髹漆工艺中的脱胎技术用于佛教造像,革旧布新,名扬千古。从此,'雕圣'在传统的基础上进行创新,予以生发的理念像一盏明灯指引着我执着前行。现在,我虽是浙江省非物质文化遗产代表性传承人、中国工艺美术协会理事,但我没有一天离开过古沉木雕的创作。"说罢,他招呼我去他的工作室一瞥。

阳光透过明亮的玻璃窗,洒在驳杂的工具材料上,洒在鳞次栉比的半成品上。郑剑夫轻步慢移其间,一忽儿驻足凝视,一忽儿静静沉思,半晌,方说:"古沉木,在常人的眼里是没有生命的东西,但对我来说,却都是一个个鲜活的生命体。它不仅是大自然的造化,更是人类的朋友,天地的精灵。它的自然肌理和富具质感的线条凝聚着日月的光华,它的原生的虬枝须根和疤痕瘤结铭刻着风霜雪雨的印记。因此,一个真正的艺术家,他应做的并非是把木头简单地锯断肢解,重新组合,而是竭尽自己的心智,去发现得自天然的美，突出天然的野趣，从而用画龙点睛的手法，使作品取得高古清雅、形神兼备的效果。"

真是"听君一席话，胜读十年书"。我终于清楚，一个人的主体和客体的有机整合才是创作的根本源泉；我终于清楚，沉木并非是因为可作家具、可作燃料才显出它的价值，而是和我们的精神世界休戚相关；我终于清楚，他专赴埃及、法国、意大利、瑞士诸国考察，感受原始的、现代的、具体的、抽象的众多印象，是为了使黄土地和西方世界互为表里的艺术交流在他的作品中融会激荡。而这一切则造就了他《道骨》、《牧歌》、《初荷无尘》、《楼兰遗韵》、《梦回唐朝》、《水浒人家》、《奥运之歌》……许多颇获盛誉的作品的勃勃生机。

从工作室出来，郑剑夫又偕我步向近在咫尺的展示区。和谐的灯光中，一件件不同凡俗的作品列成整齐的队形迎接我们。随着他的讲解，我逐一件一件细细体味作者的构想和表现手法——

《别有洞天》：充满个性的思想和感情，它让人自然而然地想起罗丹的一句话："在艺术中，只有具有性格的作品才是美的。"

《时光老人》：以人类精神为内涵的作品，可谓"共看明月应垂泪，一夜乡心五处同"。

《唐风》：一件用"古韵新腔"唱出的好作品，性灵通透，富有东方情趣和艺术感染力。

《论道》：是由独特的创意和哲学思想诠释的美学作品，不仅丰富了原生态的美，且线条流畅，自然和谐，大俗大雅。

....

　　郑剑夫善于将自己的艺术主见与实践融为一体,从而自出新意。他的人物雕像既有现实生活,也有历史题材;既有单人肖像,也显歌舞风情。但不论如何,他追求的都不是简单地再现对象,而是深具个性的独特风貌。他的这些探求使他的人物雕像硕果累累,如《十八罗汉》获 2001 年中国工艺美术精品博览会金奖;《观音》获 2002 年国际民间手工艺品展览会金奖;《楼兰遗韵》获中国木雕艺术创作大赛金奖;《汤圆妹》获中国第九届根雕艺术博览会金奖……体现了他在艺术上的提升。2016 年,郑剑夫受聘为第十一届中国(东阳)木雕竹编工艺美术博览会评委会评委。2019 年,他的作品《宁静》以神韵独具荣获中国轻工业联合会主办的全国首届工艺美术创新大赛"百鹤奖"。

　　"水光潋滟晴方好,山色空蒙雨亦奇。欲把西湖比西子,淡妆浓抹总相宜。"这是苏东坡的一首诗,拿"淡妆浓抹总相宜"的西施来比喻"水光潋滟晴方好,山色空蒙雨亦奇"的西湖。而观照郑剑夫的作品,他寻求的又何尝不是"淡妆浓抹总相宜"的灵性世界呢?他恳切地说:"艺术家应该有自己的理想境界和审美追求,应该善于挖掘大自然隐藏的质朴与高雅的内在元素,可以巧妙运用异木同构和夸张变形等手法,给传统题材、传统人物以耳目一新的视觉冲击,造就形神相通、文理相容、质朴而灵动的高华境界,从而让人们由美的欣赏中生发美的意境、美的感受。"话语虽简,但亦体味到他蕴含在刀锋下的精神世界。

时光易逝,刚刚还是斜照的太阳现在已向头顶迈移。赏毕郑剑夫代表作品的我又同他回到会客室,我想起他送给我的一册《中国古沉木雕》,便问起出书的缘由。他稍作沉思,便一泻无遗地说起了自己关于出书的一段特殊经历。

"木雕作为一种体现东方智慧的有意味的形式,千百年来形成的师徒相传的方式束缚了它灵动的创意,代代相袭的积习也在一定程度上窒息了发展的活力。怎样才能把它从这一相对封闭的模式中解脱出来,使它在开放中获得生机呢?我想到了著书立说。"

他起身从书架上取下这册图文并茂的书,翻了翻,继续讲述。"我没有出过书,自然也无写作经验,一开始,我从搜集资料入手,但少得可怜。因为木雕虽然和人类生活一样悠久,可历代都是在民间艺人手上流传,不像书法绘画,一开始就被知识阶层所青睐。几经斟酌后,我才在友人的帮助下拟定,以自己四十年来的创作实践为根基,着手对我来说既是原始又是'现代'的创作生涯。"

这是一个艰辛的旅程。其间,郑剑夫专程走访了工艺美术界的一些前辈,从他们身上汲取养分;和有识之士一起拟题一起构思,不敢懈怠。

寒冬,朔风呼啸,窗门打颤,手麻脚木的他仍像机器人般笔耕不停。

酷夏,连灯光也是热辣辣的,穿着背心短裤的他任汗水流过脖颈、流过脊背。

多少次,他发现表述不够精当,介绍欠缺新意,便重起炉灶,一次、二次、三次……

成功之果，在经受了整整一年的孕育之后，终于献出了它的清香和丰硕。2010年秋，郑剑夫苦心孤诣书就的《中国古沉木雕》终于问世，这部专著，不仅填补了我国关于古沉木雕刻领域著书立说的空白，而且在古沉木雕刻艺术的传承、发展和普及提高中，开拓了一片全新的天地，获得了中国（东阳）木雕竹编工艺美术博览会"全国木雕竹编文史资料展"一等奖。

我惊叹于他的毅力，也赞美他的成功。可他却说："这不过是万里长征走了第一步，我的第二本书，将实践和理论融汇于一体的《复活的古沉木》也已出版……眼下，我的第三本书也将付梓。

正是他的执着，他的锲而不舍，四十多年来，他创作的近千种作品获得上百个奖项，故宫博物院原副院长杨伯达评价郑剑夫的群雕《梁山一百零八将》："不但是精品，更是极品！"世界收藏家联合会主席看了他创作的古沉木雕《唐女》后激动地说："一百万也不能卖！"人民日报社原社长、全国政协常委邵华泽在嵊州金庭书圣故里"王氏宗祠"内，目睹了郑剑夫创作的高3.45米的古沉木雕塑《王羲之》立像时，由衷赞叹："国宝啊国宝！"让人钦佩不已。2008年8月，浙江省委书记赵洪祝考察嵊州艺术村，和郑剑夫亲切交谈，握手勉励他多多创作出精品力作。

呵，好一个郑剑夫！

风光这边独好
——宓风光

一顶鸭舌帽，齐颈的长发，新月般的脸庞上，一把雪白的山羊胡，飘拂飘拂，真像他漫画作品中一位大咖。他就是被誉为"浙江泥塑创始人"的宓风光。他的许多独具特色的作品正在成为大江南北异域他乡人们争相收藏的对象。

然而，当我回顾他从一个社会底层的流浪儿成长为浙江省首批民间艺术家、中国工艺美术家的崛起历程，却时常有种一言难尽的感觉。因而，如果此文的发表，能够引起人们的思索，能够对身处逆境难免彷徨的人有所启迪、有所帮助的话，那将是我最为欣慰的。

一

1987年6月,"淡妆浓抹总相宜"的西子湖畔,阵阵荷香醉沉了百顷风潭,美不胜收的浙江工艺美术精品展落下了帷幕。宓风光首次亮相的泥塑《中国戏剧百脸谱》荣获创作奖。热情的祝贺,惊愕的赞叹,不止的询问,充盈整个大厅。

宓风光,何方神圣?不但好多平常的观众不知道,一些比较懂行的雕塑爱好者也觉着生疏。是的,他是凭空杀出的一匹黑马!

一百枚各色各样的中国戏剧脸谱,虽只拇指般大小,然可人的新姿也足以将人们带入一个神奇的艺术天地。

中国泥塑的历史可谓悠久,收藏于甘肃博物馆的"人头形器口彩陶瓶"就是新石器时期的彩塑作品。及至现代,更是名家辈出。无锡惠山泥人的流派中,柳家奎的泥塑构思精巧,古雅怡人;柳成荫的泥塑造型新颖,技法雄浑。天津泥人张流派,张景祜的泥塑寓神于形,形随神逸……然宓风光的泥塑,则自成一体。单《中国戏剧百脸谱》就崭露出:既突显艺术形象的独立鲜明,又注重和谐的整体效应;画面处理虚实相间,夸饰得体,眼、鼻、眉、胡,浓墨重彩,质感佳极。

获奖的冲击波向社会辐射,刨根究底的自然大有人在。其实,毋庸讳言,他的经历确有"一把辛酸泪"之页。

宓风光,1956年出生于嵊县城关的一条小巷里,六岁上双亲离异;十岁,史无前例的"文化大革命"爆发,所谓"走资派"的父亲一夜间被打翻在地。从此,衣食无着的他就成了四处流浪的野孩。他曾为两个馒头帮人推车去六十里外的乡镇；曾为一日三餐替泥水匠挑运砖头瓦片，替窑工捣泥夯坯……但不可思议的是，他似乎天生与工艺美术有着不解之缘：就读小学时，临摹"毛主席万岁"得五角星最多的是他；推车间隙，在香烟壳上涂鸦不息的是他；窑场歇息时，信手塑捏泥人的也是他。有一次，他扛活多挣了两角钱，高兴得立马前去换了白纸画板，兴冲冲去熙熙攘攘的菜场，找了个角落，埋头写生。一位肥头大耳的管理员见他衣衫褴褛，油污满脸，遂喝问："干什么的？"

"速写！"他脱口而出。

"速写？你这小子也不撒泡尿照照自己，滚！"

宓风光那根醉心艺术的神经激动了，他"呼"地站起，一头雄狮一样大喊："总有一天，你会认识我的！"喊罢，扬长而去，惊得那管理员半晌回不过神来。

二

时光永是流逝，街市依旧升平。经历了常人难以承受的那段艰辛岁月后，宓风光终于步入了正常的生活轨迹。然而，他心里却似火烧火燎。不是么？已是二十几岁的人了，人生恍如白驹过隙，又有几个二十几呢？

他开始似痴如醉地投入创作中去。家徒四壁，无妨！还有破桌、小凳。白天捏，晚上塑，累了，就挥毫作画，用他的话说，这叫积极休息。坚忍不拔之志，聪慧灵秀的天赋，美好理想的追求，纷呈在这位血气方刚的青年身上，世上没有比泥塑能更让他魂牵梦萦……

不辞辛劳的《舂米农妇》问世了！"月色寒潮入剡溪"的《茶圣陆羽》问世了！芳香四溢的《时装模特》问世了！让人心动神摇的《金陵十二钗》问世了！愁肠寸断却又闪亮似星的《二泉映月》问世了……

就在作品似茧抽丝源源不绝地进入人们视野，腰包也日甚一日丰盈起来之际，栖身小木楼的风光心里却不由思忖：是认准市场风向，制作应景产品赚它个盆满钵满呢？还是耐住寂寞，守住清贫，在艺术的长河里潜心探索，攀登民族文化的峰巅？他踱过来踱过去，思绪撞击的火花灼得他隐隐生疼。他情不自禁地在书架前站定，顺手抽出本《韬奋文集》，随意翻开，一行行肺腑之言跃入了他的眼眸："一个人光溜溜地到这个世界来，最后光溜溜地离开这个世界而去，彻底想起来，名利都是身外物，只有尽一人的心力，使社会上的人多得他工作的裨益，是人生最愉快的事情……"他瞧着瞧着，心头倏地亮了，瘦削的脸上露出释然的笑——在青春的世界里，惟有立志创造，让沙粒变成珍珠，让枯枝展出鲜果，让沙漠布满森林，才是青春的魅力，青春的快乐，青春的本分！

摒弃了用物质替自己筑起一个樊笼的思路，风光遂带刀出山，义无反顾。

三

1989年，对风光来说，是步向成功殿堂的一年。这一年，他双喜临门：蕴含着浓浓民族情意的泥塑《中华民族》喜获全国首届职工美术作品二等奖；意在弘扬浙江泥塑的"浙江泥人宓研究所"亦应运而生。

在无限风光之间，他"快马奔腾未下鞍"，又向新的天地进击。

他的案头堆满了各式各样的书籍：《周礼·冬官考工记》、《天工开物》、《东京梦华录》、《老学庵笔记》成了他继往开来，了解文明进程的教科书；《美学》、《美学讲演录》、《美学原理》，成了他开拓视野、触类旁通的阶梯。"行是知之始，知是行之成"。他打点行装，倾囊所有，餐风宿露，从江南的佛寺庙宇到京都的宫阙禅林，由敦煌的莫高窟到太原的晋祠，从作为民族文化而光耀于世的成千上万的彩塑造像中揣摩捏、压、贴、削、刻等传统的成型技法，体味描、点、染、刷、涂诸施彩方法。他风尘仆仆，上天津、去无锡、赴淮阳、往苏州，与一众富有"点泥成金"本领的行家对话，切磋交流，博采众长。在那执着痴迷"不知有汉，无论魏晋"的日子里，有多少闪亮的思维、意象、形态、技法滋润他饥渴的心田，张明山、张玉亭、丁阿金、周阿生、柳家奎、柳成荫，中国当代泥塑复兴的源头活水……鲍姆嘉登、黑格尔、狄德罗、车尔尼雪夫斯基等美学名人……

"性痴，则其志凝；故书痴者文必工，艺痴者技必良。"蒲松龄的这番话，用到风光的身上可谓恰到好处。自学成才的他，经此不懈修炼，终于他为我用，推陈出新，成就了四大艺术造型。

一是敦厚为基，突出整体，色彩明快，情趣浓烈。组塑《水浒人物》借鉴了"惠山泥人"丰满、浑厚、简练、完整的艺术特色，以富具弹性的弧线概括形体，设色勾线粗中有细，风格粗犷，气势磅礴。二是优雅灵动，清丽脱俗，点到为止，惜墨似金。作品《乐女》以反常态的轻盈和富韵律的变形表现女性的娇美身段和绰约风姿，使空间充满生气，实深得敦煌石窟壁画"伎乐天"的精髓。三是小中见大，精中显巧，玲珑剔透，描绘细腻。这是泥塑中独树一帜的微型作品。他首创的有"泥塑领域新开拓"之称的《世界首脑人物泥雕面具》，选取了克林顿、里根、密特朗、甘地夫人、叶利钦等一百个富有代表性的首脑人物，半立体的浮雕，喜怒皆显神韵，颦笑尽见个性。荣获浙江"中国民间艺术展览"金奖的《千人脸谱》即是他费时三年完成的杰作，整整一千个取材于《三国志》、《水浒传》、《西游记》、《封神榜》等古典文学名著的人物戏剧脸谱虽个个小若衬衫纽扣，然描绘细致，妙到毫巅；而按序合在一起，竟是"生当作人杰，死亦为鬼雄"的楚霸王脸谱，堪称泥塑史上一绝。四是源于生活，高于生活，夸张变形，视觉强烈。在2006年浙江省民间美术作品展夺得金奖的《老夫老妻》；被浙江省博物馆永久性收藏的《卖唱》、《把尿》、《挖耳朵》；获首届国际民间手工艺博览会金奖的《咱们老百姓》，皆是情浓似酒，袭人欲醉的范品。取材于电影《红高粱》的作品《我爷爷我奶奶》尤是"不期修古，不法常可"，夸张变形的手法，流畅奔放的线条，灰土黄色的基调所融就的"山"形的"我爷爷我奶奶"，充分展现了西部地区刚直豪放的人物特性，使人击节赞叹。

四

艺术是一种靠素养、感情去搏击的事业，作品是作者个性、气质的一面反光镜。风光从思想和激情的燃烧中获得艺术的生命，建立了自己成功的金字塔。

1994年10月，首届国际伊斯兰民间艺术节在巴基斯坦举行。首都伊斯兰堡以鲜艳的花束和灿烂的笑容迎接来自36个国家的民间艺术家。在围得水泄不通的中国展台前，宓风光的泥塑《中华民族》、《戏剧脸谱》……一摆上展台，当即被争购一空。后来者却迟迟不肯离去。风光急得忙不迭摊开文房四宝，替企盼之情溢于言表的人们画起速写。"OK！"声、鼓掌声不绝于耳。

1997年8月，在中国文化部的安排下，风光赴以色列参加国际手工艺民间艺术表演交流。瞧着活脱脱的艺术形象一个个在他的手中诞生，人们散魄而荡目，迷不知其所之。当地一位皱纹纵横的艺术家紧紧握住他的手，动情地说："感谢你，让我们认识中国艺术的精华，让我们领略中国传统艺术的伟大。"

2001年5月，中央电视台一台、二台、四台联手播出了"宓风光泥塑艺术专题"，数以千万的电视观众见识了他"化腐泥为神奇"的一双巧手……

赴澳大利亚墨尔本，赴希腊雅典，赴阿联酋迪拜……风光呕心沥血，将中国的传统艺术瑰宝发扬光大，推向世界。

西欧、非洲、东南亚以及我国港台的专家学者纷至沓来，《人民日报》、《中国时报》、《浙江日报》、《羊城晚报》等众多报刊对浙江泥人宓的介绍络绎不绝："妙趣横生，神韵独具"，

"腾蛟起凤,巧夺天工","驾轻就熟,挥洒自如"……著名美术评论家、中国美院教授高照称:"宓风光是民间精灵,来自民间,胜似科班,实在'风光'了得!是我等谓之科班的所不及。"浙江省美术评论研究会秘书长范达明和副秘书长张所照一致认为:"他的民间泥塑和意笔线描人物画方面特点鲜明,独树一帜。"中国美术学院教授、浙江省美学学会原会长杨成寅说:"风光在泥塑之外的功夫同样不凡,速写作品形神兼备,气韵生动,内涵丰富,引人入胜。"中国美院雕塑系教授傅维安说:"宓风光是自学成才的。这个自学听起来好像有些不正规,即非科班的意思,但这并不重要,重要的是怎么学以及是否真的成了才?从风光例子说他的自学同样是科学的,有效的……终于得与所有学人一样殊途同归。"

如今,于2017年加入中国美协的他又硕果累累,泥塑《朝圣路上》、《蒙古一家人》、《咱们老百姓》获浙江省文联、省民协"映山红奖"四、五、六届最高奖;《陷入泥潭》、《宓风光泥塑作品集》、《宓风光域外风情速写》、《越乡风情图说》(合著)、《百年越剧图说》(合著)等著作更是脍炙人口。

颂歌盈耳,神仙可乐,但风光却心如止水。他想得更远更深更透:"在艺术上,'熟'只是一种终结,'生'才代表发展;人生在世,生命有限,探索无限,我将追求到永远。"

哦,人可以是更高更完美的,人是必须不断被超越的,只要他思想解放。而唯有将全部力量和智慧献给整个社会和事业的人,才会永不停止前进的脚步。

从困厄走向吉祥
——钱利平

工艺美术工匠是用作品说话的,而重在创新的作品,是难能可贵的。钱利平,2018年被评为浙江省第五批非物质文化遗产代表性项目"嵊州木鱼制作技艺"代表性传承人;2019年被评为绍兴工艺美术工匠;2020年被评为嵊州市工艺美术大师。诸多来之不易的荣誉,给他的从艺生涯打上了闪亮的印记。他的为人为艺,受人称赞,受人欢迎。

说起钱利平,有好多人都知晓,他是从嵊县工艺美术厂的学徒起步的。当时,他学的是木鱼和佛像的雕刻手艺。因读中学时美术基础夯得实,悟性高,所以进步神速。后来开始自主创业,从家庭作坊升级至"嵊州市吉祥工艺有限公司",自任总经理兼艺术总监,而"木鱼"这一拳头产品,经他悉心研发、创新,至今,质量、数量均臻全国之最,有"中外木鱼第一家"之称。

与他相近,你会察觉到一种"小车不倒只管推"的韧力。创业伊始,他既乏技师,又缺资金,硬是靠举债买回一棵树径二尺有余的大枫树,作为制作"木鱼"的材料,然后发动父母、哥姐齐齐上阵。仗着自己练就的一身本领,既当师傅又做"核心"。好在家人原本皆是手艺人,一番点拨下来,虽难言得心应手,却也差强人意,整整五个月的时间,眼睛一睁忙到熄灯,一万只佛光普照的小木鱼,方迈着沉稳的步伐,迈入杭州灵隐寺的山门。

5月1日,国际劳动节。香烟缭绕、钟鼓齐鸣的灵隐古寺,人流如织。作为纪念品的万只木鱼,未及傍晚,便销售一空。消息传来,钱利平欣喜得脚下生风,腰板笔挺。从此,"加油"成了全家的座右铭。"那真是海阔凭鱼跃,天高任鸟飞",说起当时的情景,钱利平一派喜气洋洋者矣!

就在钱利平踌躇满志地步入"春风得意马蹄疾"的快车道时,"泰极否还生"这句古话应验了!

1997年,亚洲金融危机爆发,不知凡几的企业倒闭,难以数计的人员失业。这股寒流蔓延到韩国、日本、俄罗斯……钱利平的公司也从原先的门庭若市变成门可罗雀。不甘束手待毙的他,四处奔走,寻求力挽狂澜的良策。一天傍晚,精疲力竭的他偶而得悉,福建有家生产木鱼的台资企业,任凭风浪起,却是"烈风雷雨勿迷"。觉得不可思议的他,来不及打点行装,就快马加鞭前往取经。

一到现场,他才明白,什么叫天外有天,人外有人。自己不舍昼夜,仰仗实干苦干取胜的道道工序,有不少已被机械代替,姑且不说效率之高非人力可比,单看那整齐划一恍若检阅时队列般整齐的产品,就让人赞叹不绝、称羡不已。良久,钱利平方悟出:人无我有,人有我优,是商品经济中取胜的铁律。他山之石,可以攻玉,唯有将人家的长处融入自己的短板,才能拓出一片新的天地,才能置之死地而后生。

从此,他的创业之路呈现了"柳暗花明又一村"的胜景。

——坚守匠心。木鱼一般都是横穿腹部中央,做中空团栾形,头部、鳞甲、龙珠等多隈以黑漆,押上金箔,其他部分则涂于朱红,安于小布团上,以包皮的木槌敲击腹部中央。其工艺有选材、切料、打坯、镂空、雕刻、打磨、上漆、阴干、调音等多道工序。那就从选材起,每道工序都严格标准,逐一对照,容不得半点粗心。

——以机代人。木鱼是一整体,镂空是一大难题。传统的操作要靠人工,用凿一下一下地去除多余部分,费时费力不说,还很难拿捏分寸。钱利平思虑再三,终未找到破解难题的钥匙。有次出门,他看到人家在浇水泥地时用震动器进行捣实,不由灵机一动,尝试将凿子插入震动器进行镂空作业;失败,寻找症结再来;再失败,重新琢磨、改进。功夫不负有心人,一台专用于木鱼镂空的机器终于在他手中诞生。当镂空机唱着轻灵的"呜呜"歌,将镂下的木屑从口中绵绵不绝地吐出时,工厂欢声四起。钱利平深有感触地说:"在创业中必须靠自己打出一条生路，艰苦困难是生路上的必经之途，遇上了，除迎头搏击外，别无他法。"

一年金秋，桂子馨送木兰栊的时节，佛教圣地普陀山妙善法师找上了钱利平，说他颇为喜爱的一只木鱼因使用日久，竟被敲穿了，问钱利平能否修复？钱利平使出浑身解数，木鱼被修葺一新，谁知一试音，根本没有清脆悦耳的响声。经反复检查，并无失误环节，那症结究竟在何处呢？钱利平用餐时想，睡觉时也想，蓦地，一抹灵思跃上脑际：木鱼破处虽已修复，但因敲击日久，周边亦难免受损，自然再也不配硬木锤的敲击。如果用上"软"锤呢？想到这里，他从床上一跃而起，奔向工作室……

积极地追求，百分之一的希望会成为现实。一只破天荒的橡胶木鱼锤应运而生！

当妙善法师手持充满弹性的橡胶锤，轻轻叩击木鱼，清脆悦耳的"笃、笃"声滑入耳郭，原本讶然的脸容刹时笑意盈盈。

徐特立老先生说："一分耕耘，一分收获，要收获得好，必须耕耘得好。"想不到，钱利平也在践行这人生准则。

20世纪90年代，制作木鱼的最佳材料，刚柔相济的非洲柚木十分紧俏。心血来潮的钱利平遂把念头转到"以塑代木"上。他"以恒心为良友，以经验为参谋，以当心为兄弟，以希望为哨兵"，创制出的塑料木鱼，震撼了整个业界，国家知识产权局授予的《实用新型专利证书》（第966661号）在摘要栏中说："本实用新型涉及佛教界念经用的一种新型塑料木鱼。该塑料木鱼由两半片塑料壳体构成，其中半身塑料壳体内，中上部设有空腔，下部内侧设有加强筋，通过模具注塑而成，再将两半片塑料壳体通过超声波热压机胶合成塑料木鱼。本实用新型的原料不用木材，采用塑料注塑而成，塑料木鱼表面光滑，可以省去原有木材木鱼需要木雕、控空、烘干、毛坯磨光、油化等复杂工艺步骤，降低了生产成本，塑料木鱼不会霉烂，不会敲破，使用寿命长，以塑代木，还解决了我国难以引进高档木材紧缺物资的难题。"

木鱼有声，只因艺人有情。如今，"博缘"牌木鱼——钱利平三十多年来的心血结晶，已系上东风的羽翼，飞入少林寺、九华山、普陀山、灵隐寺诸多著名寺院和日本、韩国，名扬东南亚。在河南举行的2019年中原(国际)佛教文化暨佛事用品博览会上，少林寺方丈释永信赞许地说："我们少林寺用的木鱼大多是嵊州艺人制作的，供货已有十多年了。"

在当今这个"万马奔腾未下鞍"的时代，钱利平用他独到的智慧和努力，创造了一片属于自己的芳草地，欣喜何似！愿他的事业飘香如陈年佳酿，甘甜醇厚，绵绵不息。

美的使者

——吴筱阳

吴筱阳是一位面色红润、身材结实的老人,一头浓密的头发梳得整整齐齐,71岁的人,眼睛亮堂有神,和他的目光相遇,会感到一份亲切。

吴筱阳是中国根艺美术大师、浙江省工艺美术大师、浙江省民间艺术家、高级工艺美术师,也是嵊州根雕主要创始人,非物质文化遗产传承人。

他之所以有众多头衔,是因为他硕果累累,在全国、省、市展览中获奖五十余次,且在浙江美院深造中,得到高照、付维安、郑长庚、龙翔等名家的指点,在人体、动物、素描、浮雕诸领域中夯实了基础。自1974年开始根木雕刻以来,在他中年时期他的作品就得到了社会的认同。

他虽然出名较早，可从不张扬，而是谦虚、谨慎。因而，他总能在前行的道路上留下一个又一个坚实的脚印。古人诚言字如其人，或作品即人品。这虽然难言绝对，然而，人品好，作品也好，所给人的感觉就是特别的舒心，特别的怡神。

作为根艺大师，吴筱阳将一专多能作为提升自己素养的秘诀，常常挤时间在河边溪畔、山间地头，静心观摩，将自然界的千姿百态留在怀中、心头，留在一页又一页的画稿中。对一些特殊的根材来说，因其本身的局限较多，雕刻时往往很难达到预期效果，这就需要创作者凭借艺术经验和想象力。吴筱阳就是仰仗长年累月的积累，以灵性和经验去发现艺术的闪光点，从而创造出别出心裁的作品。有次，他对着一块平淡无奇的根木，深思了老半天，却一无所获，后来，在整理速写本时，发现一幅在苗寨时的写生作品，正是那块根木所久思不得的生动造型，于是，他那件最终被人购置收藏的《盛世苗寨情》便应运而生。正是由于吴筱阳在根雕创作中始终坚持根尽其材，天人合一的创造原则，因而，他的根雕作品，总能受到人们的喜爱。

吴筱阳常常说，根雕要发展、要登上大雅之堂，离不开继承和创新，两者应该统一于雕刻的本体，传统的艺技对于当代根雕，是取之不尽、用之不竭的源泉，当然，也不是尽善尽美，这就需要继承者取其精华，为我所用，将其作为创新的动力。对于目前根雕界的现状，吴筱阳深有感触地说："有些年轻人，对于根雕的刀法、基本技能掌握得比较快，往往追求外部的形式美与单纯的感官刺激，但缺少文化的意蕴，缺少了耐看性，故有些比较优秀的作品，虽然机智灵巧，却未有古人那样的厚重与风范。"所以，吴筱阳总是强调，一个事业有成的根雕艺人，除基本功外，还必须具备三大要素。一是艺术要素。没有艺术素养等于没有灵魂，天赋固然重要，但无后天努力仍然成不了气候。艺术的个性和风格的形成，应在天赋的基础上强化创作积累，他引用《庄子·达生》篇的故事，说古时有一名梓庆的艺人，用根木制成乐器支架，浑然天成。梓庆说，自己曾经静心七日，忘却红尘一切，入山搜寻自然天成的材料，方得"天人合一"之作。这忘却荣辱，忘却巧拙，源于自然，高于自然，最终回归自然的境界仰仗的就是长期积累偶然得之的艺术素养。二是文化要素。拥有丰富的文化知识不一定能创造出精美的根雕作品，但精美的根雕作品却离不开丰富的文化知识。他说，一个缺少文化教养、行止浮夸粗俗的艺人，作品必定也是媚俗和造作的，故艺人必须多读书，读好书，方能在创作时与世俗拉开距离，增添高雅情趣。三是造型要素。造型是根雕创作中举足轻重的一环，它涉及的方面很多，就关键点来说，就是从手头材料中挖掘出最具美感的元素，进行构思和提炼。"逼真"并非最高境界，能够按照自然美的规律创作出神形兼备的作品才是至理。吴筱阳的创作水平之所以能高人一等，除了他在构思中能别具一格外，在艺术感受上能古为今用、推陈出新且充满审美趣味，也是一大重要原因。

如果以审美的眼光来观赏吴筱阳的作品，个中的质朴、自然、生机清晰可感。

所谓质朴。质乃本质、实质；朴为朴实、不矫饰。用在根木雕刻上，就是给人以朴实和率真的感觉。这就需要作者将自己质朴的天性融注于作品中，使作品在原生态的基础上形成神与形的交流，心与物的和谐。

自然，可以理解为不勉强，不局促，不呆板。根木雕刻贵在自然，天造地设的根木材料生在山野，不遇识者，则永是根木而已，但一遇慧眼、巧手，其本性便会得到升华，得到诗化，就会变废为宝，化腐朽为神奇，成为天人合一的艺术品。

生机，指的是生命力，活力。根木雕刻作品中的生机，主要体现在质朴、自然和灵动多变的基础上。大自然虽然赋予了根木种种美妙的形态，可只是象形的元素，有赖作者按自然美的规律去改造，去激活，去妙手点化，从而使人们在欣赏中既感受到大自然的鬼斧人工，又体味到变幻莫测、生机勃勃的审美快感。

吴筱阳的作品，涉及人物、动物、山水、故事诸多领域，而最能体现其特色的则是人物。面对一段段树根，他总是最大限度调动艺术想象力，不遗余力地把深蕴个中的富含灵性的质朴、自然、生机挖掘出来。比如，他创作的《醉卧长安》，这件躯体横陈的人物根雕，基本上保持了根木的原始形态，仅仅在其头部，用简练精当的刀法雕出了微侧醉露的诗仙李白的脸，让人想起他"人生得意须尽欢，莫使金樽空对月……"的豪放诗句和斗酒诗百篇的故事来，其在2014年浙江省工艺美术精品博览会上荣获特等奖，可谓实至名归。另外，无论是他在2011年盛世天工中国根雕艺术展上获得金奖的《诗寄兄妹情》，抑或是现代题材的《苗寨春色》、《胜利的号角》等，都可体味到他是将自己的生活经验、艺术感悟和对于艺术美的追求有机地融合在一起，从而使这些作品既拥有自己的特色，又富于艺术品味和生活情调，极大地强化了传统雕刻在当今的生命活力，从而闪耀出迷人的艺术光彩。故著名诗人黄亚洲也热情洋溢地写下了《嵊州根雕：筱阳博艺馆》一诗：

至于这些树根，为什么，就不能
直接长出思想？

嵊州的工艺大师不信这个邪
尽管说的人很多，说树根雕刻动物就已很好了，怎么可以
雕上人的脑袋

其实最精湛的思想，皆出自土地深处
从这个角度说，树根就是脑袋
起码，嵊州的工艺大师吴筱阳是这么说的

于是，中国的人物根雕，就由嵊州开出了头
后来福建莆田跟上来了，后来浙江丽水跟上来了
而这时候，吴筱阳的树根上，已经长满了人类的脑袋
植物遍布神经

今天，他一件一件指给我看，说这种坡垒木，材质好，密度高

故此，适合雕岳飞元帅
他是从根底上弘扬精忠报国

又说这小叶紫檀，材质硬，那就让
陆羽坐此品茶
而这块金丝楠木，质地软，可以来个醉卧长安
让李白一身金丝

他用五千转的高速电钻，用九千转的雕刻笔，用七八十把雕刀
让思想，进入森林的根部
他知道，这个世界的郁郁葱葱，脑袋是关键

中国美术学院的付维安教授为他题词：班门
他确实门槛很高
所有的弄斧者，若是没有思想的高度，那就
都在门外玩儿吧

生命中的亮丽风景

——张立人

张立人,我的好友,我的乡邻。他对艺术的热爱,可谓一往情深。几十年来,他总是将自己的热爱和心血倾注于中,不遗余力。同他交往,你会觉着这位艺术家的心灵深处,既有越乡人的疏放与旷达,又有文化人的耿直和方正。

张立人,1952年出生于嵊州的一个小山村,父母都是农民。他天生就爱画画,一画就是老半天,不肯挪身。他笔下的人物有的很像真人,有的又似哈哈镜前的投影,常常惹人笑得弯下腰身。

由于饶有艺术天赋,1973年,22岁的他未经考试就特招进了嵊州木雕厂,学习木雕技艺和产品设计。第二年,他参加绍兴文化局主办的绘画学习班,在中国美院教授李震坚、费以复的直接指导下,很快成为学子中的拔尖人才,后又进入浙江美院雕塑系进修，生命之舟才驶入理想的海洋。

他最先进入的是国画和泥塑的天地。

阅读他的作品，首先感动的是他的为人。他在工艺美术行业工作几十年，时时处处将自己的追求和工艺美术融为一体。他做事沉着干练，低调谦逊，因而同事都喜欢和他相处。他不仅对自己奉行的事业矢志不渝，对他人也同样关心。他的真心实意，他的殷殷情、拳拳心为他的创作注入了灵性。在他绵绵不绝的作品中，彩塑《乔太守》获1981年浙江省玩具工艺品评比一等奖；《九歌》获1989年中国工艺美术百花奖二等奖，为当年泥塑作品最高奖；《水浒英雄十二图》获90上海中国民间艺术博览会创作奖……与人合作的《工艺美术变形人物》（上下册）、《动物器皿800图》等工艺美术著作亦陆续出版。他也就成了"嵊州泥人"的创始人之一。

我和张立人联系不多，自应邀赴他家畅叙后，使我对他有了进一步的了解。他担任过嵊州木雕厂领导班子成员兼设计室负责人，担任过绍兴市人大代表、嵊州市政协委员，为嵊州的文化经济发展贡献了自己的才能。他又像一粒生命力极其旺盛的种子，落到哪里便会在哪里生根发芽、开花结果。2007年，张立人应"上海延艺文化传播有限公司"聘请，前去担任创作总监后，审时度势的他，带头拓展创作领域，与陶艺结下了不解之缘。他坦荡荡地说："青年需要向各方面发展，应该保持他天真、活泼、进取的态度永远不衰。"我心里明白，他是将徐特立先生的语录奉为鞭策自己的座右铭。

陶艺是中国传统文化与现代艺术结合的一种艺术形式。它与绘画、雕塑、设计以及其他工艺美术有着无法割舍的传承与比照关系。其类别大致可分传统陶艺和以个人艺术创作为特点的现代陶艺两大部分。中国的传统陶艺可以上溯到五千多年前的新石器时代。长期以来,人们对传统陶艺的研究往往停留在美术造型及装饰技法上,直至20世纪90年代伊始,中央工艺美术学院(清华大学美术学院前身)、景德镇陶瓷学院等院校才尝试新的实践。其中,有老一辈陶艺家韩美林、周国桢、祝大年、杨永善,中青年陶艺家吕晶昌、罗小平、白明等。

张立人创作的陶艺作品是朝着新的方向实践的。单以造型而言,传统工艺主要用泥条盘筑、注浆、拉坯、捏塑诸手段,而他却运用了包含捏塑、堆塑、刻划在内的综合技法,极大地丰富了作品的形体张力。

张立人的陶艺作品题材广泛,品种繁多,既有老子、孔子、嵇康、苏轼、李清照、曹雪芹、弘一法师等历史文化名人,又有何仙姑、铁拐李、张果老诸神话故事和《红楼梦》、《三国演义》、《水浒传》、《西游记》四大名著中的人物,还有大千世界中的芸芸众生。不过,于我来说,最为喜爱的却是《远去的大师》。那套杰作构思新颖,造型别致,艺术词汇丰盈,让人感触深深。我请他谈谈创作心得。他稍作沉思,遂娓娓道来——

《远去的大师》这一紫砂陶艺作品,深受大家喜爱。2013年获浙江省首届工艺美术双年展金奖、第四届浙江省民间文艺最高奖——映山红奖,随后被杭州市工艺美术博物馆收藏。这套作品既有令人信服的传神写照(能让观赏者马上认得出是谁),

又有夸张变形的意趣呈现（使观赏者体味到完全不同于写真雕塑的艺术感受），把握住了现代陶艺文化的诙谐气质。

首先，我把"夸张变形"定为基本格调，完全放弃了学院派那套强调块面感、体积感的西方雕塑法，运用泥片卷筒法，用泥片连缀、手工捏合、刻划成型。这种雕塑法自然中空，方便作品的直接烧制，因而具有作品的唯一性价值。制作过程中，泥片被按压、扭曲、顶凸、撕裂，产生泥土本身的自然肌理，非常美！这样做出来的作品没有了雕塑单一成型的感觉，更加符合现代陶艺随意、率真的表达语言，于是夸张变形的意趣得到了更好的体现。

吴昌硕、齐白石、黄宾虹、潘天寿，我雕塑的这四位大师是中国绘画史上推动历史进程的大家。虽家喻户晓，但少有历史资料、照片存世，故大师的气质和脸部相似度的拿捏着实不易。如果单纯追求"像"而蓄意写实，那么脸部形象势必呆板而意趣全无，唯有运用夸张变形的手法，才能取得生机盎然的效果。因而，我在创作中将写意传神、意趣神会作为关键。

四位大师处在不同的年代，吴昌硕先生最早，为清末"海派四大家"之一。人物画家任伯年曾为其画过好多幅肖像画，其中有幅《酸寒尉》最为精彩（吴昌硕曾做过小官），为人们所熟知，雕塑出来很有可看性。我原先构思让他身着清朝官服，但缺少文人气和艺术家的书卷气，遂选择用长衫来表现。吴昌硕先生是首任西泠印社社长，我特地配上一路碑并刻上"西泠"二字，来点明身份。

就时间上说，潘天寿先生最晚，他年轻时有穿长衫的照片传世，但大多数照片都是中山装和白衬衣的现代穿着。几经纠结，我还是觉得穿长衫与整套作品更统一，更有整体感。我还有意把潘老画作中的石块与蟾蜍作为配景，使其更富艺术特色。

齐白石与黄宾虹两位大师同时代人，年龄只相差一岁。白石老人得过国际和平奖，我便设计了和平鸽相依相偎在老人身边，还特地去竹林里寻觅一根小竹鞭，作为老人的拐杖，以强化持杖而立的齐白石艺术气质。

黄宾虹老先生是山水画一代宗师，一生重视写生，足迹遍布名山大川，师法造化，所积画幅达万幅之多。手拿画笔，速写本的造型是他标志性形象，旁边配一假山，更是暗示了其山水画家身份。

这组紫砂陶塑，身着长衫的大师们，给现代年轻人的感觉是上一个时代的人，已经离开我们渐渐远去，但他们的艺术蕴含着中华民族自强不息、厚德载物的伟大精神，永垂不朽……

倾听张立人的创作心语，能感受到他的一片痴情，这是建立在他对文化俊彦的无限崇敬上，建立在他对艺术、对人生的独到思考上，他用自己的执着和努力作着探求，作着坚守。这也是《远去的大师》能受众人青睐的奥秘所在。

张立人和我交流时还谈到，他从年纪轻轻走到如今古稀，总希望自己能多多创作出优秀作品来回报社会，而他高级工艺美术师、浙江省工艺美术大师、中国工艺美术学会会员、中国民间文艺家协会会员、浙江省非遗传承人等荣誉，正是他刻意奉献自己光和热的结果。

张立人，凭着对人生、艺术的深远思考和不懈实践，把生命中亮丽的风景绽放在这里，这样的友人值得我们拥有，值得我们学习。

紫砂传世久　壶中情意长

——金祖稠

金祖稠大师是一个面容清癯，身材消瘦却很是精干的老人，一头黑白相间的头发随意地覆在脑门上。71岁了，眼睛仍很有神，和他的目光相遇，会觉着一道光。那刻在额上的道道皱纹，使人想到他的生命里有着不同凡俗的经历。

一

2006年，国家认定金祖稠为"有突出贡献的（紫砂陶瓷）专家"。2007年5月，国家社会职称改革领导办公室公布了"国家专业技术拔尖人才"名单，金祖稠又是榜上有名。

金祖稠，不仅一般的人众觉着陌生，就是业内的人士，对素来低调的他也印象不深。于是，人们纷纷探问，最后，原本的生疏也成了熟稔。

陶瓷的发明是人类文明史上光辉的一页，紫砂作为陶文化的代表，素来有"陶中精华"之称。

紫砂壶的历史，可上溯到16世纪，至今已有五百余年。它从制作到刻款、签印，历代多有书画名家参与，故颇具文气。《阳羡砂壶图考》言："阳羡砂壶肇造于明正德间，士大夫赏其朴雅，嘉其制作，故自供春、大彬以还即见重艺林，视同珍玩。"宜兴古称阳羡，故又称阳羡砂壶。这是业内人士大都首肯的阳羡砂壶起源。至近现代，因有吴昌硕、任伯年、蔡元培、江寒汀、唐云、朱屺瞻、启功、沙孟海、程十发、韩美林诸大家的参与，紫砂壶的身价直线上升。

前者如斯，后者可追。金祖稠以源于传统高于传统为审美取向，其作品的匠心追求，都有一种传统或时代的文化内涵，且与工艺的精当相表里。紫砂不施釉彩，本色自然，他就用特殊手法，在光拭上下功夫，使壶面生发悦目的幽光，颇有神秘的意味。砂壶口盖严谨，他就一壶一盖，不做"移花接木"，恰如其分，质感极佳。整体"瘦、漏、透、皱、秀"五项全能，神韵怡人。因而，他的紫砂工艺品厂被中国商品学会命名为"中国商品学会科研示范基地"；著名书法家沙孟海手书"嵊县紫砂"以示赞赏；浙江省将嵊州紫砂列入第三批非物质文化遗产名录。嵊州紫砂声誉鹊起。

二

满口地道嵊州话的金祖稠却并非地道的嵊州人。他生于义乌,并在那里度过了20来个春秋。小学伊始,他便和图画结了亲。12岁那年,父母去嵊州工作,他便和伯父一起过日。那年暑假,他去村头窑厂,看伯父用陶泥制作盆盆罐罐、钵头尿壶,觉得十分新奇。一次,伯父有事离开,大喜过望的他立马拿起一把尿壶,想看个究竟。谁知一拎一转,奥秘还未弄清,尿壶却"扑"的一声跌落到地,他提着心吊着胆,想把它捏塑成原样,可没等完工,伯父就回来了,一见他紧张兮兮的模样,伯父遂告诉他,泥坯身子骨软,不能随便拿捏,得双手捧定。这次"大意失荆州",给小祖稠留下了终生难忘的记忆。

1973年,金祖稠中学毕业了。做父亲的见他有心于工艺美术这一摊,就让他随东阳木雕师傅学艺。反正三百六十行,行行出状元,没有高低。

时光过得飞快,转眼已两年有余。当时,嵊州紫砂厂开始招工,练就了一身基本功的他前去应试,一番考核下来,名列前茅的他终于如愿以偿。

金祖稠抬腿迈进了新天地。可供学习的东西真是举不胜举,他鼓足了劲,恨不得一口气吃成个大胖子。磨浆、注浆、施坯、捻坯、印坯,各道工序;捏、搓、镶、接、拍、拉诸般手法,不了然于胸绝不止步。在苦苦操练的同时,他还不惜工本搜罗了多种陶艺书籍,《南窑笔记》、《陶雅》、《中国陶瓷》、《陶艺美学》、《陶艺设计》……闪光的理念,独到的技巧,丰盈着他那渴望的心。董翰、赵梁、时朋、元畅、王友兰、郑宁候、华凤翔、陈鸣远……中国明清以来的陶艺俊彦成了他枕戈待旦闻鸡起舞的动力,渐渐,一株幼苗长成了大树,纷披的枝叶,展开了浓浓的绿荫,向大地垂下奉献的心意。

三

金祖稠出山了!

香港国际艺术品博览会。活脱脱的葫芦们静静地栖息在展台上。紫藤作把,翠叶覆身,朵朵小花洋溢着欢欣,和谐的线条组合,满盈蓬勃生机。一种新的陶塑艺术语言吸引着人们。

"呵!吉祥葫芦。"一位金发碧眼的外国人喝起彩来。赞赏的声波在四周迅速扩展,众多观者闻声涌至……秋季广州进出口商品交易会,葫芦茶具跻身第一批紫砂出口商品;浙江省轻工业厅授予其轻纺产品优秀设计奖;《中国陶瓷》杂志在醒目的位置做了介绍。轻工业部专门在浙江召开"全国陶瓷设计工作会议",金祖稠应邀与会,在古陶瓷组,他和顾景舟、徐秀棠、徐朝兴、邓白诸大家一起学习、研讨,真可谓亲赴一次会,胜读十年书。

1983年,金祖稠被厂里保送到中国美院深造,从此,他创作的触须从日常用品伸向了工艺品领域。白石大师手下的虾兵蟹将鲜活地会跳会爬,画图上大块布白,能唤醒人们的艺术想象,那是国画的能耐。在清一色的紫砂泥上,仰仗的应是含蓄和蕴藉。这,金祖稠是深悟个中真章的,故他的作品,无论是《六方如意》、

《隔窗赏竹》、《哈哈弥勒》，抑或《雅趣》、《方圆八式》……无不给人以启迪，金奖、银奖、铜奖总是络绎不绝。《浙江日报》、《科技复兴》、《中国非物质文化遗产荟萃》、《世纪名人》、《经典中国》、《新中国礼新艺术大师》、《中国工艺美术师精品集》众多报刊图书竞相报道他的事迹。而一石激起千层浪，嵊州紫砂厂的知名度也节节上升，产品出口美国、俄罗斯、日本、新加坡、马来西亚等十余个国家和中国港澳台地区。人们称嵊州紫砂工艺品为有形的画，无声的诗。

四

时代的巨轮转向了1988年，改革的交响乐在中华大地回响。思考者的每一寸土地都被这磅礴的乐音所激动、所影响。金祖稠的妻子，同为厂里技术员的钱小英，觉着海阔凭鱼跃、天高任鸟飞的时机已经来临，遂定心辞职，自主创业。金祖稠眼看妻子开弓没有回头箭，也就妇唱夫随，比翼齐飞。

世上的事，总是讲讲容易做做难。嵊州市紫砂工艺品厂开张之日，便是金祖稠夫妻俩拼命之时。选料、进货、设计、制作、销售……众多环节像一副又一副沉重的担子压在他俩的肩上，夫妻俩好像陀螺成天价转个不停。好在两人志同道合，天生一副兵来将挡，水来土掩的硬劲，才在千难万阻中站稳了脚跟。随着时光的流逝，厂里的规模渐渐扩展，产品的质量、数量犹似盘山公路，螺旋式上升。

总算可以缓口气了！夫妻俩脸上绽开了久违的笑容，心旷神怡替代了昔日的忧虑。当然,踌躇满志的他俩不会知道,一场天大的灾难正在悄然逼近。

1997年7月,一场发源于泰国的金融风暴,就像夏日的骄阳,从冒出地平线时的暑意熏人而终于到了日上中天时的烈焰熔金。

那烈焰涌动着、翻滚着扑向马来西亚、新加坡、日本、韩国、中国。不少国家货币贬值,股市下跌;不少国家企业倒闭,经济萧条。灾难的冲击波向全社会辐射,紫砂行业也难逃此厄。

一间十平方米的卧室。室外,大雨哗哗下着;室内,金祖稠夫妻俩正绞尽脑汁苦思,何去何从是他俩面临的一道难题。

"创业总是艰难的,敢于创业就要学会咬牙。"

"我也这样想,只要有一线生机,还是要干,靠自己攻出一条生路。"

"环境愈艰难困苦,就愈需要毅力和信心。"

…………

夫妻俩你一言我一语,终于达成了共识:坚持到底,务实求新。

五

当危机以泰山压顶之势降临之际,胸有成竹的金祖稠却是神清气定。

有天午后,一风尘仆仆的不速之客来到了金祖稠的工作室。他不让金祖稠起身泡茶,只说是在"中华文化名家艺术成就纪念票"上见到了金祖稠的大名,才前来开开眼界,长长见识。

主随客便,金祖稠就一面忙活,一面和客人聊天。那客人十分健谈,他从陶缸瓦盆说起,扯到工艺品的天地,一个圈兜下来,方将话题拉到了真假产品上来。至此,金祖稠已是明白了他的用意,坦然说:"我也听说过紫砂行业有以假乱真的事情发生,缘由一是矿量日益减少;二是经营者利欲熏心,失去了做人的底线。"说毕,他让妻子取出嵊州紫砂泥矿分布图,让客人一睹丰富的矿源,然后打趣说:"你如要假货,跑错了门,若需货真价实,那肯定行。"……精诚所至,金石为开。客人终于道出:"前时,他的搭档一时疏忽,误进了一批假货。损失惨重不说,公司信誉大跌,几乎破产。这次,自己亲自出马,想力挽狂澜。"末了客人还说,他已跑了两处,货比三家才踏进这里。金祖稠让他别忙着下单,领他再去陈列室,细细看看。

坐落在玻璃房旁的陈列室,疏密有致的展台上,千姿百态的紫砂制品或雅致,或质朴,或纯美,或精巧,显露着万种风情。有方、圆、六角、筋纹诸几何图案,也有瓜、果、藤根等自然物形;有梅花绽放如朵朵鲜花,也有竹子温顺若节节柔肠。这哪里是普普通通的工艺品,这分明是揉进了金祖稠夫妻俩的诗情画韵。

客人一面看一面频频点头,嗣后,他在光亮可鉴的玻璃柜前停住了脚步。

长方形的柜内,紫色的绒面上,"真""精"两个端庄、大气的立体字熠熠生辉。簇拥在周围的是一本本大红烫金的荣誉证书。

客人作为工艺品经销公司的掌门人,自是见多识广。他转过身子,对陪同的金祖稠说:"你把胡庆余堂创业的精髓搬来了,不简单呢！"金祖稠也恳切地说："胡庆余堂之所以能历经磨难，成为誉满神州的江南药王，采办务真，修制务精，是他的立身之本。他山之石，可以攻玉呵！"

客人紧紧地握住了金祖稠的手，茶具三百套当即拍板成交，再无二话。

六

"人无我有，人有我优。"这是金祖稠立足紫砂企业竞争之林且脱颖而出的又一绝招。而要做到这点，创新是关键中的关键。金祖稠说："创新应该在传统的基础上生发，是在'有'的基础上进行创造性的探索，向当代艺术靠拢，向人民大众的需求靠拢……"他是这样说，也是这样做的。

在嵊州北漳一带，分布着一种俗名"长寿石"的天然矿石，学名"麦饭石"。该石具有除寒祛湿的保健性能和净化水质的独特功效。于是，金祖稠夫妇遂有了将麦饭石和紫砂泥有机结合制作保健工艺品的设想。他一次次到矿区取样，分析、比较、改变传统工艺，测试出将麦饭石研磨成300目以上的细度为最佳配比，史无前例的麦饭石紫砂养生壶遂应运而生。经浙江大学生命科学院和遗传学研究所检测，在温度的作用下，它能在水中缓缓释放出铁、钙、锌、钾等多种人体必需的微量元素，壶壁能吸收茶之清香，使用日久，即使不入茶叶亦能散发出茶之香味。省旅游局旅交会给予"最佳创意奖"荣誉。金祖稠自豪地说："紫砂壶本身虽有茶水过夜不馊的特色，但连续存放两三天的话，仍难免出现白色菌毛，但用麦饭石紫砂壶，尽可放心。"

至今，金祖稠不仅在养生壶日益走俏的基础上，开发出紫砂麦饭石系列茶具、系列炊具，研究出冷瓷工艺而受同行称颂，还利用陶土特性开发出轻质屋顶绿化基质材料和微孔兰花培育基质。SP—101型兰花基质材料荣获2002年浙江省首届花卉博览会优秀奖。他亲手设计的12大类600多个产品和高级工艺美术师、浙江省工艺美术大师、省级非物质文化遗产代表性传承人诸多荣誉是他心血和成就的结晶。

如诗似画的竹根雕世界
——俞田

和俞田相识于2013年,我应邀参加撰写《绍兴工艺美术》,进行采访的时候。初次会晤,他的直率与坦诚,使我顿生好感。当时,他正在创作,一个貌不惊人的竹箬头,经他巧手点拨,渐渐露出了庐山真面目,妙趣横生,诗情画意满满。

被赋予拟人化意义的竹,是产生竹刻艺术的物质基础,而文人骚客对竹刻器的喜爱却直接催化和促进了竹刻艺术的发展。竹刻起源甚早,但形成专门的艺术门类,却也经历了漫长历程。据考古发现,新石器时代就已有了竹编器。在周代,削竹为简,在竹简上刻字记事,可视作刻竹之技的滥觞。明以前,传世竹刻器物绝少;至明中叶到清代,由于雕刻体制、规模、技法的变革,文人艺术家们在前人的基础上致力发展,终于把竹刻器从实用品提升到了器形小巧、为士大夫等赏玩为主的艺术品，使之成为一项艺术门类。此后，名家辈出，蔚为大观。(陈浩:《竹醉集》)

浙江人文渊薮，浙江文人竹刻受浙派书画、篆刻及其学术思想的影响，有重文人意识而轻匠人作品的倾向。追求作品能体现个人思想情感的自然流露，讲究个人修为学识的书卷气。故历史上的浙派竹人多学者型、儒生型。其中，潘西凤（号老桐）、方洁等人对浙派文人竹刻"大璞不斫"的创作理念贡献良多，启一时风气之先。岁月荏苒，竹刻艺术随着时代的变迁也蜕变出新的面貌与气象。现浙江的竹刻艺术主要表现为竹根雕与浅刻文玩两大类。嵊州、东阳、象山、桐乡、安吉等都有竹制器，制作形式各有不同。

在嵊州，竹根圆雕个性鲜明的代表人物，要数俞田。

俞田，1969年出生于浙江嵊州。浙江省正高级工艺美术师，浙江省工艺美术大师，绍兴市非物质文化遗产代表性传承人，中国民间文艺家协会会员，浙江省民间文艺家协会竹刻组主任，中国工艺美术学会会员，首届浙江省优秀文艺人才，绍兴工匠。

俞田早年习书画，曾学习木雕技艺，作品涉及竹、木、树根、石雕等，尤其擅长竹根圆雕人物的创作，善于从姿态各异的天然竹根中捕捉灵感，赋予其强烈而活泼的生命力，作品涉及村夫野老、顽童美妇到英雄才子，以至于引车卖浆之流、无赖帮闲之辈，一系列风格独特的现当代题材作品，开创了竹刻艺术园地新境。

浏览他的艺术世界，你会不由自主地击节赞叹：引颈向天的鹅，让人想起唐骆宾王的"鹅，鹅，鹅，曲项向天歌。白毛浮绿水，红掌拨清波"。背插蒲扇迷糊在竹椅上纳凉的稚童，让人想起清凉如雪花啤酒的夏夜。在残局前苦思的弈者，深蕴着"河界三分阔，智谋万丈深"的内幕。母子间的言传身教，是中华民族育儿经上的一朵希望之花。牧归，分明是一幅"牧童骑黄牛，歌声振林樾。意欲捕鸣蝉，突然闭口立"的美画。古称才人"四艺"的琴、棋、书、画，唐代以来，以之为题的作品屡见不鲜，此套竹雕更出新意，有前人未至之境。全作人物各异，配景多变，可分可合。合而观之则如立体长卷，起伏有致，分而赏之，适为3D册页，妙蕴无穷。人物以竹根为之，造型丰硕肥润，取于唐宫仕女，得雍容闲雅之态。配景以竹之根、干、节、枝，为花、叶、木、石、琴、香、瓶、炉、桌、几之属，应物象形，清气弥漫。如此能以竹材为笔墨者，当世亦不多睹。仕女情态更见巧思。琴，鼓者沉静而听者沉醉。书，卧读者若有所思，侍立者疲然欲睡。画，主人调锋而有志，宫婢捧砚而无心。棋之构思尤妙，此事本须二人相对，奈何独参弈谱，唯有狸奴相伴，长日唯销棋局，一种深宫寂寞之情调，足令观者动容……

回溯俞田从事竹根雕刻的岁月，一个个举足轻重的环节，有的充满艰辛，有的充满坎坷，有的充满暖意，有的充满喜悦——

选材，要求和根木雕刻完全不同，它首先要考虑环境因素，以土、山、水、风和周边环境选择材料，保证致密度和文静气，而且，材料必须当天采，当天处理，否则将影响竹材的肌理和颜色；随后要经太阳晒一年，储存一年，淘汰有瑕疵的，留下性能稳定的上手雕刻。

构思，创意至上。面对材料，反复琢磨，细细推敲，在发现审美价值的基础上，展开想象的翅膀，尽情飞翔。无论是飞禽走兽、百工人物，抑或主观意象，只要与人情意相通相连，趣味优雅，蕴含内敛的艺术张力，便是理想。

造型，不同凡俗。竹根雕既然是利用竹根的自然形态创造多种美妙形象的一种艺术样式，作品的生命力就在于造型的不同凡俗。有鉴于此，俞田总是不惜余力地从根材中开掘出最有意思和最具美感的东西，然后渗透进自己的情感和思考，提炼出人们喜闻乐见的造型来。对于有具象基础的根材，他则运用象形取意的手法，既有善可陈，又神韵见长。

艺境，力求唯美。苏联大作家高尔基说："照天性来说，人都是艺术家，他无论在什么地方，总是希望把'美'带到他的生活中去。"俞田，作为嵊州竹根雕的名人，自是将唯美作为竹根雕的最高艺术境界。他的创作，从材质到匠心，始终围绕着"美"下功夫，绝不放过任何不舒服的部位，即使遇上疮疤腐孔，他亦是"审时度势"，扬长避短，使其产生"点石成金"的效果，带给人美的视觉享受。

…………

正因于此，俞田的竹根雕作品，既有文化内涵和人文趣味，又脱颖于雕刻工艺的民间身份。他善于从浑然天成的竹根中捕捉特有的"个性"，演绎出兼具混沌性和形式美的特性。所谓人间三百六十行中各色人众，无不形神兼具，而且，都能在不露痕迹的状态下表现出来。故多年来，他的作品屡屡参展、获奖：2010 年在上海嘉定竹刻博物馆与张伟忠联合举办竹刻艺术双人展；2011年受邀于西安世界园艺博览会长安塔展出作品；2012年竹根圆雕流程示例作品（3件），在上海博物馆展出并被收藏；2014年竹根雕《鹅司令》获第四届中国浙江工艺美术精品博览会特等奖；《我们的童年》荣获百花奖；《琴棋书画》荣获映山红奖；《儿童团》入围山花奖。

2018年，骀荡春风将最鲜艳的色彩涂抹四野，给人们带来无限欢乐和希望。首都北京，中国嘉德正在进行现当代雕刻艺术品的专场拍卖。俞田创作的《吉祥四宝》正以强大的气场吸引着参拍的人众，一万、二万、五万、十万，报价一路飙升，最终以二十五万一锤定音。此后，俞田的竹根雕连续四届入围中国嘉德现当代雕刻艺术品专场拍卖，并均以不菲的价格成交。难怪浙江省博物馆陈浩馆长称赞俞田："人物塑造格外'走心'，他将雕塑、陶艺的技法融汇、贯通，赋予每一件作品以生命，雕塑的人物个个憨态可掬，令人喜爱。造型略显夸张，写意，却是个个有细节、有灵魂、有体温、有巧思。"

俄国大文豪列夫·托尔斯泰说："人，就是一条河，河里的水流到哪里都还是水，这是无异议的。但是，河有窄、有宽，有平静，有清澈，有冰冷，有浑浊，有温暖等现象，而人也一样。"我以为，如果依照托尔斯泰的见解来言说，俞田应该是一条宽阔、平静、清澈而又有温暖的河流。

无法释怀的竹编梦

——吕成

人的一生,最大的欢乐是做自己爱好的事情。因为爱好,生活就变得很有意义;因为爱好,生命就变得满是活力;因为爱好,一切都会像春天的美景,向荣而弥新。

每个人都有自己的爱好,都希望工作随着爱好走,成功伴着爱好来,才是最惬意的事情。在吕成的心里,他的爱好是竹编。他17岁随父学艺,后又拜中国工艺美术大师俞樟根为师,在竹编的天地中摸爬滚打,寒暑易节,从未停歇。吕成为人热情,在采访中给我留下了较深的印象。他的创作生涯,富蕴着"新生代工匠"的情怀与使命。

吕成的作品既有民间日用的篮盆盘盒,也有以花果虫鱼、飞禽走兽为对象的观赏佳品。他将传统中精华的竹编艺品,现实生活中的各类摆设，都一一记录在案，藏于心底。每当夜静更深，他便会在工作室聚精会神地思考，用流畅的线条，用新颖的竹丝语言描绘出人们喜闻乐见的图形。因而，他创作的作品，总是有目共赏，犹如深知时节的好雨，无声地滋润着人们的心灵。

他热爱家乡，热爱乡亲，用自己的一腔热血表达满腔热情。2003年，春风又绿江南岸时节，他扩展工坊，创办了嵊州市大志然工艺竹编厂。全厂员工加上外加工人员70余人，有半数是原本待业在家的小姑娘、小伙子。他用边教边学的培训方式，向他们传递一份亲人般的温情，使他们快速成长为有一技之长的工人，令人感动莫名。他说："一个艺人别的可以没有，但不能没有爱心；一个男子汉，别的可以没有，但不能没有抱负和责任。在吕成心里，自己是爱好竹编的艺人，理当以绵薄之力关心有志于竹编技艺的人众，使其去创造人生的价值。"

2015年12月，吕成赴清华大学学习。这国之最高学府，这大师云集之地，赐予了吕成发现美的眼睛，启发了吕成写意人生。在清华大学美院教授陈岸瑛的悉心指导下，吕成的技艺突飞猛进。一次，吕成偶尔看到了一帧龙舟图案，龙舟身上竖着四面猎猎飘扬的大旗……不由看得入神。随后到来的陈岸瑛教授告诉吕成，这是美院的LOGO（徽标），四面大旗分别代表人们的衣食住行，问吕成能否将其编制成立体的作品。吕成觉得，这龙舟可不是一般意义上的徽标，在我国，龙是中华民族的精神图腾，也是中华民族悠久文化传统的象征，思考了好一会儿，才点头答应。待得学习期满，他立马将老师的嘱托纳入行动日程，迭经三个月不舍昼夜的奋战，一艘全长139厘米、宽23厘米、高108厘米的龙舟遂雄踞在工厂里。整个作品除高耸的旗杆采用云南特产罗汉竹外，龙身和旗帜之面皆用精细的篾丝编织而成，龙鳞龙纹更是采用了特殊技法，使作品统一中现变化，和谐中显天成。陈岸瑛教授见了大为赞赏，清华美院博物馆将其作为永久藏品。

《宫廷御膳篮》一对两只，品种不同，特色自也不同，篮分五层，层层相套，丝丝入扣，编织的篾丝精细到每一寸距离可排列120根，其技艺之精湛，形态之富丽，皇家气派毕露，在2015年中国（浙江）精品博览会上获得金奖后，旋即由浙江省非物质文化遗产馆收藏。

《唐马》是他一件别出心裁的代表作品，它通过高大俊朗的身躯，健步前行的雄姿，"舍我其谁"的气势，折射出昂扬奋发的盛唐气象，深获评委肯定，在2017年11月，获第十二届中国（东阳）木雕竹编工艺美术博览会特等奖……

在谈到自己之所以能屡获大奖的缘由时，他深情地说："虽然事关多头，譬如构思的独特、技术的新旧等，但关键还在于情感，对艺术对作品如果没有一种自觉升腾起来的爱，那就难以言真，难以言善，难以言美。"我觉得很有道理，情感主宰文化艺术是千古不易的事实，从《离骚》所抒发的关于人类善恶的情感，历经2000多年，依然被人们所公认，中国画的经典之作也是如此，如北宋的巨幅山水，宋人的花鸟小品，齐白石的虾，徐悲鸿的马，都无不深蕴着情感的元素，就连他师傅、大师俞樟根开创竹编模拟动物先河之事也不例外——

一年春天，俞樟根去省城杭州参观工艺美术展览，发现一群金发碧眼的外国友人一忽儿围着瓷器动物叽哩呱啦，一忽儿拥着竹编工艺品耸肩摊手……当他得知，外国友人为世上没有竹编模拟动物而抱憾时，他就立志要填补这一空白。假日，他专程奔赴上海，在西郊动物园一待就是老半天，观察大象的丰采。回家，从内模着手，解体，拼装，再解体，再拼装，模拟出分解成18块最佳方案；编织柔顺弯曲的象鼻是一大难题，竹篾不是钢丝，弧度过小造型难看，弧度一大，篾丝立断，一次、二次、三次……妻子怕他累垮，递上竹篮，逼他去菜场买菜。可他一到菜场，却被鸡笼中挨挨挤挤的肉鸡迷住了：那啄食时弯曲的脖颈，那咯咯鸣叫时伸展的柔美颈项，真有点象鼻的神韵呢！他呆呆地围着鸡群转悠，一个个视角，一个个画面触动着他的神经，忽地，他一个转身奔回家中忙碌于工作室里，待得妻子问起，才想起忘了买菜。不久，那晃动着蒲扇似的大耳，舒卷着逗人长鼻的大象，终于驮着外国游人的希冀降生在他的工作台上……

父亲的言传身教，师傅对事业的全身心投入，让吕成有了更加明确的努力方向，作为传人，他感恩父亲，更为有这样不同凡响的师傅感到骄傲、感到自豪。日子愈久，他愈益感到人生的美好，对事业的热情也愈益高涨。他创作的模拟动物也好，生活饰品也罢，都是形象鲜活，风采如画。他对作品的专注有着火样的热情和宗教般的虔诚。他竭尽全力践行着自己无法释怀的竹编梦，那"浙江省'百千万'高技能领导人才"、"高级工艺美术师"、"国家非物质文化遗产项目'嵊州竹编——省级传承人'"，还有，入选由文化和旅游部、人力资源和社会保障部、国家乡村振兴局公布的2022年"非遗工坊典型案例"名单，众多头衔，无不见证着他的梦想起航，走向辉煌。

倾听花开的声音

——叶桂兰

英国社会学家赫伯特·斯宾塞说："没有油画、雕塑、音乐、诗歌以及各种自然美所引起的情感，人生乐趣就会失掉一半。"说得好极。就雕塑而言，一件好的作品，其蕴含的美能直接打动心灵，在人们的想象里渗透一种内在的满足和欣喜。故有人将雕塑喻作追梦人的梦想之花，是生命之旅中美好的礼赞与歌吟。

叶桂兰就是梦想之花的追梦人。

叶桂兰，出生于1976年，嵊州黄泽镇人。初次见面，会觉得她比较内向，不过谈到雕刻，话语就会像山中涧水，畅流不息。她早年在黄泽木雕厂受过木雕基本功的严格训练，在老一辈师傅的尽心指导下，渐渐掌握了木雕特别是浅浮雕的艺术语言和艺术表现形式。随着阅历和年龄的增长，她将传统的中国画也纳入学习日程，那别具一格的线条造型，那美不胜收的对世界和生活的描绘，极大地丰富了她的视野，促成了她在浅浮雕艺术创作中个性化风格的形成。浅浮雕是个精细活，一刀出错，满盘皆输。故博采众长的她练就了一手过硬的技艺：线条清新流畅，结构安稳严谨，刀法刚柔相济，作品充满生机。现在，叶桂兰是绍兴市工艺美术大师，五星级（木雕）民间雕刻师，嵊州市非物质文化遗产"嵊州木雕（浅浮雕）"代表性传承人。她的代表性作品：《群贤毕集图》在2021年浙江（绍兴）工艺美术主题展中荣获金奖；《瑞气盈庭图》在第十届中国（浙江）工艺美术精品博览会上获得金奖；《金庭雅集》在中国轻工业联合会举办的首届"百鹤杯"工艺美术设计创作大赛中荣获百鹤新锐奖。

浅浮雕是与高浮雕相对应的一种浮雕技法，所雕刻的图案和花纹浅浅地凸出底面，落地阳文和留青都属于这类，由于是附属在另一平面上的，因此，在建筑上使用最多，用具器物上也较常见。浅浮雕的深度一般不超过2毫米，常用线和面结合的方法来增强画面的立体感，应该说，浅浮雕具有的建筑式的平面性、体量感和起伏感，在一定程度上接近于绘画形式，所以在操作时常常利用绘画的描绘手法或透视、错觉等处理方式来造成较抽象的压缩空间，以适合载体的依附性。

说起浅浮雕艺术品的创作，叶桂兰最大的特色是善于开拓，善于从司空见惯的表象中挖掘出深层次的东西，让人耳目一新，精神为之一振。

2019年，春风杨柳万千条时节，忙活了一天的她，在灯下静静阅读《王羲之》，内里讲到，王羲之晚年因与扬州刺史王述不和，称病去郡，于父母墓前相告誓不复仕，归隐古刹金庭，建书楼，植桑麻，教子弟、赋诗文、作书画，还与许玄度、孙绰、郗超、谢安、戴逵等高士和支遁、竺道潜诸高僧相游相聚……见此，叶桂兰不由心中一动：这可是别人从来未表现过的好题材哪！于是，在记事簿上做了记事，在发现审美价值的基础上，发挥合理想象，确立"相聚、相叙、相饮、相娱"的构图形式和造型角度。雕刻时，运用变化多端的手法，对这容纳众多人物的场景做出因地制宜的分割和组合，《金庭雅集》终于以别样的风景问世了。

  注目《金庭雅集》，我分明感受到了作者蕴藏于自然界和人性中的诗情画意，那别具一格的和谐画面，能让人想象驰骋，能使人感到冥冥中有一种情、一种义、一种暖人肺腑的东西在氤氲，它和"遍地春风桃李笑，盈庭瑞气桂兰香"的《瑞气盈庭图》，一派祥和的《群贤毕集图》能获评委青睐自是理在事中。

  正因叶桂兰在浮雕技艺上有不同凡俗的成就，所以，当她涉猎古董木雕制品的仿古修复时，就出手不俗，前来找她修复的藏家络绎不绝。在操作中，经她修复的制品不仅与残存的原作融为一体，且线条更显柔顺、圆活，称得上推陈出新。

  这里有一则被人们传为美谈的事例，值得一说。

  那是2018年初秋的一天，一位行色匆匆的收藏者携带六扇窗格大门上的花盘，找上叶桂兰，要她修复。叶桂兰一瞧，不得了：六块花盘，核心部位已被铲刀铲的平平如也，幸存的部分，亦是模糊不清。叶桂兰注视良久，才依稀辨认出内里的题材是传说中的上八洞神仙。面对这几近报废的花盘，叶桂兰不由皱起了眉。收藏者见状，硬是左说右磨，非要她妙手回春不可。

叶桂兰接下了这茬烫手的活。

白天她四处奔忙，查阅资料，将各种版本的记述和民间传说结合起来，拟定居住在上八洞的一群神仙为三清、四帝、太乙天仙等；夜里，便顺着花盘尚存的轮廓，画影图形，一次次的描绘，一次次的更改，一次次的仿制，一次次的修饰。当上八洞神仙脚踏祥云，以独有的浪漫情调，出世的飘逸丰采呈现在一块块花盘上时，见者无不为这唯美的工艺拍手惊叹，啧啧称羡。叶桂兰语重情长地说："这多古董都是先人留给我们的财富，作为新时代的艺人，在岗位上应该有一种责任感，有一种使命感，应该知难而进，而不是知难而退，只有竭尽全力，挑战自己，才能创出一条大道，才能给社会留下一些宝贵的东西。"正因于此，她的刀法日益精进，她的技艺和修为都在一个阶梯又一个阶梯地向上走。如今，木雕制品仿古修复，交货的日期已经要用"年"来计算。

矢志事业的人，也是热爱生活的人。当我们细心品读叶桂兰的心路历程，观赏她的众多作品，就会发现，她今天赢得的喜人成绩不光来自她的执着和努力，更和她有着春风般的情怀密不可分。

诗路胜迹

鹿门书院思吕公

收敛了热焰的斜阳温温和和,似一轮光亮柔柔的大红灯笼悬挂在清气盈盈的天幕上,液态般的光流透过苍松翠柏,浓浓淡淡地涂抹在嵊州鹿门山一座名曰"鹿门书院"的小楼里。我们领略了"白云抱幽石,绿筱媚清涟"的浙江省级风景区南山湖胜景后,终于来到了这里。当时,我只知,这座粉墙黛瓦、坐落在山麓的建筑,是一座古书院,但究竟是怎样的所在,却不甚了了。于是,我开始细细打量这一家乡的名胜。

书院坐北朝南,是一座四合院式的小楼,块石高砌的台基,绿草摇曳的天井,南北两面各有连通的拱券洞门,前往金华的古道穿过洞门,伸向遥远的天际。南门正面上刻"古鹿门",北门正面上刻"贵门"。书院东边有龙山,山势蜿蜒,远远望去,像一尊硕大无朋的、黛紫色的龙的雕塑。这里,对自有抱负的文人学士来说确是极好的归隐地。我打开手机,关注展现史料的荧屏,渐渐,一首生命的谣曲像古代的风铃回响在耳际,眼睛为之一亮,心神为之一震,感悟也恍若雨后的春草劲长不息。

鹿门书院始建于南宋淳熙元年(1174年),是中华大地上一所古老的高等学府。前来授课的吕规叔、吕祖谦、朱熹、吕祖璟……不是名闻海内的大家,就是超尘拔俗的才俊,故它栽培的学子亦多有魁奇之士。从宋、元到明、清时光太长,一言难尽。若以清朝论,同盟会员就不乏其人,如吕韶美、吕峄,就是追随孙中山先生的革命志士。而吕规叔的后人,书院继办人吕汝霖,更是一位尽忠保国投笔从戎的热血汉子,一位于宝剑如虹气势中舍生忘死的英杰。他写下的《誓不臣元书》,像闪电划破夜空,像惊雷震撼万千民众的心灵。鹿门书院,一座普普通通的建筑,因了吕规叔,因了这多师生的倾情,使之成为嵊州古城的骄傲,成为历史辉煌的一页。

鹿门书院的魅力,在于一代又一代的接班人,都能秉承吕规叔的教育旨意,把明月清风般的文化构想,名山大川般的人格品行作为奉行的最高准则,且烈风雷雨弗迷。诚然,凡是有作为的封建统治者,也是将教育纳入重要议事日程的。他们有权有势,办起学来尤是春风得意。但就是没有一家能像鹿门书院那样薪火相传天长地久。究其根由,不可谓不是政治烙印。试问,官学,高高在上的皇家象牙塔,哪一不是朝廷的御用学府?哪一不被朝廷攥在手心?它们服务于科举制度,以攫取权力富贵为能事,小人麇集,哪管学术、道德是正极还是负极。活力的咽喉既然被扼,又何来生命的长度呢!

正因于此，择取清幽名山，交通便捷之地创办书院就成为有志教育的文人学士的理想。它既可不受世俗所累，自由传播学术文化，又可弘扬独立精神和超脱情怀，何乐而不为呢？中国文化史上这样的书院不在少数，长沙岳麓书院，庐山白鹿洞书院，商丘应天书院，嵩山嵩阳书院，比比皆是，虽然后来亦有因故掺入官方色彩的。

刘禹锡在《陋室铭》中说："山不在高，有仙则名。水不在深，有龙则灵。"可谓言如金石，字赛珠玑。鹿门书院虽属素朴，却因教学"文武皆能"而名动古今。吕规叔之子吕祖璟官至淮南安抚使，在任"恩威明信，盗寇皆惊"，声誉颇隆。但苦于权臣当道，空有凌云志，难酬报国心。只得辞官还乡，助老父作书院经营。宋宁宗念其劳苦功高，不啻亲写长诗送行，还特许他在乡亦可练武训兵，保一方安宁。于是，吕规叔父子携手扛起了培育文武通才的重任。一得闲暇，学子、乡勇齐齐上阵，龙骧虎步中，震天吼声惊得树上飞鸟也扑簌簌远遁。联想到现今学校军训，师生们一身迷彩服，静若处子，动若脱兔，"锻炼身体，保卫祖国"；"锻炼身体，建设祖国"，发自心底的强音，让人雄心倏起，热血沸腾。

苏联作家小托尔斯泰说过："一个人看起来平平常常，一旦面临着严峻的考验，大事也好，小事也好，他心中会升腾起一股伟大的力量——这便是人类的美。"小托尔斯泰把这种"人类的美"称之为"俄罗斯性格"。其实，它又何尝不是我们中华民族的性格呢！

我在浸润着高古的迂廊中逡巡，在氤氲着智慧的讲堂内思忖，眼前仿佛浮现了书声琅琅书香满室的情景。我不由小心翼翼，将脚步放轻、再放轻，唯恐惊醒沉睡的古人。

教学，归根结底"是一种以人为本的情怀，是一棵树摇动另一棵树，是一朵云推动另一朵云，是一个灵魂唤醒另一个灵魂"。对于这，鹿门书院的主持者们肯定是了然于胸的。他们拟定的规章制度可以说都是从道德层面出发，对学生的言行作出规范，不仅要求学子"如何做好"，而且引导学子思考"为什么要做"，"大抵后生为学，先须会研以为学者何事，一行一住一语一默须要尽合道理，学业须是严，立课不可一日放慢……"。而他们所传授的，作为书院学术栋梁的"吕氏家学"，重视对历史的研究，主张"躬行明理"，反对空谈心性，强调"讲实理，育实材而求实用"……将知识力量、道德力量、智慧力量、意志力量亲密无间地融会在一起。

歌德曾说：倘若你想领悟伟大的杰作，你不仅要看到它们的成品，而且必须了解到它们的形成过程。有鉴于此，我想在这里讲讲吕规叔和他侄儿吕祖谦，还有朱熹的故事。他们仨是跨时代的天之骄子，尽管时光的长河已拐过了一个又一个弯。

吕规叔是安徽寿春人，娶剡县（今浙江嵊州）过氏为妻，曾任梧州教授，官至监察御史。与时任副相的伯父吕本中，右相秦桧同为朝廷命官。

秦桧26岁就中进士，东京陷落后，秦桧做了俘虏；三年后回归杭州，追随高宗如影随形；待得复相，更以唆使高宗"割地称臣"为能。出身于"文献世家，中原望族"的吕公，秉性"中通外直，不枝不蔓"，面对金朝的剽悍铁蹄，面对苟且偷安的南宋王朝，素来志存高远不随俗流的他"位尊未敢忘忧国"，和伯父吕本中义无反顾地跻身主战派的行列，横遭弹劾后，他毅然辞去监察御史的显职，以"谋道不谋食，忧道不忧贫"的"君子"意识，断然抛却象箸玉杯富埒王侯的生活，于宋淳熙元年（1174年），归隐青山翠岭清流映带的剡之鹿门山，呕心沥血创办鹿门书院，让这些被高山与外界隔绝了的孩子，被贫困和落后压得麻木了的子弟，箪食瓢饮的黎民百姓，也能摆脱无知，朝着"博学之，审问之，慎思之，明辨之，笃行之"的方向努力，从而"直干终为栋，真刚不作钩"，从而熨平苦难留在心头的皱褶，"为天地立心，为生民立命，为往圣继绝学，为万世开太平"。

吕规叔壮志未酬，返回乡里，不能说没有忧伤，没有愁苦，但他没有一味沉浸在忧伤愁苦之中，而能从忧伤愁苦中超脱出来，换一个方向践行他爱国为民的主张。他的一颗心，既属于自己，也属于别人。

鹿门书院开讲不久，与朱熹、张栻并称"东南三贤"的吕祖谦讲学来了。他宣扬教育应以"德教为本"，首先要加强教育对象的道德教育，使人们自愿放弃私利而效忠国家，认为道德比智力、才能更为重要……讲课稍息，不解的学子举手了，有疑的学子举手了，于是，师生互相探讨，互相导引，全新的教育模式就像解冻的春风，过处，思维的荒原就有绒黄、嫩绿的回音。浙东越、处、明诸州学子跋山涉水竞相前来，韩国、东南亚、日本的学者亦是闻风而至。

我十分欣赏吕祖谦的"德教为本"。2008年世界首富巴菲特说:"评价一个人时,应重点考虑四项特征:善良、正直、聪明、能干。如果不具备前两项,那后面两项会害了你。"这颇似吕祖谦"德教为本"说的注解,只是迟了800多个年份。

朱熹是程朱理学的集大成者,他的学术成就正似辛弃疾所言:"历数唐尧千载下,如公仅有两三人。"按世俗眼光论,他只须在象牙塔里显现威仪就成,根本不用上一线教育或与人商榷和交流的。但朱熹却有自己的思维。他以为学问是没有止境的,"惟学为能变化气质耳。"(《答王子合》)故他总是把读书、教育和学问的探讨当作提高素养的一条最佳途径。"学聚、问辨、明善、择善、尽心、知性,此皆是知,皆始学之功也。"(《朱子语类》)因而,当宋淳熙七年(1180年),浙东大饥,他奉命赈灾,得知浙理学界显赫人物吕规叔正主持鹿门书院,再也抑制不住心房剧烈的跳动,翻山越岭,昼夜兼程赶来。

朱熹素知吕规叔对中原文化、闽学文化、湖湘文化均有研究,现又增添了吴越文化,形成了独特的鹿门书院文化,那肯定是更上层楼了。所以,他一抵达鹿门书院,便迫不及待地与吕规叔谈经论道。遥想是夜,当明镜般的圆月透过轻轻摇晃的枝丫,俯瞰着房内满腾腾的手稿和书籍时,四野已是进入梦乡;朱熹和吕公却仍在抵掌而谈,舌无留言,既有"心"和"物"的探讨,又有"天理"与"人欲"的论辩。思维之光,赤诚之泉,在这里闪耀、喷涌。吕公一脸温厚的笑,将桌上的清茶轻轻移到朱熹的面前,一双眼睛像两扇敞开的大门,让人能瞧清里面的一切。待得公鸡"喔喔"啼起,他俩才携手步出有着雕花格子的门框,吞吐那带有丝丝清香的山野空气。其时,吕公虽然年已五十有五,且满腹经纶,可他不仅礼贤下士,虚己以听,还邀请小自己五岁的朱熹在书院公开演讲。尽管两人理念不尽相同,但吕规叔豁达恢宏的襟怀、谦挹治学的精神,仍使朱熹感动莫名,作诗盛赞曰:"人道公心似明月,我道明月不似公。明月照夜不照昼,公心昼夜一般同。"读来意气风发,情感真切。朱熹还以"山有贤人良足贵,鹿门应改贵门题"的心意,挥毫写下"贵门"两字相赠。从此,鹿门就易名贵门。

"人事有代谢,往来成古今"。当年,为了厘清一个道理,吕规叔、朱熹始终在一种平等对话的氛围中对自己的观点阐幽发微,且不耻下问,不避争鸣。这种精神在今天来说也价值不菲,不是吗?如今教育界、文艺界、科学界,还有其他领域,已很少见到学术上的争鸣了。譬如:中国文学史上曾经响遏行云的文艺评论,而今基本难闻声息,偶有出现,亦是赶场文章或帮闲的软性文字而已。

由吕公的文人相亲兼容并蓄,我想到了"北大之父"蔡元培先生,他也是位"兼容并蓄"的践行者。在师资上,他既聘请共产党主要创始人陈独秀、李大钊,也聘请筹安会的刘师培、清"文科进士"辜鸿铭;既聘请倡导白话文的胡适,也聘请厌恶白话文的黄侃;既聘请"只手打倒了孔家店的老英雄"的吴虞,也聘请尊孔复古的陈汉章。光绪二十六年(1900年)2月,蔡元培先生曾应嵊县知事之邀来嵊任剡山、二戴两书院院长,对嵊县的风土人情可谓了如指掌,其"兼容并蓄"之举也许是"继承吕公传统,发扬更大光荣"呢?

吕公的盛名，从他辞官回乡，创办鹿门书院起，就在世间传递。他清楚，不做出变革社会的努力，最美好的理想也是一种幻影。于是，他置身书院32年，常常不知太阳怎样落、月儿怎样升，直至落幕前夕，仍然暮鼓沉沉，未曾停歇。在他心里，纵然万劫不复亦是不屑，那份执着，使人想到女娲补天、夸父追日、愚公移山、大禹治水……清光绪三十一年（1905），光绪皇帝推行新政，下令"废除科举，广设学堂"，天下书院被一网打尽，迭经宋、元、明、清，将教学、学术研究、文化人格融为一体的鹿门书院虽也痛苦地闭上了眼睛，但吕公有教无类、倾注在万千学子身上的爱，赋予万千学子"读书万卷圣贤心"，却似春之好雨、夏之浓荫，让人迷醉，让人心仪。纵然岁月不再，盛名却是长存。清山阴周师廉特地寻踪书院并留下"凿山垒石一朝成，结构精庐三十楹。规叔东莱曾讲学，至今弦诵继家声"的赞叹！婺东书法名家、林则徐的老师赵睿荣也慕名来此留下"隔尘"、"归云"诸墨宝，以表自己的景仰之情。这里的一山一水、一草一木、一砖一瓦都铭刻在世人的心里。

历史在发展，社会在前进。当时代的巨轮旋转到二十一世纪，中华民族以云帆直挂之势实现伟大复兴中国梦之时，当地政府把修缮鹿门书院，振兴文化教育纳入了重要行动日程。2009年春，沉寂了百年的鹿门书院像搁浅的船只又回到了碧波粼粼的海洋：国学公益讲座，思想、礼仪教育，此起彼伏绵绵不息；文化采风活动，美丽乡村建设，龙腾虎跃，一派生机。这多附丽于书院的壮举，就是书院长存于天地间的精神之魂。书院之所以不朽，是因为它灵魂不灭。

嵊州是唐诗之路的精华路段，走进贵门，就走进了风雅厚重的唐诗之路。既得山水之幽，又涵人文之胜的贵门，在剡中文化宝库中，闪耀着诱人的光芒。

作家冯骥才在《倾听俄罗斯》一书中说："近年来，从各地乃至世界各地来到奥廖尔一游的人渐渐多起来。我注意到，这些游人聚集最多的地方，还是屠格涅夫和蒲宁等诗人和作家的雕像前。人们崇尚这些不朽的人物。站在雕像前与他们荣耀的合影留念。然而，自豪的奥廖尔并不想用这些先贤作为旅游业的支柱，而首先是作为自己精神无形的栋梁。奥廖尔人似乎说，在由穷了转富的时候，最重要的是不放弃自己的传统与精神。无论对一个人还是一个民族，都应如此。"这段话语，值得我们深思，值得我们铭记。

揖别鹿门书院，那绒绒的红灯笼似的夕阳已慢慢下俯，但一至山尖复又平稳如初，仿佛依仗山的支撑，替书院再镀上了一层极富层次和质感的色彩……我望着绚丽的霞光，想到，书院虽然未能挽住吕公的衣襟，但它为吕公提供了又一次勃发的力量，为吕公最终弘扬爱国之心、济世之志提供了用武之地。当下，在人们纷纷膜拜赵公元帅的时候，嵊州人民却能从容守住这块阵地，守住自己的传统与精神，而且使之发扬光大，成为推陈出新、古为今用的一个清晰的实相，实是功在当代，利在千秋。

怀念鹿门书院，怀念吕公，怀念尽得千年风流的文化浩气。

静静的南山湖

每年一次去看南山湖，是我的一种恒久的心结。

南山湖的名气，虽不如嵊州的越剧那样遐迩闻名，可它的湖光山色，它的幽远纯净，实让我钟情不移。

盛夏时节，行走江南大地，"足蒸暑土气，背灼炎天光"是必然的。但走近嵊州南山，走近南山湖，滋味就有天渊之别。且不说披绿戴翠的青山宛似硕大无比的氧吧释放着无穷无尽的新鲜之气，知了和一些不知名的虫儿的浅吟低唱让你心旷神怡，就连带着原始野性的藤蔓和奥草、苔藓弥漫的气息也清香甘洌。此时，你若有兴躺上绿茵，尽情舒展每一根神经、每一个毛孔小憩，久违的心灵又会漾起仿佛童年时在河畔纳凉，倚在母亲怀里仰望星空时的那种逍遥惬意。

来到南山湖，就是来到一个宁静的世界。在绵绵群山和森森林木的亲切呵护下，城市里铺天盖地的闹嚷、明里暗里的纷争全被挡在了"域"外，你纵然有百般疲惫千般烦躁，也会变得洒脱、轻盈、无忧无虑。因为在这里，你不用和人攀比什么，你只须和湖光山色相对，名也好，利也罢，都与你无关。在这童话般的境况中，你会明显感到自己已变得像这里的天地一样安宁、恬静。其实，南山湖并不是天然形成的湖泊，而是一个人工筑就的水库。它在市区西南隅约30公里处，自1958年开始兴建，动用了535万个人工，搬运了282万方土石，才有了今天1.05亿方的总容积，才有了今天8.9万亩农田的旱涝保收，才有了嵊州市饮用水源一级保护区的美誉。它的原名也不叫南山湖，而称南山水库。只是"水库"这个字眼与周遭优美的环境不是十分协调，改革开放后，人们方顺理成章地将它唤作南山湖了。熟悉南山湖前世今生的吕先义老先生说："南山湖因坝高水深，她的库底埋藏了宅前、黄沙潭、厚仁坂三个村庄的史迹，埋藏了三个村庄村民的劳动生息之地，唯留一个岛中亭和它的类似地图上等高线的水印线，可以测量三个村庄埋藏的深度，也可以以亭为标志，分辨出三个村庄在库底的方位。当年三个村庄的村民举家搬迁，是何等的顾全大局，义无反顾，为了造福全县人民，舍小家、顾大家的道理，他们真是彻彻底底地身体力行，不打一点折扣，不拖一点尾巴。不然，就没有今天美丽的南山湖了。"凝眸环湖的青山，虽没高峻峥嵘的气势，然舒缓的山坡，逶迤的山峦汇成的柔和灵动的线条却使被环拱的湖水愈益显得平和、安谧。要是说波澜不惊的湖水受用于山不显高的谦挹，那么，湖中小岛的葱郁葱茏则是凭借湖水的滋润。山与水的和谐相处，不仅使南山湖景区丰韵独具，而且告诉人们：

自然和则美，生命和则康，社会和则安，国家和则强……

游艇在湖面上款款而行，要不是远处的青山悠悠近前，近处的绿水徐徐退后，几乎疏忘了游艇正在平稳前行。那天的倒影、云的倒影、山的倒影、树的倒影沉淀在满湖的绿中，甜蜜得犹似一个绿色的梦。沉浸在大自然温馨中的我，不由自主地伸手入湖，那种怡人清凉酥了筋骨、舒了心脾。

船行景移。举目眺望，你会瞧见，在太阳的聚光灯下，这厢恍若有一巨龟神定气闲地卧于绿漪；那厢似有一头大象长鼻入水静享安逸；三面靠山，一面临湖的桃花坞尽情展现姣丽的倩影：青树碧蔓，交罗蒙络，鸟鸣清越，桃花灼灼，好一幅"人面桃花相映红"的画图。置身在这犹似世外桃源般的生态环境里，我仿佛融入了那片淡金色的光流和直如天籁的和声里，心境谐和而且透明：呵，"保护促发展，发展促保护"，真不愧是大手笔！它不啻使南山湖的绿色清香在天地的怀抱中呈现"自然的美，美的自然"，在"绿满嵊州"的征程中挥洒汪洋恣肆的魅力，而且还在神州大地上赢得了不同凡响的知名度和美誉度，吸引着纷至沓来的步履。

"仁者乐山，智者乐水。"这既是魁奇之士富蕴哲理的名言，也是人们崇尚自然、心系自然的心灵印记。面对"此景只应天上有，人间难得几回见"的南山湖，又有什么人能够遏制住心动而不与它亲近呢？

别过游艇，欣欣然登上大坝，鸟瞰脚下，千万块岩石肩并肩、身挨身叠罗汉般叠起的72米高的坝身，心神为之一震。这比居庸关长城更加巍峨更加坚固的深山大坝挽住了从南山江源头、从四面八方滔滔而来的雨水,不遗余力地托出一汪幽远纯净的南山湖,默默地拥抱芸芸众生的时间和空间,默默地哺育沧桑尘世的繁荣和久远……

凉风软软地拂过耳际,像一声深切的问候。神清气爽的我自然而然地想起了古希腊科学家泰勒斯在2000多年前就生发的真知灼见:万物皆生于水,又复归于水。深藏心底的一种愿望遂冉冉浮起:等我老了,一定要搬到湖边来住,把我的心托付给它,以满足自己蕴积多年的渴望,解开自己对于南山湖的恒久心结!

艇湖秘境

浙江嵊州乃钟灵毓秀之地，文化综汇之域，自然美景和名胜古迹比比皆是。大禹治水毕功的了溪；书圣王羲之徙居的金庭；理学家朱熹和吕规叔论道的贵门；李白、杜甫"欲罢不能忘"的剡溪……而绿树婆娑意韵无穷的艇湖山，则别有诱人的魅力。

"梨花淡白柳叶青，柳絮飞时花满城"。与友人出了城，沿着白练似的剡溪前行，便至艇湖山麓。一级级水泥石阶掩映在一色的浓绿里。石阶绵绵，直达山腰玉皇殿。殿宇虽不甚大，可香客供奉的红烛仍在高烧，香烟仍在缭绕，端坐的玉皇、虎视的罗汉簇新。

寻思着行至殿外，刚才还在顶礼膜拜的那位先生，随后踽踽而来。我同他聊起求神之事。他摇着头说，老婆下岗了，孩子要读书，自己无钱却生了有钱的病，只得求神赐福保佑……我说，你这般年纪，怎么也迷信？他眉头打结，过一会儿才悄声说:"某名人也抽签哩!"

倏闻此石破天惊的话语,我不由愕然。我恰好读过那位名人的故事。于是,我向这位求神的先生作了解释,其实,那不过是随喜凑趣,并非认真的。

至此,逶迤的山道上,随缘赞助的石阶已尽。我和友人只能踏着草皮、青苔和碎石向上攀登。一道道阳光穿过林荫的隙缝,辉映着地面的芳草、野花。金箭似的光束,跟幽幽的阴影编织在一起,和风拂过,耀幻出光怪陆离的图案,似仙似梦,恍若进入了一个超时空出现的古代隐士卜居的胜景地。终于,山道如线,放飞了我枯萎已久的童心,压抑了的生机得到淋漓尽致地释放,令人捧腹的歌声由喉咙飞出,飘向整个山林。

入山愈深,愈显幽静。山涧丝竹般的乐音把一种轻盈和欢快沁入心田。通体舒泰中,我捷如猿猴登上山巅,一柱擎天的艇湖塔矗立眼前。对古建筑学颇有研究的友人告诉我,塔原称佛塔,始于印度,公元一世纪前后随佛教传入我国。古代建筑匠人取其造型精华,融贯中华高层建筑结构艺术,开创了别具一格的中国古塔而成为民族文化艺术中的瑰宝。自明代伊始,宗教性的古塔之外,又生发了纪念塔和文风塔。艇湖塔就是为推动社会多出栋梁之材而建造的文风塔。友人说,艇湖塔始建于明嘉靖二十四年(1545年),后来坍毁,在崇祯年间由知县方叔壮重建,山麓原有艇湖,湖水连通剡溪,当时可由曹娥江乘船直达。据传,那时,王子猷居住在山阴,夜里,他从睡梦中醒来,见天下大雪,便打开窗户,命仆人斟上酒,边眺望这银装素裹的世界,边慢步徘徊吟诵左思的《招隐》。吟着诵着,忽然想起了时在剡县的好友戴逵，便连夜乘船前往。经过一夜的奔波，终于到了戴逵家门口，子猷却让船家原路返回。船家惊问其故，子猷说："我本是乘着兴致前来，现兴致已尽，（自然就可返回），为何一定要见到戴逵呢？"于是，就有了"乘兴而来，兴尽而返"的典故。旧时此地有"子猷桥"、"访戴亭"等古迹，皆因年代久远而圯没。宋苏轼有《题王晋卿雪溪乘兴图》。因而诗云："溪山风雨两佳哉，宾至谈锋夜转雷。犹言不见戴安道，为问适从何处来。"其弟苏辙也有诗唱和："急往遄归真旷哉，聋人不识有惊雷。虽云不必见安道，已误扁舟犯雪来。"

  我带一份景仰之情，举头仰望，只见饱经沧桑和苦难的古塔已经修葺一新。那巍巍风姿，在蓝天白云的映衬下，显得壮丽雄浑怡人心魄。它坦荡荡面对浩浩苍天，于沉静和超脱中向世人昭示：在物质文明、精神文明并驾齐驱的今天，千年古塔不应是一张褪了色的照片，而是人类文明史中一个不衰的倩影，一个与时代与人的心灵息息相关的实相。

月儿故乡明

夜色似海。我顺手取下陈列在书架上的《散文·海外版》杂志，展读余秋雨的《远方三城》，余华的《灵魂饭》，自己的《绝版的西递》……忽然，清晰的书页上匍上了窗棂的影子，耀亮的灯光褪色了，昏黄了！我抬起头。哦，原来是皎皎月色透过了薄雾似的纱帘，静谧的斗室尽浸在汲取了水之温婉的银白的光华之中，我不由心旌摇动。

月，它曾使古今中外多少诗人、墨客廑注萦怀而赐予不知凡几的美名。东汉《演孔图》云："蟾蜍，月精也。"始称月为"蟾"或"蟾蜍"；后继有"望舒"和"纤阿"之称。《广雅》言"夜光谓之月"，故又称月为"夜光"、"太清"。从此，月钩、斜轮、宝镜、婵娟、广寒、秦镜、团扇、玉兔……诸名更不一而出，且留下举不胜举的千古绝唱，譬如："春江潮水连海平，海上明月共潮生"（张若虚）；"明月别枝惊鹊，清风半夜鸣蝉"

（辛弃疾）；"暮云收尽溢清寒，银汉无声转玉盘"（苏轼）……但待这多咏月诗词在我脑海迭现时，诗圣杜甫的《月夜忆舍弟》却尤让我为之动容："戍鼓断人行，秋边一雁声。露从今夜白，月是故乡明……"故乡的月，真的特别明吗？从未认真思考过的我，这下可要寻觅它的煌煌丰采了。

我举步登上鹿山公园，园内阒无声息。清纯的月色穿越香气四溢的花丛，穿越幽洁迷离的绿荫，在地母的胴体上熠熠闪耀。摇曳的碎银似的流辉使人觉得仿佛置身于粼光万点的清波微澜上。拥有荷花的喷水池，将漫天澄辉尽揽于怀；张嘴嬉戏的鱼儿，欢快地吻向那轮偌大的圆月；饶有风趣的月儿笑了，忽而将脸扭扁，忽而拉长，忽而遁迹池底，忽而又在荡漾的涟漪中幻成若隐若现瞬息万变的块块拼图。一对对爱意绵绵的情侣，依肩挽腰，喁喁而行，给通幽曲径添一番缱绻情韵。山风拂面，草虫低吟。我，正如明人张大复所言，进入了"尝忘我之为我"的天籁般的妙境……

"夜初色苍然，夜深光浩然"（白居易），不知不觉，我已出公园大门，来到了遥遥相对，在静寞的夜色里散发着一种玄远整肃气氛的省重点文物保护单位——城隍庙。

挥洒自如的月光，把通连着古和今的巍峨殿宇刻画得十分真切宏伟，烈风雷雨弗迷的楼阁，呈现着泰然自若的神态。这使我对已经熟悉的她更有了几分诗意般的感受。以宋朱熹游刿登鹿山赏景时所赞"溪山第一"命名的门楼，不仅文采风流依旧，威武高标依旧，森然气象依旧，而且连鸟翼般的飞檐的动感亦是依旧……我目不转瞬地凝望着，仔仔细细地琢磨着，心情禁不住激动起来:如今的生活真是步步高,连千年古庙也不会衰老!

怀着暖融融的感受,我沿着青石铺就的台阶徐徐而下,眼前已是瑰丽辉煌的北直街。鳞次栉比的高楼,红肥绿瘦的霓虹活泼着月色的描画;通体透明的豪华商厦,巧夺天工的货品撩拨着人们的心弦;浴着月晕的百花园,香馥馥的郁金香、紫罗兰、秋海棠、富贵竹……吐露诚挚祝语;铺着红云般地毯的音响世界,悠悠吟回的贝多芬的《月光》奏鸣曲让人群竖起耳朵排排;而欲与鹿山试比高的旋转餐厅更以曼妙雅致的舞姿迎候思凡的嫦娥……哦,月下的北直街,处处是无保留的热烈,无羞涩的纯洁,无遮掩的繁华。

我在北直街上徘徊,忽然觉着一种沉重感。位于浙东越中的嵊州,古名剡县,乃钟灵毓秀之地,文化昌盛之邦,晋王羲之、戴逵、谢灵运慕名来剡定居;唐李白、杜甫、陆羽至剡欲罢难忘;宋朱熹、王十朋、陆游入剡乐不思蜀……可就是这样一座遐迩闻名的古城,却曾被东洋海盗抢掠蹂躏,几成废墟。20世纪50年代初,初识人事的我尚能从城中觅见残砖断垣、骨骸丘冢的踪迹。但是,历史总是波浪式前进的,特别是近些年来,嵊州人民正以改革开放的壮举重现她昔日的英姿,重塑今日的辉煌。而眼前种种,难道不正在启迪我们:苦难可以酿造欢乐,只要你有心,历史的前程会因此显得更加辽阔更加晶亮么?昔时,月夜忆"剡"发出"名山如高人,岂可久不见"之思恋深情的诗圣,要是今夜有幸光临,那定会大喜过望额手称庆的。

我在北直街上踯躅。爽无烟霭的月华尽情地向大地倾泻,万物遍浴在清朗的光照里,月灯和谐交融,乾坤汇成一体。舒意中,陈毅元帅的诗句悠然浮出:"明月当头思远举,豪英满座饮长虹。"心头倏地一热:中华民族正以史无前例之势磅礴于世界民族之林,年届古稀的我,理应怎样去张扬生命的美丽、演奏时代的强音呢?

　　我安享着今夜的月色,觉得月儿挂在天上,也挂在我的心树上。于是一俟到家,便铺开稿纸,撰写下《月儿故乡明》,不是为了吹嘘,为了炫耀,而是为了留下心灵颤动的轨迹,留下内心燃烧的结晶。

崇仁古意

自嵊州市区西北行 20 公里，便到了"中国历史文化名镇"崇仁镇。

站在镇口眺望，领先映入眼帘的是粉墙黛瓦的民居群，蓝得透明的天空下，高高的马头墙矗立在那里，一些不知名的小鸟时而在墙头喜跃抃舞，时而飞向长空；一个个充满诗意的特写镜头，一幅幅酣畅淋漓的水墨画面，怎么瞧都像是安徽西递的孪生兄弟，可两地遥隔千里，怎会有渊源呢？怀着一丝狐疑，我问上了一位须发如雪、正在路边散步的老人。这才知道，旧时两地竟还真的有所维系。崇仁有的是古戏台，那时，上演的都是有"京剧之父"美誉的徽班戏，名角吴昌仁、陆长生都留有足迹。1947 年，傅全香登台演出后，古戏台才宠幸在越剧的怀抱里。

浙江也是戏剧大省。越剧、婺剧、绍剧、新昌高腔、宁海平调、松阳高腔、醒感戏、温州昆曲、金华昆曲、黄岩乱弹……一路下来，少说也有二十来个剧种。其中，最负盛名的当然要数越剧了。清光绪三十二年（1906年），民间唱书艺人李世泉、李茂正、高炳火、袁福升等齐聚东王村，首次在稻桶台上演出了大戏《双金花》，史无前例的越剧遂跻身戏曲之林。嗣后，越剧第一个男科班问世，创办人之一的马潮水，就是崇仁人。1930年，裘光贤在镇西戒德寺创办了女子科班高升舞台、小高升舞台，越剧皇后筱丹桂、金嗓子傅全香均由此脱颖而出。随着时光的流逝，后起的越剧艺人还不时向徽班精英取经。可以说，眼前这多与徽州貌合神亦不离的民居建筑，是两地文化友好交往的印记之一。

　　崇仁的父老乡亲可谓是有福之人，七八万的人口竟有那么美妙的山水胜景。到这里，陪同的友人首先领我们前往镇北瞻山，东晋高僧帛道猷结庐之地。这座被《大清一统志》赞为"挺然秀峙"的名山，远远望去，宛似一个大大的惊叹号，树立于广袤的大地。待至山麓，即见涤巾古涧，清澈的涧水由北往南，前往笔架山，然后注入剡溪。"涤巾"者，因高僧帛道猷常在涧中洗涤衣巾而名。跨涤井桥，过"名山福地"牌坊，就到登山口。极目仰望，满山的古松，夹道的翠柏，融就一片碧翠的青，透透迤迤漫向山顶，离开山顶似乎不远的天，也被染得青青，至于修篁摇翠、山鸟和鸣则更添人之游兴。步上山腰，有亭掩映于苍翠之中，红柱灰瓦，典雅宁馨。走近前去，心也似乎滤净，觉着与整片山色融为一体了。细瞧亭内，有当代学者朱家溍、黄寿祺的楹联墨宝。友人指着"景色秀奇冠剡西，岗峦起伏环斯亭"一联说，这是古稀老先生李希泌的大作,区区14个字就将此情此景渲染得一览无遗,但书法却出自六岁少女裘乐之手,真让人暗吃一惊,那深蕴聪慧、洋溢灵秀的手迹不仅使瞻山平添了一分风雅灵动,还告诉我们,自古英雄出少年绝非虚言。

怀着虔诚的心继续前行,松针和青草的清香通透全身。悠然中,忽地冒出了陆游"陶公妙诀吾曾受,但听松风自得仙"的生花妙句。喜滋滋登上山顶,可见千年古树在风中摇动手臂,空旷处有一圆形平台,两块状若官帽的黛色巨石屹立在那里。这就是传说中帛道猷设坛礼佛之"礼拜石",虽然时光流过了多少个世纪,它俩却依然静静地注视着大千世界的花开花落、日移月易。"礼拜石"旁,还有一平展展的"棋盘石",乃帛道猷与友人对弈之处。当我们在那略呈方形色泽苍黑的石上抚摸时,历史的丰盈和苍凉便倏地滑入心里。友人说,帛师下得一手好棋,凡攻守厮杀、防拒救应诸法,高僧都毫无保留地传授给前来求教的乡人,于是,当地棋风大盛,不论父老童稚,都能挥戈挺戟,杀上一阵。唐末温庭筠游剡时就留下了"茶炉天姥客,棋席剡溪僧"的诗句。到得清光绪年间,剡地更是能人辈出,崇仁棋坛跃出了五大高手:沈守庚、裘浦南、裘东友、裘振才、裘素浩。人们以"五虎"相誉。其时,上海围棋名手潘朗东设擂杭州,攻擂棋手无不丢盔弃甲,杭人遂亲临崇仁,邀请"五虎"出山,沈守庚铁肩担重任,妙手献奇艺。

那是场一锤定音的决战,金戈铁马涌动在我脑际——

五局三胜。此前,潘朗东、沈守庚战成平手,此局不论谁赢,鲜花、掌声,还有棋王的桂冠都是他的。

潘朗东双手交叉胸前，目光微微仰视，给人一种自信却又傲然的感觉；沈守庚双目微闭，两手静静地搭上膝盖，从容平静。

时间到，两人相互鞠躬致礼，"啪、啪"、"啪啪！"带着脆音的棋声连连响起，几无停顿，好一派舍我其谁的气势。

忽然，潘朗东伸出的手缓缓收回，略一闭目，又睁开，瞥一眼沈守庚。沈守庚恍若一尊石佛，风雨不动安如山。潘朗东抿紧嘴唇，一番长考，方才落子。沈守庚随手跟上，矢志开劫。老练的潘朗东摆出吃棋的架势。两人你来我往，展开血雨腥风的劫争，直至上午封盘，仍呈胶着状态。

下午开战，潘朗东一反上午步步为营的打法，展开凌厉的攻势。执黑的沈守庚处变不惊，果断拔剑冲断白棋。棋枰上刹时雷声隆隆剑气森森。潘朗东本想在鏖战中逼迫黑棋沿边路苦活，自己趁机夺取"高地"，不料沈守庚使出了"混沌"战法，指东打西，挥南扫北，搅得他方寸迷乱心神不宁，情急中竟出了一招臭着。"嘘！"乘隙而进的沈守庚呼出一口长气，坦然落子，温文尔雅，波澜不惊。将近二百个回合的苦战，潘朗东已将自己的限时用尽，沈守庚却依然环环相扣，优势像荡漾在水中的涟漪不住地向外扩展、延伸。潘朗东不败的神话终于破灭。陈毅元帅在20世纪50年代曾为人提扇："夫棋者，奇也；不能奇，焉能棋？"信之。

至此，崇仁棋坛步入了黄金时期。时至民国，"新五虎"应运而生。其时，上海又有一棋坛名手来杭设擂，最终却被"新五虎"的裘忱法拿下。1990年5月，已有"越剧之乡"美誉的嵊县，被中国围棋协会授予"围棋之乡"称号。祖籍崇仁的围棋国手马晓春在命名大会上应聘担任嵊县围棋总教练。嵊地围棋繁荣之势恍若《逍遥游》中鹏之徙于南冥,"水击三千里,抟扶摇而上者九万里"。

从山上下来,我问友人要否稍息?他说:"不用不用,到了玉山公祠,倦意就会消失,精气神就上来了。"嚯,有这等事!听罢,我们就鼓起劲,继续前行。

午后的阳光,朗照在玉山公祠的黛瓦粉墙上。明晃晃的天幕下,玉山公祠显示着一片古典的静谧。

明代前,民间是禁止祭祀始祖的。至嘉庆年间,朝廷才开启方便之门,宗祠得以问世。

玉山公祠建于清乾隆五十五年(1790年),占地1000余平方米。历时三年方始竣工,照壁、门厅、正厅、神堂,弥漫着一股沉凝神秘的气氛。门厅与正厅间设有戏台,为单檐歇山顶建筑,四根石柱上圆下方,寓意为人应外圆内方,对人谦和,心地正直。石柱下的石磉雕有龙的图案,戏台后厢房与两侧女看楼有小门通连。戏台前卵石铺地饰有图案。戏台藻井为八角覆头,由16组斗拱组成,井顶木雕饰五狮戏珠,藻井上层木雕饰《八仙图》,举头仰望,可见八仙腾云驾雾,法力无边。戏台雀替上的透雕《封神榜》、骑狮守护神,戏台梁枋上的木雕饰"宝瓶插花"、"蝙蝠"、"鲤鱼跃龙门"、"金鱼戏水"、"螃蟹"诸图案,显示着丰富的历史沉积和文化底蕴。戏台乐池筑在屏风后,演奏时只闻其音,不见其人。

我细细地看望,静静地思忖,突然觉得,置身其间,自己那一身西装,实在有点不伦不类的滋味。要是能穿上长衫马褂,外加一顶瓜皮小帽，再持一杆长柄铜口的烟杆，那才叫恰到好处呢？

诚然，玉山公祠恢弘精美满是古韵的建筑艺术令人咂舌不已，但于我来说，念念不忘最感兴趣的还是玉山公，这一建筑的主人。

《裘氏宗谱》记载："先祖裘睿于晋建兴四年（316），随晋元帝南渡，隐居婺州。子尚，义熙（405—418）中徙会稽云门，世廑耕桑，守以仁义，凡十有九代，聚族六百，人不异居，家不分炊，循规蹈矩，尽守家法。由是大中祥符四年（1011），宋真宗皇帝敕赐旌表，其号义门，以励风俗。熙宁间（1068）分迁嵊西。"裘氏分迁嵊地后，奉祖宗之法，崇尚仁义为本，故名崇仁。

玉山公出生于康熙三十九年（1700年），卒于乾隆五十三年（1788年），享年89岁，是崇仁裘氏十九世祖。他"置田千顷，却勤俭持家，体恤民情，年逾八十好学不倦，拄杖论诗。"他施医赠药，扶危济困，百姓的口碑记录了他的慈悲和善行。许多乡绅、东家都慕其盛名。传承了他的血脉和精神的子孙为了纪念他，遂不惜重金建造了这一硕大的建筑，以期香火永恒。

大凡家族，有"金凤凰"，也有"丑小鸭"；有懂事听话的，也有淘气惹祸的。玉山公以为，爱护每个儿女，打开他们的心扉，是父母义不容辞的责任。因此，他创办了敬承书院，用教育夯实生命的基石，播植成长的灵根，将"耕读传家久，诗书济世长"的心声印在每个子孙的心底。此时此地，我仿佛听得私塾先生和学子们的共同吟哦，细声切切又掷地有声。与此同时，他还围绕书院建造了大夫第台门、老屋台门、樵溪台门、翰平台门、云和台门，分给五个儿子。五大台门既独立成户，又相互联通，故又名"五联台门"。告诫子孙"三兄四弟一条心，门前黄土会变金"。在玉山公的手上，无声无息的砖瓦木石，也被注入了团结、和谐的基因。这是玉山公人生的巅峰，也是家族辉煌的象征。此后，镇上所建的以玉山公祠为中心的百余座老台门，多有仿效其格局者，跨街钩连，分则各户，合则一家，以示戮力同心，不忘根本。全镇形成的一竖四横的棋盘格局，一脉清流穿镇而过，辅之以恰到好处的庙宇、牌坊、祠堂、店铺、戏台、小桥、池塘、水井，给人以宋代遗风，明清特色的享受。

面对以敬承书院为核心的五联台门，我的思绪犹如深受雨露滋润的禾苗，劲长不息。玉山公以他的智慧、他的勤奋、他的执着、他的梦想、他的仁心，凝聚而成的五联台门，多像他的五彩人生。他把生前的爱幻成一种不灭的守望，为这一方热土的繁荣，为家族的富庶和安宁。

"此处书生通帝座，当年柳枝染春衫。"崇仁立世，才俊辈出。宋太师姚舜明，谏议大夫姚宪，著名史学家、科学家姚宽；民国国民政府总司令张伯歧，辛亥革命志士王金发，治愈胡汉民顽疾、孙中山亲题"救民疾苦"匾额相赠的名医裘吉生等，无不榜上有名。而裘氏一族，就出进士4人、举人38人，仕宦者近百人。

崇仁，闪耀在越乡的一颗亮星。

百丈瀑精灵

传统的山水画，每有瀑布生辉，层层叠叠的山峦间，素练飞泻，那垂挂的抑或曲折奔流的游动之线成了画面最鲜活的点睛之笔……初秋时分，我随友人前往绍兴生态环境旅游区的百丈岩游览，竟在那里观赏了一幅让我流连忘返的观瀑图。

这是个天朗气清的日子，我们"民协"的几位老友沿着迤逦起伏的山路驾车来到百丈岩景区，请大自然这位神灵替我们清除生活中积淀的沉重。

过木桥，穿山径，初觉不过如此；然一进入幽谷，一颗浮躁的心当即被原始的美一把揪住。山势雄浑，两侧傲然屹立的峭壁将广袤的天穹裁成逼仄的空中"巷道"，奇形怪状的岩石参差错落；一缕缕苍黄、一抹抹淡绿、一团团暗青、一串串殷红……恍若一片散漫的音符，显露着不凡的仪容。不知名的小鸟在头顶吟唱，那歌声像氤氤氲氲的晓岚，洇开在这自由自在的大山里。就在我尽情呼吸新鲜空气,浩渺舒坦之感充盈每根神经时,有人惊喜呼喊:"快来看啊!"我因心满意足,且又足跟疼痛,本想原地待命,可一听到走在前面的友人的呼喊,便振作精神,咬牙奋进!

转过山弯,眼前群峰突显轩豁,袅袅水气漫漫而来,一股无休无止的哗哗声充溢耳郭。蓦地,我想起了明代文学家张岱于腥风血雨中前来此近著书立说的故事。

那是1644年,正是明末清初,天下动荡之时。这惊天动地的冲击波,也波及了存身江南水乡的张岱。面对改朝换代的血雨腥风,自己已垂垂老矣,无力再作生死搏杀,惟有将蓄势已久的《石匮书》写出来,"藏之名山,传之其人,通邑大都",以纠正"有明一代,国史失诬,家史失谀,野史失臆"的"诬妄"状况,才是至理。于是,他踌躇满志,一副泰山崩于前而色不变的大丈夫行径。他带上一子一仆,"略携数簏"藏书,昼夜兼程,前往离绍兴百里之遥的剡县,隐居下来。

当年这里山岭重重,幽谷沉沉,乱石遍地,危崖壁立。逶迤的小路,像被遗弃的琴座上的废弦,时而绕上峰顶,时而落入谷底。偶有寺庙一二,亦是人迹罕至,飞鸟无影。山区的冬天特别冷,苍穹像硕大无朋的冰罩,罩定了世间一切。北风刺骨,寒霜侵髓,四野茫茫,岩石冻裂。我猜想,在那挂满冰凌的草庐里,张岱生不起火,只好哆嗦着身子坚持梳理:曾让他活得赏心销魂的煌煌明朝,怎样被各种竞逐的残暴、野心、贪婪所撕裂?是魏党与东林党间的党争;万历、天启时的门户之祸;还是崇祯"一言合则欲加诸膝;一言不合则欲堕诸渊"的刚愎本性……

他反复追思回想，条分缕析，手麻木了，脚冻伤了，仍像机器人般，用那管浸透了洁白泪雨的笔，祭奠沉积于时光中的国殇，祭奠那苦心孤诣的寻觅。尽管后来返回山阴龙山时"骎骎为野人"，"故旧见之，愕窒不敢与接"，但他依然不管不顾，依然笔走龙蛇，将真切、冷峭的文字融成黄钟大吕，让生命酿成的价值一路飙升。而他颂赞百丈飞瀑的名诗"银河堕半空，摇曳成云雾。万斛喷珠玑，百丈悬练素"，便是在那时写就。

好，到了到了，但见一扇陡立的青嶂倏地闯入视线，其势危耸，高近百丈，令相形之下弱小如蚁的我不敢随意仰视。冷气森然中，晶亮飞瀑浪拥浪，涛滚涛，从天、崖相连处奔腾跃下，发出轰然鸣响。涛声起处，水雾迷漫，崖摇地颤。涌动的水波冲开挡道的奇岩怪石，奔突跳跃，扑向前方……我不由怦然心动：飞瀑，水的精灵啊！你为了开创属于自己的道路，怀揣壮士献身般的澎湃激情，不惜粉身碎骨，重塑自身，义无反顾，奋然前行！有了这般浩然之气，世间还有什么艰难险阻能挡住你奔向江河奔向大海呢？难怪近几年来，《英雄》、《民情日记》、《大唐双龙传》、《精卫填海》、《越王勾践》、《楚留香传奇》、《三国》、《天涯明月刀》、《庆余年》诸多电视剧争相在这里拍摄。我倏地举起相机，深情地将它定格在自己的宝匣里。

飞瀑绵绵不绝地撞击着山石，悠远的回声使历经磨难而心仍年轻的我情不自禁地想到了做人，想到那风雨无阻，为大家舍小家，誓将热血写春秋的警界弟兄；想到那掉皮掉肉不掉泪，背着疯瘫母亲就读的学子；想到那日复一日年复一年，终以殷殷情、拳拳心唤醒丈夫记忆，同享美好岁月的妇人；还想到了我的打工朋友，他们面对风风雨雨的现实世界，面对破裂的生活之网，仍然挺起胸膛，像蜘蛛般苦缀不息……而我们有些人，是不是太盼福祈福了呢？一天到晚总想走捷径图现成，总想不用弹指之劳就能纸醉金迷。姑且不说世上本没有天上掉下金元宝的美事，即使有，由于那福来得太容易，泰极生否亦非危言耸听。不是么？既然那福是凭空飞来的，未经自己努力，也就不知珍惜，因为不知珍惜，便会醉心铅华的诱惑，痴迷红袖朱唇，粉黛销魂……而置身百行俱兴百业竞争的时代，倘若我们不思自强自立，一遇难题就气馁，顾虑失败就放弃，一味祈求上天恩赐，那注定是永无出头之日的。

人生在世，实在怠惰不得！

坐在被水花溅湿的岩石上，体味着眼前这撼人心魄的世界，我觉得自己已被奔腾的飞瀑裹拥，渐渐地溶为一体，逐流而去，汇入浩瀚无际的海洋……

在母亲河的怀抱里

我老家在嵊城西郊,汩汩的剡溪水从门前流过,不舍昼夜。自我懂事起,素谙靠水吃水的父亲就仰仗剡溪这一母亲河开了家毛竹行,替远在山乡靠山吃山的亲友代为销售毛竹。一到春夏秋季,那泛着青光铺满了河埠半条溪面的竹排便成了一道赏心悦目的风景。对于我,剡溪不仅是一条溪流,而是我的一个王国。她是我曾经所能懂得的知识的源泉,是我目光所至的一方天地。我生于斯养于斯。时至今日,在她怀抱中茁壮成长的诸般情景仍能鲜活在我的记忆里,剡溪飞排即为个中一幕。

那是 20 世纪 50 年代时光,13 岁的我趁着暑假在山乡表哥家做客。他家坐落在一个小山冈上,土瓦盖顶,垒石为墙;倚门眺望,可见清澈的剡溪水从林木葳蕤的深谷中悠悠流来,映着山峦,映着蓝天,一脉浓绿,一脉嫩蓝,让人沉醉,让人流连。但随着天晴转雨,绵绵雨丝竟憋得我寂寞难捱,就嚷着返家。

表叔见缠我不过，便命表哥明日带我去十里亭停靠站候车。表哥不解，说："明日不是要放竹排进城么，为啥不坐竹排呢？"表叔敲着"烟盅头"，沉声说："大水大浪的，吓着了不是玩的！"

被表叔如此小觑，我不由牙床石硬喉咙蹦响："我是城里人，可也是在水边长大的哟！"夏日里，我和小伙伴一放学，停泊在水面上的竹排就成了我们这群"小鸭子"的天下，窜上、跳下，扑腾个没完，连晚饭都顾不上吃。直待各家大人手捏"竹梢丝"立定岸上，我们方光着屁股可怜兮兮地回家。

素来乖巧的表哥见我双拳紧攥，早已轧出"苗头"，遂扬起大脑袋说："爸，尧弟前几天还同我开水仗来着，我差点不是他的对手哪！"表叔见我年小胆大，也就改变了态度，刀光般的眼神亦不再严厉了！

翌日一早出门，我就望见往常水深仅仅过腹的剡溪，溪水已是轰轰隆隆满满漾漾。溪边泊着一长溜毛竹排，准备起程。（旧时，运毛竹大都靠水路，趁洪水暴涨的时机放飞竹排。）当我乘上竹排，表叔就递过一块木板，让我放在竹排中央，坐下。表哥麻利地解开系在山石上的绳索，撑篙横在手中，纵身上排。转眼间，一长溜竹排犹似淡青色的丝带，在狭狭的剡溪中晃荡漂流而下。

竹排越往前行，水流越急，两岸的岩壁像猛兽的獠牙，仿佛要把竹排一口吞下，目光极处，溪流恍如发狂的黄龙，喷吐着团团白沫，怒吼着、扭动着；不时飘来的枯枝、败草，还有树桩、垃圾，翻滚而过；流水夹着"啪啪"的刺耳声响扑上竹排，扯、拉、裹、推，似非把我沉入汪洋不可；刚从水中挣扎而出的朝阳也没了往日的风采，一副黄恢恢惊魂未定的模样。

我被这命悬一线的阵仗吓懵了，冰凉的身子不住颤抖。而表叔他两脚"八"字站定，剽悍、魁伟的身躯仿佛屹立在激流中的砥柱，一长溜毛竹排在惊涛骇浪中箭也似行进。

不时瞅我一眼的表叔忽然一声大喝："阿尧，看两岸！"喝罢，仰天长啸，"噢嚯……噢嚯……"青筋饱绽的双手舞动着长达丈余的"撑篙"，左一下，右一下，牵引着奔腾不息的浪花，放飞着山里人的胆魄，诱引着一个个羡慕者。表哥也敞开喇叭般的大嗓，"噢嚯……噢嚯……"震山动谷的号子声引得两岸观者如堵，那气势，不亚于盛大的检阅。

我之前有表叔，我之后有表哥，声声号子若首首雄壮的歌，喝退了千惊万骇；无数惊羡的目光挽住了我抖颤的手与足，吸吮了心灵蛋白质的我感到了出发时的亢奋，曾经的豪气重新回到了身上，在放开的手脚和关节中涌动得咯咯作响。我猛吸了一口长气，也仿效表叔，目光前视，放声呼喝"噢嚯……噢嚯……"，喝声中，飞冲的竹排竟稳稳如斯。

畏惧，早已沉入滔滔水底；竹排，负载着我失落后捡回的雄风风驰电掣；前望，水天相连的地平线属于我的；仰眺，散尽阴霾的长空属于我的；哦，属于我的，还有承载着我的梦想勇往直前的母亲河赐予我的神示；艰难险阻，是磨炼人格的试金石，世上没有任何惊涛骇浪，是一个有志的人所不能穿越的……

"年年岁岁花相似，岁岁年年人不同"。人不同。人在鞭笞着时光高歌猛进。在离开剡溪飞排已有半个多世纪的今天，站在实现中国梦潮头的越乡人正热火朝天地吹响水环境治理的号角,"清面全面完成,清乱基本完成,清养初步完成"的胜景给母亲河以美的洗礼。用不了多久,我们就会看到既得剡中山水之幽,又涵"唐诗之路"人文之胜的母亲河会以更为靓丽的盛装登台,在繁花似锦的历史大舞台上,演出一齣让世人倾倒的经典大戏!

但愿我能有幸汲取母亲河的一点精气神,在茫茫红尘中成为她的美的使者,爱的知音。

嵊州图书馆：灵魂的栖息地

我第一次结识嵊县(现嵊州市)图书馆，是1958年6月的一个星期天，是跟随邻家大哥去的。它的正对面是公安局，大门内壁上写着"莫道天下太平，可以高枕无忧；须知暗藏敌人，善于乘隙而攻"的警语，凸显着时代的气息。而今，我虽已两鬓染霜，但记忆仍鲜亮如昔。

一天晌午，我独个儿踱进老城关的市心街，想寻觅"嵊图"当年的旧址。在改革开放大潮的席卷下，在城市化进程的阔步中，旧址自是了无踪影。沉思间，一种怆恍而又迷离的感受浮上心头，我好像觉着自己痴迷的灵魂，又迫不及待地迈入记忆中图书馆的阅览室，随后，方渐渐淡出⋯⋯

1958年，年方十五岁的我正读初中。那时，家里穷得透明，想买图书无异于白日做梦。所以，我把阅读的希望寄托于图书馆中。要是说学校是引导我走向光明与真实境界的灯烛，那么率领我从狭隘的地方驶向无限广阔的生活海洋的航船当数图书馆，当数馆中的图书，当数管理图书的朋友们。多少年过去了，我觉得我执着的灵魂依然诗意地栖息在图书里，不啻是稍息，不啻是停留，而是不住地一如既往地上下求索。

坐落在市心街的图书馆，有位男性管理员，面庞方正，眼神和善。他见我总是捧着书刊，一待就是半天，就点拨我说："你这样是记不了多少的，带个本子来，把要紧的记下来，好记性不如烂笔头呢！"良言一句三冬暖，我忙着道谢，身子竟感动得发颤。我从小生性胆怯，见人从不敢率先开口，这次要不是他主动教我，于我来说绝对是金（禁）口难开。

1961年9月，图书馆搬迁到城隍庙。我亦从纯粹的阅览转入借阅的行列。《呐喊》、《彷徨》、《女神》、《子夜》、《骆驼祥子》、《史记》、《论语新探》……那时，"三年困难时期"的劫难余波尚存、粮食供应仍然紧张。在"忙时吃干、闲时吃稀"的日子里，诸多书籍成了我不可或缺的疗饥解乏的精神食粮。其时，有友人曾讶异我脸上少见菜色，我打趣着说，这叫"腹有诗书气自华"，逗得他哑然失笑……

时光永是流逝，嵊图总在前行。1992年，一座流光溢彩美轮美奂的图书馆楼在剡溪之畔拔地而起，敞开的大门吸引着不知凡几的读者前来汲取文明的雨露。馆内，那齐齐排列着的近三十万册藏书遍及古今中外天上地下：马列主义、毛泽东思想、邓小平理论，哲学、宗教、政治、法律、经济、军事、文化、科学、历史、地理、文学、艺术、医药、卫生、工业技术……美不胜收。而《四库全书》、《四部备要》、《四部丛刊》、《万有文库》

等珍贵文献和诸多古籍善本、志书、家谱尤显馆藏分量。长年来，我不仅把家乡图书馆视作精神上的安身立命之所，还引导亲朋好友将其当作忠实的益友，当作良好的老师，当作可爱的伴侣。我妻子不解：图书馆，不就是图书么，怎会有磁场般的引力呢！其实，我自己也未曾料到，我不但一见钟情，而且到了现在仍然继续，直至永远。

与图书为伴起，我就渐渐领悟了门捷列夫"生活便是寻求新的知识"之说的涵义；就渐渐知晓了毛泽东"饭可以一日不吃，觉可以一日不睡，书不可以一日不读"之说的真谛；就渐渐相信了程颐"外物之味，久则可厌；读书之味，愈久愈深"之说的道理。回顾自己的人生之旅，如果没有年少时养成的爱书、读书且乐此不疲的习性，又哪来随后的码字甚至写书的日子呢！在科技突飞猛进，电脑、手机尽入寻常百姓家的今天，纸质阅读的湖面已有所缩小，但我确信，只要文字在，图书就不会消失。图书馆里那位曾教我做笔记的管理员是早早颐养天年了，我借阅时交往过的几位员工亦多有退休，可每当我在馆内或街头和他们偶遇，相互点头一笑，举手招呼，仍觉着暖意融融。毕竟半个多世纪了啊！我常常思忖：我们的灵魂都曾栖息在图书里，栖息在图书馆里，吸吮了养分后，又都走出图书，走出图书馆，这样进进出出，周而复始，图书和图书馆就成了我们灵魂的"营养圣经"，成了我们灵魂的至爱亲朋，成了我们灵魂的栖息地。虽然大千世界时移俗易日新月异，但于读书人来说，沉浸于中的好处却是说不完的。

乡味手记

悠悠馄饨担

"越剧之乡"嵊州小吃琳琅满目，馋嘴的我小时不知尝过凡几，然至今仍记忆犹新的则要数时称"码头汤包"的馄饨。

那是一道流动的风景。一副忽悠忽悠的馄饨担，担的一头是只长方体的架子，架子中装着炉子，铁锅安在炉顶；担的另一头是只长方体的箱子，一层一层，分装着馄饨皮、肉馅、佐料、碗筷，劈得匀匀的木柴堆在底层。遇上顾客，穿街走巷的师傅将担子往石板路边一放，把挂在箱边的砧板往担上一搁，一爿简约的馄饨摊便呈现在你眼前。一只只白瓷大碗，一撮撮散着清香的葱花、虾皮、紫菜、榨菜丝和细得几可穿过针眼的姜末，还有在泛着笑靥的锅水中翻腾的似一尾尾小银鱼般的馄饨，瞧着就让人齿颐生津，急欲一尝为快。待得入口，鲜滋滋、美丝丝、香喷喷，一股怡神舒心的快意渗透根根神经，清汤寡水的生活顿时平添了一份精气神。

记得冬日的一天，母亲讲罢《宝莲灯》的故事，夜色已深。呼啸的北风里传来"梆、梆！"的竹梆声和"码头汤包——"的吆喝。那轻重疾徐抑扬顿挫的敲响，那悠长而颤颤的高音仿佛是扑面而来的浓香，诱得我再也按捺不住，硬拽着母亲往外走。巷口，张家姆妈、码头帮工、人力车夫围成一圈，或轻抿慢咂，或狼吞虎咽，或耐心候等。胸前系着蓝印花布围裙的师傅忙着配料、调味、挥勺，那架势颇得古代引车卖浆者之遗风。灶膛里燃着火，欢声笑语燃着火，我的心里也燃着了火，袭人寒意顿成融融春意。

后来，我认识了一位面容清癯的老师傅，五十来岁的样子，听说原是文化人，不知怎的半途出家干起了这一营生。他告诉我，馄饨不仅是我们越乡的特产，也是我国的特产；美国和日本虽然也有，但都是从中国传过去的，犹似南橘北枳源自一橘，只是文化氛围不一，模样儿也参差有异。越乡馄饨好似窈窕淑女，纤巧灵秀；外国的就像彪形大汉，浑厚瓷实。他还说，馄饨的叫法也五花八门。广东叫云吞，四川叫抄手，江西叫清汤，新疆叫曲曲，福州叫扁肉……我是着实惊讶，想不到这小玩意居然有大名堂。

时光辗转，追风逐电。曾几何时，我亦步入了文化人的行列。我渐渐知晓，饮食小吃确是文化的一页。馄饨，早在西汉时期就已问世，至南北朝已是相当普及。唐宋时期，馄饨的制作技术日新月异，唐韦巨源之《烧尾宴食单》就列有"生进二十四气馄饨"名目，据陶谷解释谓"花形馅料各异，凡二十四种"。元代倪云林《云林堂饮食制度集》说到一种包煮馄饨的方法：

把肉切细，入笋末或茭白、韭菜、藤花，再以川椒、杏仁酱少许和匀裹之，下汤煮时，用极沸汤打转下之，不要盖，等浮便起，不可再搅。可知当时用料和技法之讲究。此外，我又得悉，馄饨并非皆带汤吃，自古以来，还有煎的、蒸的、炸的；北京有一种馄饨是先炸后煮，原屉上桌。馄饨皮也不一定都是面制，福州有肉燕皮，潮州有鱼皮，台北有猪皮，还有用鸡蛋、面粉制成的；肉馅尤多样化，猪、鸡、蟹、虾肉，异彩纷呈；汤亦别有风味，如四川龙抄手，汤用猪肚、鸡、猪肘、猪髓骨煨焖而成……

往事似烟，沧桑巨变。如今，开放的春风拂遍神州大地，恒河沙数般的饮食摊点和肯德基、麦当劳、比萨诸洋玩意已替代了往昔的馄饨担，成为越乡一道崭新的亮丽风景。可于我，作为凡夫俗子中的一员，那名曰"码头汤包"的馄饨，不仅仍然留存心中，而且经过时间的筛选，强化成了一种怀念，任何山珍野味、生猛海鲜都无法替代。因为，那色那香那味那景融成的可是浓得化不开的乡情哪！

浓浓小笼包

在大西北闯荡天下的朋友来电说：我尝到小笼包了，家乡的小笼包！欣喜之情，溢于言表。

说来也是难怪，"越剧之乡"嵊州，物华天宝，小吃更是丰富多彩，诸如糯米麻糍、重阳糕、糖炒栗子、千层酥、码头汤包、青饺等，无一不价廉物美脍炙人口，然论四季皆宜，尤数小笼包子。

有朋自远方来，我总喜陪他们串街走巷，品尝小笼包。这倒并非心疼开销，不愿陪他们去豪华宾馆、酒楼破钞，实是对小笼包有一份酷爱，有一份情意，一份嗜好。

我家数代清贫，穷得透明，故而"谈笑无鸿儒，往来皆白丁"。有鉴于此，感慨良多的父亲发誓要把我打造成一个读书人。七岁那年，节衣缩食的父亲让姑母领我去学校报名。回来的路上，姑母掏出攥得发热的钞票，硬要了一客小笼包，作为对开始迈入读书人行列的我的奖励。当我"老虎吞蝴蝶"般吞下10只包子，思恋之情也似胡杨之根，扎入我记忆纵深。

其实，这也并非我之专例。作为嵊州人，对家乡的小吃，大都有一份"情结"。就我姑母来说，她17岁就离家，赴外地谋生，在茫茫尘世中历尽艰辛，方取得一席之地。后来，年已九秩的她叶落归根。我筹办了堪称丰盛的家宴为她接风洗尘。面对香气扑鼻的时鲜珍馐，姑母却不以为意，慈祥的目光老是在桌面游弋，待我兴冲冲端上小笼包子，那满脸的皱纹才漾遍了笑意。

也许有人以为，我是"王婆卖瓜，自卖自夸"，嵊州的小笼包子怎会有那么大的魅力？！但事实是胜于雄辩的。今年，"春风又绿江南岸"的时节，第二十届中国民间越剧节在嵊州举行，四海宾朋欢欣莅临。活动间隙，我的一些讲究美食的朋友聊起风味小吃，有说天津的"狗不理"包子是非吃不可的，鸭汤开拌，姜末作馅，口味特鲜，慕名者纷至沓来，路不绝尘；有说无锡拱北楼的小笼才是别具一格，咸中带甜，腴而不腻，堪称美味；有说南翔小笼制作精细，个儿小，褶裥清，表皮蕴油，明珠玉弹似的，整只入口，汁满齿颊；有说杭州知味观小笼皮薄汤溢，晶莹剔透，包子离笼，汤汁分量能使包皮下坠近寸，移至碟子，包子又由长变圆，充满弹性……我只是耐心听着，不参与争论，待到近午时分，方请他们前去包子店品尝冠军小笼包。我边招呼友人落座，边让服务员给每人端上二客。话音未落，王友便说不用不用，多吃伤胃，一客足矣！瞧那神情，分明有不是名点之嫌。那好，每人一客，我是恭敬不如从命。谁知片刻辰光,众友面前的小笼,无不空空如也。王友啧啧称奇之余,连说还是老邢讲得对、讲得对,每人必须二客。我假痴假呆地说,多吃要伤胃呢!王友立马反驳说,你只知多吃伤胃,却不知少吃伤心哪!哄笑声中,香气四溢的小笼包子又端了上来。

改革开放的大潮总把失望的叹息留在过去,把成功的喜悦置于今天。如今,"嵊州小笼包"的金字招牌已和天津、无锡、南翔、杭州的名小笼一起汇成一曲最旖旎最舒心的乐音。我分明感觉到,这动人心弦的乐音,已系上阳光和清风的羽翼,飞越漫漫关山,响彻中华大地。

喷香烤番薯

那是一个清冷的冬天,于我来说,更可谓冷入骨髓。因为,当时我受了脚伤,"伤筋动骨,卧床百日",连出门散心的机会也被剥夺了。

但是,人虽受困,对红尘却并非"不知有汉,无论魏晋"。我的住房就在街边,车辆的辚辚声,行人的叽喳声,小摊贩的吆喝声总会不知疲倦地滑入我的耳郭,使形单影只的我平添了几分慰藉。

一天夜里,雪下得很紧。我躺在床上,怎么也没有睡意,只好眼睁睁地瞧着天花板出神。忽然,我听到了一阵吆喝声由远处传来,慢慢转近,烤番薯——卖烤番薯哟,随后是裂帛似的一声——喷香烤番薯!那声音和在风里,破空而透远,深沉又重浊,烦躁难耐的我不由精神一振,这不是他么?!顿时,前尘往事涌向脑际。

也是一个冬夜,看罢小百花越剧团的演出出来,正想吃点东西,忽然听得"烤番薯——卖烤番薯哟——喷香烤番薯"的吆喝声从昏黄的路灯下传来。我和友人遂走向前去。这摊仅一只圆形烤炉(由大汽油桶改装而成),安在装有四只橡皮轮子的小推车上,炉顶盖板四周,放着几个大小不等状似纺锤的食物。摊后守着父子两人。我告诉友人,这是越地的特产烤番薯,味道好极了!友人不解地问,这不是红薯吗,有何特别呢?话音刚落,卖薯人已把两个表皮烤得干瘪而又热烘烘的大番薯递了过来。撕去外皮,只一捏,黄澄澄的薯肉便成了丝丝缕缕的肉瓣。友人审慎地吃上一口,惊讶地说,香糯糯,甜浸浸,果然别有风味。

我告诉友人,它纯粹用木炭烘焙而成,不掺半点水分,里面有的是膳食纤维,能帮助胃肠道的蠕动,减肥瘦身,防止脂肪在血管内大量沉积的功能,我们这儿,没有人不爱吃的,干这行的人还着实不少呢!

就在我们吃得津津有味时,卖薯人却将一个较小的烤番薯递给候在一旁的孩子说,嗨哟,你老是来,我成了你的饭堂了呢!孩子张口就咬,薯肉和着鼻涕一齐吞进嘴里,然后,趿拉着一双破布鞋,踢踏踢踏离去。

哦,这时我才明白这孩子是个流浪儿,和卖薯人并无半点关系。这是幼吾幼,以及人之幼呵!它让我感受到有一种真情在抚慰心灵。不是么,每个人都有其局限,也许你不可能满足他人所需,但只要有一颗善心,你的言行就会有穿越红尘悲凉的温暖。

从那以后,我就开始喜欢上他了,每每遇到,我都会买上一份烤薯,并聊上几句。一回生,二回熟,时间久了,他见我也像见到故知似的。我也就知道,他早年丧妻,没有续弦,一个女儿全靠他既做父亲又做母亲抚养成人。去年女儿出嫁,他就过起了一人吃饱全家不饿的孤家寡人的生活。

这天夜里,我听着这独特的吆喝声,猜测就是我所熟悉的那个卖薯人。我多么向往去他那儿买上一个大烤番薯,聊聊久别之情呢!

这年冬季,只要我难以入眠就常会听到街头传来的吆喝声,烤番薯——卖烤番薯哟——喷香烤番薯!那沉沉的吆喝声在我心里勾勒出一幅动景:夜色茫茫,年过半百,身子骨倒是硬朗的他紧裹着褪了色的旧棉袄,推着吱吱作响的烤薯小车缓缓前行,氤氲着香味的热气,兴冲冲围拢的人群成了寒风中一道亮丽的风景。

冬末春初,严打"黄、赌、毒"的全市"雷霆"大行动接近尾声。脚伤已经痊愈的我,奉命去采访先进事迹。在基层派出所的留置室,我竟瞥见了萦绕于心的卖薯人。他蹲在地上,两手支头,活像个地球仪。他似也看到了我,一副欲言又止的模样。事出猝然,我好像被点中了穴道,只是张着嘴傻傻的半天说不出话来。听说,他是在巡查出租房时抓的现行,当时,他正和一个中年女子睡在一起,这把年纪了,老不正经啊!

几天后的一个黄昏,我又在小巷口遇见了他,仍是推着那辆简易的小推车,但精神却较前振作了许多。原本平板的脸色也平添了几分生气。他见旁边无人,便对我说,邢师傅,那女的和我同村,出来做帮工的,守寡多年了,我女儿出嫁后,缝补浆洗全靠她帮衬,我俩也想过结婚,可她儿子嫌我穷,不肯答应。这次,多亏民警了解我的情况后,和村委一起做她儿子的工作,终于答应了!说到这里,他那老山羊般晦暗的眼睛里竟然溢出镜水般的光来。此时此刻,我的周身像有暖流涌动不息:一个少有人心疼的男人,要是不能在温情面前融化,那还是男人么?

我用力捧住他的手,难以言说的欣喜使一首小诗浮上心头:

抖落昨天的哀叹梦的残渣,
填满希望迸发青春的火花;
让理想诞生在火红的炉口吧,
生活燃起一片鲜丽的朝霞……

我选定了大街炫目的一侧,
我和我的火炉迎接喧哗……
为了扮演好这独特的角色,
我娴熟地握紧衔着信念和欢乐的薯夹。

于是,我接过几枚带着体温的硬币,
手心托起了国徽放射的光华……
然后我捧出热得发烫的心意,
秋天和我一起成熟的报答!

呵,我抬起头微笑着,
向着广告橱窗、向着长街楼厦;
我用火色酿出了生活的浓香,
对人生我得到了一次感情的升华……

金亮六谷饼

我家世居嵊州，当地虽然少有能上国宴的经典名菜，可饶有风味的小吃则还是多的，其一就是六谷饼。

顾名思义，六谷饼就是用六谷制成的饼。六谷是我们当地的称呼，不同的地区又有老玉米、玉茭、玉麦、玉蜀黍、包谷、包米、棒子、珍珠米等名。山乡岭高地瘠，广种水稻是异想天开；所以，除了小麦、番薯、土豆诸较为耐旱的作物外，六谷就成了"主力"。当充满着丰稔和辉煌的秋日来临，人们便会将一粒粒的六谷由"芯"上剥下，用石磨磨成粉；烤制时，用沸水调匀，做成椭圆状，撒上煨盐、葱花（逢年过节时还能抹上点猪油），贴于锅上，香喷喷、金灿灿的六谷饼就出台了。就餐时再加上一碗滚烫的笋干咸菜汤，味道好极啦！

干任何活都有诀窍，烤六谷饼也一样。除了粉要磨得细外，操作时，关键全在"和"字上。巧媳妇眼快手疾，多少水掺和多少粉,一抓就准;热气氤氲中,镬铲舞动,拌、揿、压、揉、拍,连环数招下来,薄薄韧韧的六谷饼就成了型。要是遇上马大哈式的媳妇,和起面团来胸中无数,不是水多了面团成糊,就是水少了面团散松;手忙脚乱,好容易烤成饼,也是生熟相间、粘焦与共,诱人的香味当然更无影踪了。因而,在山民心中,评价媳妇儿巧笨的标准,烤制六谷饼的手艺也是举足轻重的。想当年,新四军在革命根据地四明山区,也曾吃着六谷饼打败了国民党顽固派和日伪军,为抗日战争的胜利立下了卓越功勋。那时候,有多少姐妹、妯娌,有多少姑姨、媳妇,不辞辛劳,为自己的子弟兵烤制过难以数计的六谷饼啊!我可以说,嵊州的六谷饼就像延安的小米,为中国革命的星火燎原立下了汗马之功。

我做过十来年山里娃,对六谷饼可说是情有独钟。它不仅饱口腹,而且健脾胃、生精力。有位乡亲,我称他塔叔的,长得像头水牯牛,肩扛二三百斤重的毛竹,翻山越岭似履平地。大如海碗口的六谷饼一顿吃上十来个乃小菜一碟。照理说,胃口好、身体壮,应特别受人青睐;可惜,在困难时期,人们盘算来盘算去,总觉得那一点点口粮是经不起填充"无底洞"的,因而姑娘谈婚论嫁,也总是忍痛割爱,设法拣个清瘦些、苗条些的对象,以减轻生活中的压力,所以,那时在山区,虎背熊腰的青年汉子纵然力能扛鼎仍有打光棍的。

花开花飞,云卷云舒。于今,全国各地已昂首阔步迈向小康社会,不论山乡还是城镇,再也没有人会为食欲的大小而操心。当年山乡人民常用做主食的六谷,多被用于制作优质食用油和玉米淀粉，深加工后制取啤酒，果穗苞叶用于编结日用工艺品。明代兰茂编撰的《滇南本草》记载，玉米须可入药，有利尿消肿、清肝利胆的功效。有过光荣历史的六谷饼虽一度少人问津，不过，也许是物极必反、否极泰来吧！近几年来，随着"绿色食品"的推崇，"山重水复疑无路"的六谷饼又东山再起，呈现出"柳暗花明又一村"之势，不但城镇中人将它当做美食，趋之若鹜，而且当仁不让地登上了星级宾馆、高档酒楼的大雅之堂，更有不少来客将其作为嵊州民间的特色食品带回，馈赠亲朋好友。故我以为，不久的将来，嵊州的六谷饼也能似嘉兴的肉粽、宁波的汤团、南京的豆腐涝那样闻名遐迩，直至走出国门。

白嫩嫩豆腐

在嘉惠世人、美不胜收的副食品中，最牵动我神经的乃是豆腐。其渊源，可追溯至小时候和"豆腐西施"相识的时光。

坐落在小城的我家面街，街前为河，垂柳夹岸，小桥卧波。清晨，当第一缕曙光铺上远近的田野，投射在河面上，来自农村，人称"豆腐西施"的姑娘就甩着藕也似的胳臂在我家门前的鹅卵石路上绰约，扁担吱呀吱呀地唱着，白嫩嫩的豆腐在晨曦中一颤一颤闪亮。"豆腐——哎——豆腐——"的脆声恍若一支天籁唤醒了小城人温馨的晨梦。崭新的一天开始了！吸着旱烟的老伯，拎着竹篮的大嫂，梳着小辫的丫丫……男女老幼，纷至沓来。笑涡里绽放着妩媚春光的"豆腐西施"遂麻利地将水灵灵的豆腐送到顾客的碗里、篮中，"大娘，走好！""大伯……"一声平常的问候，一句温馨的话语，一回关切的叮咛，汇聚成心的波澜在人们的心湖荡漾。于是，一幅唯美的风景在我的心目中牢牢定格；于是，买豆腐便成了我主动要求的美差。一回生，二回熟，时间长了，倩巧的"豆腐西施"竟给予我享受"最惠国待遇"的资格，乐得我在父母面前好像立了大功似的。

　　日子一天天过去，已成黄花后生的我终于破译了豆腐发明者的"密码"。五代谢绰《宋拾遗录》载："豆腐之术，三代前后未闻。此物至汉淮南王亦始传其术于世。"遥想2000余年前，坐镇安徽寿春的淮南王亦和着乃祖刘邦高歌"大风起兮云飞扬，威加海内兮归故乡"的节拍，不惜重金招收颇有名望的苏飞、李尚、田由、雷被、伍被、晋昌、毛被、左吴"八公"，"登北山而造炉，炼仙丹以求寿。他们取山中'珍珠'、'大泉'、'马跑'三泉清冽之水磨制豆汁，又以豆汁培育丹苗"，虽然炼丹不成，但豆汁与盐卤化合成的一片芳香诱人、白白嫩嫩的东西，却是美味可口，故取其名曰"豆腐"。北山更名为"八公山"，刘安也于无意中成了豆腐的老祖宗。如果说，刘邦因拿下"生当作人杰，死亦为鬼雄"的楚霸王开汉朝基业而名扬青史；那么，刘安创制了豆腐这一人间珍馐亦能蜚声中国饮食文化之史册。此后，不需任何点缀的豆腐便世代相传，歌咏诗词亦绵绵不绝。若是说南宋大理学家朱熹的《素食诗》"种豆豆苗稀，力竭心已腐。早知淮南术，安坐获泉布"写得穷形尽相，那么，明末清初纪映钟"蚁磨旋天地，元黄搅夜分。谁飞东海卤，遂结北山云"的诗句则更为惟妙惟肖气韵飞扬……而随着时代巨轮的不住旋转，中外文化的水乳交融，豆腐不仅走遍大江南北，而且像茶叶、瓷器、丝绸一样名扬世界。德国、英国、日本、荷兰、捷克、斯洛伐克等国的宾客无不啧啧称羡我国烹饪的"寿桃豆腐"、

"琵琶豆腐"、"葡萄豆腐"、"金钱豆腐"等数百款造型逼真、风味独具的豆腐美味。

关于豆腐,流传有许许多多脍炙人口的故事。我记忆最深的有二则:一则是关于乾隆皇帝的。说的是清乾隆七年(1742年),乾隆皇帝爱新觉罗·弘历乘龙舟从京杭大运河下江南。当他路过淮安古镇平桥时,上岸小憩。当地有名的大财主林百万为讨好皇上,在"迎驾"上大做文章。他在乾隆皇帝由南庵到北庵三华里长的路上,上搭遮阳御棚,下铺大红锦缎。吃饭做菜更是邀集名厨高手。林百万平时喜吃鲫鱼,知道鲫鱼脑味道鲜美,在做烩豆腐这道菜时,他特请本地名厨胡厨师呕心制作,将选经数道工序的精品豆腐以快刀切成小如瓜子,薄如蒜叶的薄片,然后按最佳配比加以鸡汤、肉汤、蟹黄、鲫鱼脑烩制,端上时再掇入少许麻油、胡椒粉。乾隆皇帝吃后龙颜大悦,赐其名曰"天下第一菜";当然,林百万也由此得了重赏。另一则是关于我党早期卓越的革命家、理论家、文学家瞿秋白先生的。他于从容就义前在福建汀州狱里写下了《多余的话》。这篇令人动容的长达两万余字的文章,结尾处说:"中国的豆腐也是很好吃的东西,世界第一。永别了!"读来令人荡气回肠!瞿秋白这位为拯救天下百姓出苦海而不惜抛头颅洒热血的大才子如是热爱生活,留下颂扬豆腐的妙文,实为不朽矣。

我家是伴着豆腐过来的。我小时,大冷天,母亲总是把一碗热腾腾的豆腐汤放在老祖母的面前,让没有牙齿捧着饭碗还簌簌发抖的她温馨享用;老祖母吃惯了豆腐,性情也就特别温顺。"三年困难时期",豆腐限量供应,母亲会将好容易购得的一点豆腐烹调后和入剁成碎末的野菜、蕉藕叶中，难以下咽的野菜、蕉藕叶糅合了豆腐的美味，入口竟觉着了一种特有的香甜。还有两件不得不说及的事，是关于时读小学的弟弟和老爸的：那年，弟弟患了重感冒，浑身发热，卧床昏睡；家里缺医少药，母亲昼夜守护在床头，用汤匙将葱白炖就的豆腐一下又一下地送入弟弟口齿间，不过几次，汲取了融融暖意的弟弟又变得生气勃勃龙腾虎跃；老爸常有痰火气喘，发作时，母亲会奉上豆腐萝卜汤，病魔就会慢慢却步。近几年来，百姓生活走向小康，豆腐这普通而又素朴的食物已难登大雅之堂，可深知豆腐真章的我却依然情有独钟，难分难舍。因为，我没有忘怀，我的人生是从这里起步的。所以，在四世同堂的大家庭中，我使出浑身解数烹调出的香菇豆腐、辣酱豆腐、皮蛋豆腐、冰冻豆腐、素鸡豆腐、肉骨豆腐……依然是餐桌上的绝对主力。

　　春江水暖，莺飞草长。前时，久经风雨百岁高龄的母亲替代了老祖母的位置，饱和的沧桑和浓得化不开的亲情也从血管里溢到眼里、脸上。一天，我异想天开的孙子居然摩拳擦掌地在餐桌上要和太婆举行比赛，结果，在柔弱无骨的豆腐面前，小孙子竟未占半点优势，那一副钢牙利齿压根儿英雄无用武之地。乐不可支的我忽然意识到：这可是柔能克刚的最佳注释！哦，在尘世间做人，要是能达到像豆腐这样的境界，那生命的宽度和高度定将使人刮目相看，并为之心折！

　　在生命的历程中，我希望自己能达到这样的境界。

美滋潜水艇

在寒风飒飒的越乡街头，氤氲着诱人的香气，油氽果香、炒花生香、烤番薯香、葱烧饼香……

油氽果是种季节性的地方小吃，每年入冬，萝卜上市，油氽果摊便应运而生，成为街巷的一道亮景。早在20世纪50年代，离我家不远的大街转角处，就有位氽油氽果的大娘，笑眯眯的模样，一面氽油氽果，一面向过往行人打着招呼。尚在孩提时代的我，一有零花钱，总是迫不及待地到她那儿换取朝思暮想的油氽果吃。

油氽果的做法颇有特色，先是将白萝卜洗净，然后刨成丝，略略挤去水分，撒上葱花，拌匀待用；另取面粉，倒入容器内，加盐适量，发酵粉少许，掺入冷水，顺势搅拌至稀薄的糊状；再把食用油置于锅内烧沸，将薄铁皮制成的长约2.5寸宽近2寸的船形模子（上面焊有用于挂钩的手柄），放入油锅预热，取出后，用面糊敷遍模底，然后填满萝卜丝，用手揿实，上面再覆一层面糊，入锅油氽；稍待，拎起模子在锅边一磕，船形的油氽果便脱器而出，于油锅中上下翻腾，熟透后用筷子捞出，香气便直往你的鼻孔钻，当然，随着时令的不同，内馅还有用南瓜丝或芋艿丝的。品尝时如能蘸点辣酱之类的调味品，那味道就更加妙不可言了！

旧时，乡下多有庙会，广场上交流农副产品，祠堂戏台上演唱着才子佳人，空旷处多是小摊小贩小吃，油氽果自不必多说，码头汤包、小笼包、烤番薯、薄荷糖……都是八仙过海各显神通。

人们常说，音乐没有国界。其实，对食品而言，此语也是适用的。

这里，有一则轶闻，我写下来，与大家共享。

那是改革开放初期，有国人赴美经营风味小吃，油氽果便是主打产品。在那里，尽管他使出浑身解数，制成的油氽果只只色泽金黄、香气浓郁，但问津者却是寥寥无几。什么油氽果不油氽果，美国人是一头雾水不知所以。就在油氽果生意萧条店主打算关门大吉之际，一深谙个中奥秘的华侨建议店主明天照常营业，若仍无生意，唯我是问！店主虽然将信将疑，但还是硬着头皮答应。第二天，店刚开张，那华侨就兴冲冲来到店里，将一块人字形的招牌竖于门口。生性好奇的美国人一见招牌上"潜水艇"三字，顿时停住了脚步，随着扑鼻的浓香，纷纷入内，竞相尝新，往日的门可罗雀顿时变得门庭若市，店主夫妇俩高兴得笑出声来。

知悉此事后，我曾于欣喜之余思索不已：经商如此，干文字工作呢？不也有共通之处么？譬如撰写新闻标题，不也是既要讲究贴切、不落俗套，又要追求形象、引人入胜？！

感谢油朵果，让我于大饱口福之际又获得深深的启迪。

跋

两年前，我撰写了《越地诗章散文集》一书，以弘扬几乎影响了中华民族历史进程的绍兴名士、巅峰人物，向读者展示他们振兴民族、滋养中华文明的丰功伟绩。

随后，有独特见地和爱好的读者，觉得意犹未尽，建议我再写一册在中华文化宝库中始终闪耀着独特光芒的越乡嵊州的专著，以满足钟情越乡自然景物、民俗乡趣，缅怀越乡人文精神的读者。有鉴于此，我遂把撰写《拥抱越乡》一书纳入了重要行动日程。

扼要地说，《拥抱越乡》的五个篇章，"越剧芳华"、"名士剪影"、"文创新韵"都是写人的。"越剧芳华"、"名士剪影"里的主人公，大都代表一段历史的进程；"文创新韵"中的主人公则代表一个领域的开拓或延伸，他们的成就足够令人挥笔抒怀。"诗路胜迹"、"乡味手记"乍看旨在物象，但个中因蕴含史海见闻、重大政治变故、重要人物活动等,并予以动态的表现,使其在广袤的历史舞台上有所展示,内里还有我的切身体悟,虽只一得,却也彰明较著,超越了自然和物象本身,所以,广义地说,也是写人的。

为让曾生活在这一热土且做出卓越贡献的文化才俊和能工巧匠生气勃勃地呈现在读者面前,使如我这样有着家乡情结的读者,生发重回故土的喜悦;使没有见识过越乡的读者,也会产生身临其境的感受。我一直将"真"和"情"奉为圭臬,即用真诚和热情去解析一个个人物的灵魂和人格,去描摹一处处胜迹的风采和体温。我不啻购买、借阅了所能觅到的文史资料、市县方志、地图照片,反复阅读,拟定有代表性、典型性的东西,一一做出笔记;不啻一而再,再而三地采访名列于中的各色人等;还跋涉于乡野山川,"浙东唐诗之路"菁华区的名胜古迹,用自己逐渐成熟的眼睛去观察历史现场,去发现那些生动的具有美的东西,从而使"真"和"情"互文相足;使笔墨更见立体,更显活泛;使场景更具内在的文化魅力。当然,努力是一回事,成效又是一回事。最终是否步入佳境,还得由读者朋友明鉴。

《拥抱越乡》迭经一年多时光的洗礼,即将付梓。此时此际,我要衷心感谢嵊州市委常委、宣传部部长史向俊为本书撰写了文情并茂的序言;感谢嵊州市文广旅游局党委书记、局长孙赛英为本书做出精当的评论;感谢嵊州市文联主席王哲、绍兴图书馆副馆长李弘的殷切勉励;感谢老干部局局长周宇鸿、文广旅游局专职副书记吴一赞、民政局原局长梁华强的热忱关心；感谢钱立新、谢百军、王孙君、丁峰、求超平、吴亨祥、裘桂尧、高建刚、童话、月儿诸位师友的支持和帮衬；还要感谢中国书籍出版社编辑尹浩的悉心策划和审定。

2023 年 3 月 30 日增尧于越乡嵊州